Angelika Stucke

Brunftzeit

Angelika Stucke

Brunftzeit

Kriminalroman

zuKlampen!

Dieses Buch ist ein Roman. Handlungen und Personen sind frei erfunden. Ähnlichkeiten mit lebenden oder toten Personen sind nicht gewollt und rein zufällig.

Herausgegeben von Susanne Mischke

info@zuklampen.de · www.zuklampen.de

Umschlaggestaltung: Stefan Hilden, München
www.hildendesign.de
Umschlagabbildung: © HildenDesign unter Verwendung eines Motives von Shutterstock.com
Satz: thielenVERLAGSBUERO, Hannover
Druck: CPI – Clausen & Bosse, Leck

ISBN 978-3-86674-222-2

Bibliografische Information der Deutschen Nationalbibliothek
Die Deutsche Nationalbibliothek verzeichnet diese Publikation in der Deutschen Nationalbibliografie; detaillierte bibliografische Daten sind im Internet über ‹http://dnb.d-nb.de› abrufbar.

In memoriam

Heinrich Stucke
Cornelia Stucke-Richert

y para Chema siempre

01

Die Sonne schien in diesem Spätsommer im südlichen Niedersachsen, dass es eine wahre Lust war. Friedlich lag das Altenheim von Gronau an diesem Vormittag unter den wärmenden Strahlen des Fixsterns. Es schien fast so, als wolle der Sommer jetzt, da er sich seinem Ende zuneigte, wieder gut machen, was er in den Monaten Juli und August verbockt hatte. Erste warnende Stimmen wurden bereits laut, denn im Leinebergland begannen die Menschen normalerweise schon dann von Waldbrandgefahr zu sprechen, wenn es einmal drei Tage hintereinander nicht geregnet hatte. Noch aber plätscherte und gluckste die Leine trotz der Trockenheit der vergangenen zwei Wochen noch immer munter im Halbkreis um den zum Heim gehörenden weitläufigen Park mit seinem uralten Baumbestand. Manche der mächtigen Stämme maßen im Umfang über fünf Meter. Sie mussten mehrere hundert Jahre alt sein. Vögel zwitscherten, als stünde nicht etwa der Herbst bevor, sondern als befänden sie sich mitten in der Paarungszeit im Frühling. Es war ein Bild wie für eine Postkartenidylle gemacht, das urplötzlich von einem mehr als ungewöhnlichen Schrei unterbrochen wurde.

»Was war das denn?«

Kornelia Lorenz legte für einen Moment die scharfe Klinge aus der Hand, mit der sie gerade sehr vorsichtig begonnen hatte, die Hornhaut an Amalie Pfingstens Hacken abzuhobeln, stellte das Radio etwas leiser, obwohl aus dem gerade ihr Lieblingslied der Hamelner Band Talkin Wire erklang, und horchte angestrengt in die Richtung, aus der sie merkwürdig röchelnde Töne vernommen hatte. Die rauen Rufe deuteten ihrer Meinung nach darauf hin, dass Amalies Zimmernachbar im Altenheim von Gronau, Nikolaus Schrader, soeben im Begriff war, das Zeitliche zu segnen oder aber sich zumindest eine schwere Lebensmittelvergiftung zugezogen hatte. »Da, da war es wieder!«

Ein schauerlicher, lang anhaltender Würgelaut klang von nebenan an die Ohren der Fußpflegerin. Ihm folgten mehrere kurze Stöße, die entfernt an die Bäuerchen eines Riesenbabys denken ließen. Fragend schaute Konny in das runzlige Gesicht ihrer Patientin. Amalie grinste.

»Ach, das! Das ist Nikolaus. Der übt mal wieder.« Amalie machte dabei eine wegwerfende Handbewegung. »Wenn du mich fragst, hat der aber keine Chance, sich das Preisgeld zu holen.«

»Übt? Was denn? Für mich klingt das eher danach, als läge er im Sterben.«

Kornelia Lorenz blickte erneut besorgt in die Richtung, aus der nun wieder ein sehr langer, kehliger Ruf ertönte.

»Na für diese Meisterschaft im Harz. Stand doch neulich erst in der Zeitung. Seitdem Nikolaus davon Wind bekam, geht das schon so. Manchmal brüllt er sogar mitten in der Nacht. Wenn der nicht bald Ruhe gibt, werde ich mich wohl doch noch bei der Heimleitung über ihn beschweren müssen.«

»Meisterschaft?« Kornelia wusste noch immer nicht, wovon Amalie sprach.

»Ja, Kindchen, diese Hirschrufmeisterschaft in Sankt Andreasberg. Da gibt es angeblich 500 Euro zu gewinnen, und die will Nikolaus sich natürlich holen. 500 Euro sind ja für einen pensionierten Polizisten wie ihn eine ganz schöne Stange Geld.«

»Hirschrufmeisterschaft? Davon habe ich noch nie etwas gehört. Was ist das denn? Und kann da jeder mitmachen?«

In den Augen der Fußpflegerin blitzte anscheinend die Unternehmungslust, denn Amalie schüttelte sofort missbilligend ihren Kopf.

»Dass du mir jetzt bloß nicht auch noch damit anfängst!«, meinte die alte Dame. »Ein röhrender Hirsch in der Nachbarschaft ist nun wirklich genug!« Sie betonte das Ein besonders. »Außerdem haben Frauen bei so etwas keine Chance, ist angeblich eine reine Männersache. Jedenfalls sagt Nikolaus das. Er meint, unsere Stimmbänder seien zu kurz, um einen brunftigen Hirsch richtig gut nachmachen zu können.«

Ein neuerliches, viel lauteres Röhren als zuvor dröhnte von nebenan an die Ohren der beiden Frauen und ließ sogar kurzzeitig Amalies kostbares Porzellan erschüttern, das sie in einer verschließbaren, an der Wand befestigten Vitrine aufbewahrte.

»Mein gutes Meißener!«, rief die alte Frau besorgt. »Also jetzt reicht es!« Energisch hievte sie ihren bloßen Fuß von dem Handtuch über Kornelias Schoß und griff nach ihrem Gehstock, der an ihrem Sessel lehnte. Dann stand sie auf. »Was ist? Kommst du mit?«, wandte sie sich an die verdutzte Fußpflegerin.

»Äh, ja, klar!«, sagte Kornelia Lorenz, legte das Handtuch, das bis dahin ihren Schoß abgedeckt hatte über einer Sessellehne ab und stand nun ebenfalls auf.

Kaum eine Minute später hämmerte Amalie ausgiebig mit dem Griff ihres schwarz lackierten Gehstocks an Nikolaus Schraders Zimmertür.

»Schrader! Mach sofort auf!«, rief sie dazu. Ihre Stimme klang so befehlsgewohnt, wie es das bei der ehemaligen Gutsfrau, vor allem, wenn sie sich über etwas geärgert hatte, nicht anders zu erwarten war. Sofort verstummten die nun wieder eher abgehackten Röchellaute, die zuvor auch auf dem Flur zu hören gewesen waren. Unter die Haut gehend, wie Kornelia Lorenz fand. In den Ohren der jüngeren Frau klang Schraders Imitation eines liebestollen Hirsches durchaus gelungen. Allerdings hatte sie wohl auch weniger Erfahrung damit als Amalie, denn im Hildesheimer Wald, in dem die Fußpflegerin gern spazieren ging, gab es ja leider nur Rehe. Um einen echten Hirsch röhren zu hören, mussten die Bewohner des Leineberglandes in den Saupark bei Springe oder sogar bis in den Harz fahren. Kornelia Lorenz nahm sich vor, Schrader in einem anderen Moment und ohne die erboste Amalie an ihrer Seite nach seiner Technik zu befragen. Durch einen einzigen Auftritt gewonnene 500 Euro waren auch für eine ambulant arbeitende Fußpflegerin eine durchaus reizvolle Summe.

»Amalie, bist du das?« Schlurfende Schritte näherten sich von innen Schraders Zimmertür, die gleich darauf einen Spalt breit geöffnet wurde. »Kommst spionieren, was? Ich habe dir doch schon erklärt, dass ihr Frauen da nicht mitmachen könnt. Viel zu schwach auf der Brust seid ihr!«

»Papperlapapp!«, entfuhr es Amalie Pfingsten, während sie ihren Zimmernachbarn kurzerhand beiseite schob und uneingeladen in dessen private Räumlichkeiten vordrang.

Kornelia Lorenz blieb zunächst etwas zögerlich an den Türrahmen gelehnt stehen und begrüßte ihren alten Bekannten: »Hallo, Klaus.«

»Tachchen, Konny,« antwortete der mit einem überrascht-erfreuten Lächeln, drehte sich aber gleich wieder dem Inneren seiner kleinen Wohneinheit zu, wohl, um zu kontrollieren, was seine neugierige Zimmernachbarin Amalie Pfingsten darin tat.

»Als ob diese nervtötenden Rufe von gerade eben allein deinen schwachen Lungen entfleucht wären! So breit ist dein Brustkorb nun auch wieder nicht.« Amalie Pfingsten warf einen verächtlichen Blick über ihre Schulter zurück auf Schrader, der nun versuchte, seinen oft nach vorn gebeugt gehaltenen Schultern irgendwie mehr Breite zu geben, indem er sich so aufrecht wie möglich und mit vorgestrecktem Brustkorb aufstellte.

»Gib es nur ruhig zu: Du hast irgendein Hilfsmittel angewandt. So laut war dein Geröhre bisher nämlich noch nie gewesen!« Schon war Amalie Pfingsten durch den kleinen Eingangsbereich bis in Nikolaus Schraders Wohnstube gelangt. Der ehemalige Polizist und die Fußpflegerin folgten ihr.

»Aha!«, rief Amalie und deutete mit dem rechten Zeigefinger auf eine Pappröhre, die Schrader achtlos auf seinem Wohnzimmertisch abgelegt hatte, als er in seiner Übung unterbrochen worden war. »Was ist das denn?« Amalies inquisitorisch hoch gezogene rechte Augenbraue schüchterte nicht nur Schrader ein. Auch Kornelia Lorenz duckte sich vorsichtshalber etwas.

»Äh …« Nikolaus Schrader schien zu überlegen, was er antworten wollte. »Ein F-f-fernrohr«, brachte er etwas stotternd hervor.

»Ein Fernrohr?« Amalie nahm die leicht trichterförmige

Pappröhre hoch, die tatsächlich wie ein herkömmliches Fernrohr aus zwei ineinander verschiebbaren Teilen zu bestehen schien. »Ohne Linsen?« Sie hob die Röhre vor ihr linkes Auge, kniff das rechte zu und blickte dann durch sie hindurch, wobei sie abwechselnd Schrader und die Fußpflegerin ins Visier nahm. »Das sieht mir doch viel mehr nach einer Tröte aus«, meinte sie, als sie die Röhre wieder von ihrem Auge absetzte und fachmännisch begutachtete. Dann hielt sie sich das schmalere Ende der Pappe an den Mund und wollte kräftig hineinblasen, als Nikolaus Schrader ihr das Instrument mit einem gezielten Zugriff entwendete.

»Was nimmst du dir eigentlich wieder heraus?«, wollte er wissen. »Wohl noch nie was von Privatsphäre gehört?«

»In dieser Anstalt? Mach dich doch nicht lächerlich! Hier hört man doch sogar, wenn der Zimmernachbar unter seiner Bettdecke pupst.« Amalie Pfingsten war nicht immer begeistert von ihrem jüngsten Zuhause, und es war allgemein bekannt, dass sie sogar schon des öfteren Versuche unternommen hatte, ihre Mitinsassen, wie sie die anderen Altenheimbewohner oft nannte, gegen die Gängelei durch das Personal aufzuwiegeln. Besonders die Essenszeiten waren ihr, wie Kornelia Lorenz wusste, ein Dorn im Auge. Inhuman nannte sie diese stets und ließ dabei sogleich ihre höhere Schulbildung durchblicken, denn alle anderen Heimbewohner, die morgens ebenfalls gern etwas länger schlafen würden, nannten das Frühstück um sechs Uhr dreißig schlicht unmenschlich.

»Also raus jetzt mit der Sprache: Ist das eine Tröte oder ist das eine Tröte?« Amalie versuchte, das Papprohr mit ihrem Stock aus Nikolaus' Hand zu schlagen und riss Kornelia mit dieser Geste aus ihren Gedanken. »Aua!« Der ehemalige Polizist guckte verdutzt auf seine Zimmernachbarin, die nun mit ihrer freien Hand wieder nach dem Rohr griff. Resigniert überließ Nikolaus es ihr schließlich. Wahrscheinlich sagte er sich, dass jeglicher Widerstand gegen die ehemalige Gutsbesitzerin zwecklos und von vornherein zum Scheitern verurteilt war.

Der ehemalige Polizist rieb sich seine von Amalies Hieb leicht gerötete Handoberfläche und blickte betreten zu Boden. »Hm,« brummelte er und sah dabei aus wie ein beim Schummeln ertappter Schuljunge. »Ja, also genau genommen ist das wohl doch eher kein Fernrohr, sondern eine Tröte«, gab er endlich zu.

Amalie Pfingsten schnaubte befriedigt. »Wusst ich's doch!« Triumph lag in ihrer Stimme. »Aber Hilfsmittel sind ausdrücklich erlaubt, steht in den Teilnahmebedingungen.« Nikolaus Schrader deutete auf einen bedruckten Zettel, der auf seinem Wohnzimmertisch lag. »Da steht es schwarz auf weiß: Die Imitatoren dürfen bei der Hirschrufmeisterschaft alle möglichen Hilfsmittel benutzen! Hände, Rohre, Muscheln … was immer der gelungenen Nachahmung eines brunftigen Hirsches dient.«

»Ach, ist ja interessant«, Kornelia Lorenz griff neugierig nach dem Zettel und wollte ihn gerade lesen, als Amalie Pfingsten die Röhre ablegte und ihn ihr rasch aus der Hand nahm. Die alte Frau hielt das Blatt Papier gleich darauf mit zu schmalen Schlitzen zusammengekniffenen Augen so weit von ihrem Gesicht entfernt, wie das ihre Armlänge ermöglichte, konnte aber augenscheinlich nichts entziffern. »Wo hast du denn deine Lesebrille?«, fragte sie und sah sich in Nikolaus' Wohnzimmer um.

»Die brauchst du nicht«, antwortete der. Er sah verärgert aus. »Wie oft soll ich dir denn noch erklären, dass das nichts für Frauen ist?«

»Na, hör mal, mit so einem Behelf wie dieser Tröte würde ich noch jeden Platzhirsch in die Flucht schlagen!« Amalie zeigte auf die nun wieder auf dem Tisch liegende Pappröhre und schien dabei von ihren Fähigkeiten so sehr überzeugt zu sein, dass sie sogar das Blatt zu einem Trichter wickelte, es vor ihre zum Hirschruf geschürzten Lippen hielt und einen Laut hervorbrachte, der sehr an jemand mit starken Bauchschmerzen erinnerte.

»Das klingt ja furchtbar! Lass mich mal machen!«, rief der ehemalige Polizist, während die Fußpflegerin nicht wusste, ob sie besser sofort die Flucht ergreifen sollte oder lieber noch bliebe, weil sie sich vielleicht von Nikolaus etwas abschauen könnte. Selbst an dieser merkwürdigen Meisterschaft im Harz teilzunehmen, war für sie längst beschlossene Sache. Schon allein, um mal wieder etwas Interessantes mit ihrem jüngsten Sohn, Mika, zu unternehmen. Dem würde so eine Veranstaltung sicher Spaß machen. Wenn die beiden streitlustigen Alten hier im Vorfeld der Harzer Meisterschaften eine Art Gronauer Hirschrufwettbewerb veranstalten wollten, könnte das allerdings ebenso interessant wie schmerzhaft für ihre Ohren werden. Sie verzog unsicher den Mund, beschloss dann aber doch, vorerst im Raum zu bleiben. Auch, weil sie Amalie Pfingstens Fußbehandlung ja noch längst nicht abgeschlossen hatte.

»Also, pass auf! So geht das«, sagte Schrader an Amalie gewandt, holte tief Luft, griff nach dem zweiteiligen Papprohr und setzte es demonstrativ an seinen Mund. Dann röhrte er los. Die lang anhaltende Tonfolge, die er erzeugte, während er kräftig trötete und die beiden Teile des Rohres immer wieder aus- und ineinander zog und schob, hörte sich zumindest sehr eindringlich laut an, fand Kornelia. Aber, so fragte sie sich, klang ein liebestoller Hirsch wirklich so abschreckend? Vielleicht ja, überlegte sie dann, denn sie erinnerte sich, einmal gehört oder gelesen zu haben, dass das Röhren der Hirsche ja nichts anderes als eine Art Kräftemessen zwischen zwei um die Gunst der Hirschkühe buhlenden Widersachern ist. Ein Schauder lief ihr über den Rücken, als ihr jetzt klar wurde, woran genau diese röchelnden Laute sie erinnerten, die Schrader von sich gab: an jemand, der unter starken Leibschmerzen versucht, seinen gesamten Mageninhalt hervorzuwürgen.

»Was ist denn hier los?«, unterbrach mit einem Mal eine leicht erboste Stimme Schraders mehr oder weniger gekonnte Vorführung. »Ihr macht ja einen schrecklichen Lärm! Kann man denn in diesem Haus nicht einmal in Ruhe sein Vormittagsschläfchen halten?« Gottfried Schuster, der direkt über Schraders Räumen wohnte, guckte erbost in die Runde. Der pensionierte Lehrer sah etwas zerzaust aus, so, als habe er sich mehrmals in seinem Bett gewälzt und seinen weißen Haarkranz dabei an der Bettwäsche statisch aufgeladen. »Du hast aber nicht vor, hier gleich die Bude vollzukotzen, oder?«, wandte Gottfried Schuster sich jetzt direkt an den ehemaligen Polizisten, der sich allem Anschein nach nicht stören lassen wollte und noch immer kräftig in sein Papprohr stieß.

Amalie Pfingsten kicherte bei diesen Worten schadenfroh. »Ich könnte das viel besser, wenn er mir nur die Röhre überlassen wollte«, sagte sie.

»Was? Kotzen?« Schuster wirkte noch immer verärgert. Nur dadurch war seine raue Wortwahl gegenüber einer Dame zu erklären, denn normalerweise achtete der pensionierte Lehrer stets auf eine über jeden Tadel erhabene Ausdrucksform. Ganz besonders, wenn sich die hübsche Fußpflegerin im gleichen Raum aufhielt. Kornelias Anwesenheit schien er erst jetzt richtig wahrzunehmen. »Habe die Ehre«, grüßte er die jüngere Frau nun mit einem angedeuteten Lüften eines imaginären Hutes.

»Er übt für die Meisterschaft«, raunte die Fußpflegerin dem ehemaligen Staatsdiener leise zu.

»Meisterschaft? Was für eine Meisterschaft? Die im Übergeben?«

»Ignorant!«, schimpfte Nikolaus Schrader jetzt laut und legte seine Tröte endlich zurück auf den Tisch, wo Amalie sie sich sogleich schnappte. Aber noch ehe die alte Frau sich nun doch noch an dem Instrument hätte versuchen können, schüttelte Kornelia Lorenz fast unmerklich ihren Kopf und tippte mit dem rechten Zeigefinger auf ihre Armbanduhr. So gern sie dem Schauspiel auch weiterhin beigewohnt hätte, so wenig Raum war dafür in ihrem Terminkalender. Heute erwartete wie eigentlich jeden Tag noch eine beachtliche Zahl von Patienten ihren Besuch. Zu Kornelias grenzenlosem Erstaunen gehorchte Amalie Pfingsten dem Wunsch ihrer Fußpflegerin ausnahmsweise einmal sofort.

»Komm, Kindchen, wir haben noch etwas vor«, sagte sie und schritt hoch erhobenen Hauptes aus dem Zimmer. An der Tür drehte sie sich noch einmal um und sagte zu Nikolaus gewandt: »Wir röhren dann später!« Es klang wie eine Drohung.

*

»Noch nie etwas von der Brunft gehört, was?« Schraders volle Augenbrauen waren zu einer einzigen buschigen Linie auf seiner gerunzelten Stirn zusammengezogen, während er böse auf Gottfried Schuster starte.

»Brunft? Was für eine Brunft? Wolltest du mit diesem jammervollen Gejaule etwa unsere verehrte, liebe Kornelia beeindrucken?«

»Quatsch!«, erwiderte Schrader, konnte aber nicht verhindern, dass sich der Anflug einer leichten Röte auf seinen Wangen zeigte. Fast alle männlichen Bewohner des Altenheims, jedenfalls die geistig noch Anwesenden, schwärmten für die hübsche junge Frau, die glücklicherweise, wie Nikolaus Schrader sich immer wieder aufs Neue freute, fast täglich Patienten in der Gronauer Seniorenresidenz zu betreuen hatte. »Ich will an der Hirschrufmeisterschaft in Sankt Andreasberg teilnehmen. Schon mal was davon gehört?« Gottfried Schuster schüttelte als Antwort stumm den Kopf. »Da gibt es 500 Euro zu gewinnen und anscheinend suchen die noch Teilnehmer. Guck mal, hier, das ist der Aufruf. Steckte gestern als Beilage in der Leine Deister Zeitung.« Er reichte Schuster den Zettel, den Amalie zuvor etwas verknittert hatte. Der pensionierte Lehrer erschien ihm nicht als potentieller Rivale im Kampf um den Meistertitel. Zum einen war Gottfried Schuster, wie jeder wusste, viel zu beschäftigt mit seinem Jahresrückblickprojekt, der ehemalige Lehrer nahm schon seit dem Beginn des Jahres Teile von Nachrichtensendungen auf, die er zusammenschnitt und am Silvesterabend einem kleinen Publikum vorführen wollte, zum anderen war er viel zu steif und zu wenig spontan, um an solch einer Veranstaltung teilzunehmen, dachte Schrader. Außerdem brauchte der ehemalige Lehrer mit seiner sicherlich dicken Pension die 500 Euro zu wenig, um sich der – und hier zeigte sich Nikolaus Schrader einmal mehr als ein in jahrzehntelangem Polizeidienst geschulter Realist, der einer bitteren Wahrheit tapfer ins Auge zu sehen vermochte – eventuellen Lächerlichkeit preiszugeben, die ein solcher Auftritt bedeuten konnte. Zumindest hoffte Schrader das.

Der ehemalige Lehrer begann das Blatt Papier eingehend zu studieren. »Hm«, machte er dabei immer wieder nachdenklich. »HM!« und »hmhm«. Nach einem Moment kratzte er sich nachdenklich am Hinterkopf, ließ ein weiteres, langgezogenes »Hmmmmm« hören und blickte schließlich von dem Zettel auf. Nikolaus Schrader, der mit jedem »Hm« etwas nervöser geworden war, ahnte Böses. Und tatsächlich: »Ich werde da mitmachen, versprochen! Wir fahren da zu zweit hin und zeigen den Harzern mal, wie so ein Leinebergland-Hirsch röhrt.« Gottfried Schuster lächelte zuversichtlich. »Die 500 Piepen gehören uns jetzt schon!«, schien er sich sicher. »Egal wer gewinnt, wir teilen natürlich brüderlich!«, versprach er und streckte Schrader die Hand zum Einschlagen hin.

»Äh«, Nikolaus Schrader wusste nicht, wie er dem ehemaligen Lehrer klar machen sollte, dass er die 500 Euro lieber für sich allein haben würde, und druckste ein bisschen herum, ohne wirklich etwas zu sagen. Ein merkwürdiges Gebrummel war alles, was er von sich gab.

»Nee, Nikolaus, so geht das doch nicht!«, meinte Gottfried Schuster dazu, der wohl annahm, sein Gegenüber übe schon fleißig. »Ich sehe schon: Wir müssen uns für heute Nacht verabreden und mal in einer authentischen Umgebung proben. Am besten, wir besorgen uns irgendwie einen fahrbaren Untersatz, und sobald alle anderen an ihren Matratzen horchen, brechen wir auf. Abgemacht?« Seine rechte Hand hielt er dem ehemaligen Polizisten noch immer ausgestreckt hin.

»Also gut«, willigte Schrader schließlich ein. Er hatte sich soeben ausgerechnet, dass er durch die Abmachung mit Schuster zwar nur die Hälfte Preisgeld würde einstreichen können, dafür aber eine doppelt so hohe Gewinnchance hatte. »Wir haben einen Deal!« Er schlug in Gottfrieds Hand ein.

02

»Autsch!« Schrader verspürte einen plötzlichen Schlag im Rücken und konnte sich einen erschreckten Aufschrei nicht verkneifen.

»Leise doch!« Zu recht erbost über den Lärm, den sein Komplize veranstaltete, drehte Gottfried Schuster sich zu Nikolaus Schrader um und blendete ihn dadurch mit dem Lichtstrahl seiner Taschenlampe. Schrader nahm zunächst beide Hände hoch, so, als habe Schuster eine Pistole auf ihn gerichtet, und hielt diese dann schützend vor seine Augen. Die beiden Männer befanden sich im Geräteschuppen des für die Pflege der zum Altenheim gehörenden Parkanlage zuständigen Gärtners, und Schrader war gleich neben der Eingangstür gegen einen Blecheimer gestoßen, der laut scheppernd umgefallen und gegen eine Harke gerollt war. Die Harke musste ihrerseits umgekippt und mit ihrem Holzstiel Schraders Rücken getroffen haben, daher der Schlag, rekonstruierte der ehemalige Polizist in Sekundenschnelle. »Ja, doch«, raunte er jetzt heiser. »War ein Versehen!«

»Du machst ja mehr Krach als eine Horde Wildschweine, die durchs Unterholz bricht«, rügte der ehemalige Lehrer. Seit er sich am Vormittag für die Teilnahme an der Hirschrufmeisterschaft erwärmt hatte, benutzte er gern Vergleiche, die irgendwie im Zusammenhang mit der Jägersprache standen, oder zumindest doch mit dem, was Gottfried Schuster, ein geborener Stubenhocker, für Jägerlatein hielt. Bereits beim Mittagessen war er Schrader damit auf die Nerven gegangen. »Reich mir doch bitte mal das Lecksteingranulat«, hatte er etwa gesagt, als er seinen Tischnachbarn um den Salzstreuer gebeten hatte. Der ehemalige Polizist fragte sich insgeheim, ob und wie er die Nähe des pensionierten Paukers bis zum Termin der Meisterschaft würde aushalten können. So oft es ging, mied er die Gegenwart des anderen. Im Sommer hatte er sogar die Teilnahme an einem Tangokurs abgesagt, den Tanzlehrer Knut Hansen im Altenheim angeboten hatte, weil Gottfried Schuster sich sowohl zum frühen als auch zum späten Kurs angemeldet hatte.

Trotz des widrigen Umstandes der nervtötenden Wortwahl Gottfried Schusters, fand Nikolaus Schrader dessen Vorschlag, den Hirschruf im nächtlichen Wald zu üben, aber doch so verlockend, dass den ganzen Tag über ein strahlendes Lächeln um seine Lippen gespielt haben musste. Seine Zimmernachbarin, Amalie Pfingsten, hatte ihn mehrmals darauf angesprochen. Diese neugierige Elster! Er hatte eisern geschwiegen. Das fehlte noch, dass die Alte Krähe Wind von ihrem Vorhaben bekam. Die wäre im Stande, unter Androhung, sie ansonsten an die Heimleitung zu verpfeifen, auf einer Teilnahme an dem nächtlichen Ausflug zu bestehen.

»Da stehen sie!« Stolz schwang in Schusters Stimme mit, während er den Strahl seiner Taschenlampe jetzt in die hinterste Ecke des Schuppens wandern ließ. »Genau, wie ich es dir gesagt habe.« Der Lehrer hatte sich bereit erklärt, selbst für einen geeigneten fahrbaren Untersatz für ihren Ausflug zu sorgen.

Was ich besser nicht hätte zulassen sollen, schoss es Nikolaus

Schrader nun beim Anblick der ausrangierten Rollstühle durch den Kopf, die aufgereiht an der hinteren Wand des Schuppens standen. Er ärgerte sich insgeheim, mit den Jahren zu bequem geworden zu sein und eine solch wichtige Aufgabe einem Sesselpupser wie Gottfried Schuster überlassen zu haben.

»Die?« Nikolaus Schrader zeigte mit dem Finger in die Richtung des Lichtstrahls und damit der altersschwachen Rollstühle. »Die funktionieren doch gar nicht mehr!«

»Und wie die funktionieren! Die sind tipptopp in Ordnung! Die benutzt der Gärtner nämlich immer für die Teilnahme am jährlichen Seifenkistenrennen am Lehder Berg.« Gottfried Schuster strahlte noch immer voller Stolz. »Guck sie dir nur mal genau an. Total in Schuss!«

Nikolaus Schrader ließ seinen Blick von Gottfried Schusters Gesicht zu den alten Elektrorollstühlen wandern und stieß erschrocken einen Schrei aus: »Hilfe! Ein Gespenst!« Er hatte ganz deutlich gesehen, wie sich neben den Rollstühlen eine menschenähnliche Gestalt zu schaffen machte.

»Weichei! Und so einer will bei der Polizei gewesen sein«, erkannte er jetzt voller Unglauben die Stimme seiner Zimmernachbarin.

»Amalie?« Schrader blickte verblüfft von dem Gespenst zu Schuster. Der ehemalige Lehrer senkte schuldbewusst den Kopf. »Sie hat gedroht, uns an die Heimleitung zu verraten, wenn wir sie nicht mitnehmen würden«, murmelte er laut genug, dass Nikolaus Schrader es verstehen konnte.

»Diese …« Schrader wollte einfach kein Vogel einfallen, der es an Dreistigkeit mit seiner Zimmernachbarin hätte aufnehmen können. Alte Krähe, sein übliche Bezeichnung für Amalie, wäre in diesem Fall ein viel zu milder Vergleich.

»… liebe Freundin wolltest du sicher sagen. Nicht wahr, Schraderchen?«, vollendete Amalie den Satz und schwenkte dabei lächelnd und deutlich im Schein der Taschenlampe erkennbar eine Thermoskanne in der Hand. »Ihr Männer hättet doch bestimmt nicht daran gedacht, was zum Aufwärmen mit in den Wald zu nehmen!«, sagte sie, und Schrader fand die Idee, Amalie dabei zu haben, mit einem Mal gar nicht mehr so schlecht. Zumindest, was Essen und Trinken betraf, war auf die Weibsbilder doch immer Verlass! Sicher hatte sie die Jackentaschen voller Studentenfutter, hoffte Schrader.

*

Im Schein des fast vollen Mondes bogen hintereinander und beinahe lautlos drei besetzte Elektrorollstühle von der Hofzufahrt des Altenheims auf die Burgstrasse ein. Schrader hatte darauf bestanden, die ungewöhnliche Karawane anzuführen. Er kenne den Weg am besten, hatte er als Argument vorgebracht und die beiden anderen Alten, die die Expedition ebenfalls hatten leiten wollen, damit zum Schweigen gebracht. Schließlich hatte er als Einziger Erfahrung mit längeren Rollstuhlfahrten vorzuweisen. Vor Jahren war er bereits einmal in einem solchen Gefährt bis nach Eddinghausen gerollt. Ganz zu schweigen von dem fahrbaren Untersatz, den er erst im vergangenen Winter die Strecke bis Eddinghausen gesteuert hatte: einen Rasenmäher mit Schlittenanhänger! Das sollte ihm erst einmal einer nachmachen! Kurz hinter dem kleinen Dorf Eddinghausen kam nur noch das Kloster Haus Escherde und dahinter begann bereits der Hildesheimer Wald, in dem sie ihre erste Röhrübung durchführen wollten.

Bis dahin würden sie eine knappe Stunde brauchen, und das nur, wenn sie aus ihren Fahrzeugen alles herausholten und die gesamte Strecke von gut fünf Kilometern bei der Geschwindigkeit »Hase« hinter sich legten. Es gab nur zwei Einstellungen am Geschwindigkeitshebel eines elektrischen Rollstuhls: »Schildkröte« und »Hase«.

Kurz hinter Eddinghausen machten sie ihre erste Rast. Amalie ließ die Thermoskanne kreisen und Schrader freute sich nun sehr, die alte Dame dabei zu haben. Die ehemalige Gutsfrau hatte bei der Kaffee-Kognak-Mixtur nicht mit französischem Branntwein gespart. Wenn ihn sein Gaumen nicht täuschte, und er hatte, was Weinbrände betraf, einen ganz ausgezeichnet geschulten, hatte sie sogar eine äußerst edle Sorte verwendet: Black Pearl von Remy Cointreau. Nicht einmal achthundert Flaschen waren davon auf den Markt gekommen, und für jede einzelne hatten die Käufer mehrere tausend Euro hinblättern müssen. Sicher hatte die Alte Krähe mal wieder ihren Ex Heiner bluten lassen, dass sie sich solch einen Tropfen leisten konnte. Was für eine Verschwendung eines solch außerordentlichen Destillats, dachte Schrader mit unermesslichem Bedauern. Wie viel lieber hätte er diesen Kognak pur genossen!, dachte er, während er sich mit seinem Rücken gegen den Stamm eines Nussbaumes lehnte und durch dessen bereits arg gelichtetes Blätterdach zu den funkelnden Sternen hinauf sah. Fast fühlte er sich wie damals, als er mit seiner verstorbenen Frau einmal Schlemmerferien in Frankreich verbracht hatte. Der seltene Black Pearl wurde aus einem hundert Jahre alten Wein gebrannt, glaubte Nikolaus Schrader sich zu erinnern. Er hatte die teure Flasche, die andere in ihren Safe einschließen würden, erst kürzlich zufällig in Amalies Vitrine stehen sehen, in der sie ihr gutes Porzellan aufbewahrte. Wahrscheinlich wusste die alte Krähe gar nicht, was für einen besonderen Schatz sie da in den heißen Kaffee gerührt hatte, sagte er sich, während er einen weiteren Schluck des wärmenden Getränks in seinem Mund hin und her schlürfte, als säße er bei einer Weinprobe. Die Mischung schmeckte trotz Schraders Kummer über das gnadenlose Geaase mit einem einmaligen Tropfen ganz ausgezeichnet!

»Na los, schwingt euch in die Hufe, wir müssen endlich weiter!«, riss Gottfried Schuster Nikolaus Schrader plötzlich aus dessen schönen Erinnerungen. Der ehemalige Polizist stöhnte, als er jetzt sah, wie Gottfried einen Rest seines Getränkes tatsächlich aus seinem Pappbecher auf die Erde goss.

»Banause«, schimpfte er leise. »Hat keine Ahnung, was er da gerade probieren durfte.« Dann leerte er seinen eigenen Pappbecher bis auf den letzten Tropfen und stieß sich von dem Baumstamm ab. »Ich fahre vor!«, bestimmte der ehemalige Polizist und schwang sich voll neu gewonnener Energie auf den Sitz seines Rollstuhl. Die Kraft von hundert Jahren Lagerung im Eichenfass schien ihm Flügel zu verleihen. Er fühlte sich seltsam leicht im Kopf und – ja! – irgendwie tatsächlich beschwingt!

*

»Warum müssen wir eigentlich so weit in den Wald hinein laufen?«, wollte Schrader wissen.

»Weil wir unsere Übung in einem Rahmen gestalten wollen, der so authentisch wie möglich sein sollte«, gab Schuster zur Antwort. Der weiße Haarkranz des ehemaligen Lehrers schimmerte im Licht des Mondes wie ein Heiligenkranz und verlieh ihm etwas Erhabenes.

»So weit ich mich erinnern kann, haben wir nur ›im Wald‹ gesagt. Von einem Gewaltmarsch war keine Rede!«, ließ sich Amalie nun vernehmen, die einige Meter hinter den Männern versuchte, mit ihnen Schritt zu halten. Sie keuchte schon eine ganze Zeit lang laut vernehmlich, denn es ging stetig bergan.

Auch Schrader verspürte die ersten Seitenstiche. Trotzdem konnte er nicht umhin, sich zu Amalie umzudrehen und ihr: »Hab' ich dir doch gesagt, dass das nichts für Frauen ist!«, zuzurufen. Die alte Frau winkte nur müde mit der Hand ab, für eine Antwort hatte sie wahrscheinlich nicht mehr genug Puste, dachte Schrader und konnte sich ein kleines, hämisches Grinsen nicht verkneifen.

Sie hatten ihre Rollstühle an dem alten Steinbruch abgestellt, der bereits im Hildesheimer Wald, aber kaum einen Kilometer hinter den Klostermauern Haus Escherdes lag. Schrader hatte geglaubt, dass sie gleich dort, in der mit zahlreichen Büschen bewachsenen ehemaligen Steinkuhle mit ihren Hirschrufexperimenten beginnen würden, aber Schuster hatte darauf bestanden, dass sie die hohe Böschung erklommen, um auf dem Stückenberg unter den alten Buchen mit ihren Hirschschreien zu starten. »Kein Hirsch würde zwischen solch einem Gestrüpp rufen«, hatte er behauptet, als sie noch am Steinbruch debattiert hatten. Schrader bereute bereits zutiefst, nicht eindrücklicher auf einem Verbleib in der Kuhle bestanden zu haben.

»Scheiße, Mann, als ich jung war, bin ich hier im Dauerlauf hoch«, brachte er schwer atmend hervor.

»Ja, ja, alt werden ist nicht schön, aber …«

»Alt werden ist Scheiße!«, unterbrach Nikolaus Schrader den ehemaligen Lehrer heftig.

»... aber jung sterben ist auch keine Alternative!«, vollendete Gottfried Schuster seinen Satz.

»Eben!«, pflichtete Amalie Pfingsten Schuster von hinten bei. Dann blieb sie einen Moment stehen und rang schwer nach Luft.

Endlich hatten sie die Kuppe des Stuckenbergs erreicht. Amalie verteilte Pappbecher und ließ erneut die Thermoskanne kreisen. Danach zückte Schrader voller Tatendrang sein mitgebrachtes Papprohr und begann mit den ersten Hirschrufen.

»Öhhhh! Öh! Öh! Öh! Ööööh!«, machte er und bildete sich ein, sehen zu können, wie seinen beiden Begleitern bei diesen gelungenen Schreien leichte Schauder über ihre Rücken liefen. Er selbst hatte eine Gänsehaut, als er nun die Tröte vom Mund nahm und stolz fragte: »Na, wie war ich?«

»Naja«, meinte die alte Krähe. »Jetzt lass mich aber endlich mal!«, sagte sie. Schrader umklammerte fest sein Papprohr. Er hatte nicht vor, seine Zimmernachbarin damit üben zu lassen. Es war eine Sache, die erpresserische Wachtel bei ihrem nächtlichen Ausflug dabei zu haben und sich ihre Kaffee-Kognak-Mischung schmecken zu lassen, aber eine ganz andere Sache war es, ihr sein kostbares Instrument zu überlassen.

»Ich könnte immer noch die reuige Sünderin spielen und der Heimleitung morgen sagen, wer sich heute Nacht die Rollstühle ausgeliehen hat«, drohte Amalie, als sie Schraders Zögern genau richtig interpretierte.

»Sch! Seid doch mal still! Hört ihr das nicht?« Gottfried Schuster wedelte aufgeregt mit beiden Armen. »Ich glaube, Nikolaus hat tatsächlich einen Hirsch angelockt«, flüsterte er dann.

Mit im Mondschein leuchtenden, weit aufgerissenen Augen starrte der alte Mann in den Wald. Die Furcht war deutlich auf seinem Gesicht zu erkennen.

»Im Hildesheimer Wald gibt es keine Hirsche«, wusste Amalie, die schließlich lange genug in Eddinghausen auf dem Gut gelebt hatte, um den Hildesheimer Wald wie ihre Westentasche zu kennen. Wie oft hatte sie ihrem Zimmernachbarn von den süßen Himbeeren vorgeschwärmt, die sie Sommer für Sommer hier gesammelt hatte.

Nikolaus Schrader wollte bereits erleichtert aufatmen, denn auch ihm jagte eine mögliche Begegnung von Angesicht zu Angesicht mit einem Zwölfender Angst ein, als Schuster leise »Trotzdem« raunte.

»Irgendwas ganz Großes kommt da direkt auf uns zugerannt.«

Und endlich konnte auch Schrader es hören. Zweige knackten, Laub raschelte, schwere Schritte stampften über den Waldboden. Der Sesselpupser hatte recht, irgend ein größeres Lebewesen brach da durchs Unterholz! Sofort sah sich der ehemalige Polizist nach einem geeigneten Fluchtweg um. Es mochte vielleicht keine Hirsche im Hildesheimer Wald geben, aber Schwarzwild gab es allemal! Und das war noch gefährlicher!

»Wären wir doch bloß an der Kuhle geblieben!«, schimpfte er und begann zu rennen. Amalie und Gottfried hechteten sofort hinter ihm her, aber schon gleich blieben alle drei ganz abrupt stehen. Weit hinter ihnen war ein lauter Knall zu hören gewesen.

»Hilfe!«, quiekte Amalie leise. Sie war weise genug, in einer solchen Situation nicht laut zu schreien, um nicht die Aufmerksamkeit auf sich zu lenken, dachte Schrader erleichtert bei sich. Auf die Kriegsgeneration war doch Verlass!, freute er sich.

Plötzlich hörten die drei Alten einen weiteren heftigen Knall und Schrader, der sich dem Geräusch zugedreht hatte, meinte sogar, in der Ferne einen kurzen Lichtblitz gesehen zu haben. Das Mündungsfeuer eines Gewehrs!, war er sich sicher. Sein Herz klopfte wie zuvor beim Anstieg bis in den Hals, und er rang laut hörbar nach Luft.

»Was war das?«, flüsterte Gottfried Schuster mit rauer Stimme. Der ehemalige Lehrer war schon nach dem ersten Knall nicht einfach nur stehen geblieben, sondern hatte sich der Länge nach auf den Waldboden geworfen und seinen Kopf mit beiden Händen schützend umfasst. Nun stützte er sich mit den Unterarmen im toten Laub ab, das den Waldboden bereits mit einer beachtlich dicken Schicht bedeckte und sah mit nach oben gerichtetem Oberkörper fragend zu Nikolaus Schrader.

»Ich glaube, das war ein Schuss«, meldete sich statt des ehemaligen Polizisten Amalie Pfingsten zu Wort. »Jedenfalls klang das genau so wie die Gewehre, mit denen mein Ex immer bei der Hubertusjagd herumfeuerte.« Die alte Dame hatte sich erst vor wenigen Jahren, kurz vor ihrer goldenen Hochzeit, von ihrem Gatten getrennt, um endlich ein selbstbestimmtes Leben zu beginnen, wie sie heute noch gern allen erklärte, die danach fragten. Wahrscheinlicher war es aber, dass Amalie die ewige Fremdgeherei ihres Mannes leid geworden war, glaubte Nikolaus, der den alten Pfingsten mehr als einmal aus peinlichen Situationen in einem Bordell in Hildesheim hatte befreien müssen.

»Stimmt«, pflichtete er seiner Zimmernachbarin bei. »Das war ein Schuss!«

Eine Weile sagte keiner der drei ein Wort. Nur ihr schweres Atmen war deutlich zu hören. Was immer da auf sie zugelaufen war, musste getroffen worden sein, denn von den stampfenden Schritten war nichts mehr zu hören. Nikolaus Schrader spürte, wie ihm allmählich durch die Bewegungslosigkeit immer kälter wurde. »Also, ich gehe jetzt mal nachgucken. Wir können schließlich nicht die ganze Nacht hier bleiben.«

»Ich komme mit«, sagte Amalie Pfingsten sofort.

»Allein bleibe ich auch nicht hier, wir sollten uns in einer solchen Lage auf keinen Fall trennen!«, meinte Gottfried Schuster und rappelte sich vom Waldboden auf.

Nur ein paar wenige Meter von der Stelle entfernt, an der sie Halt gemacht hatten, fanden sie ihn. Er lag auf dem Rücken, im kalten Mondlicht blickten seine Augen wie starr zum Himmel. Er lebte noch. Sein Mund war wie zu einem Schrei geöffnet. Er röchelte deutlich hörbar. Auf seiner Kleidung schimmerte in Brusthöhe ein feuchter Fleck, der sekündlich zu wachsen schien. Nikolaus bückte sich und stippte seinen Zeigefinger kurz in die Flüssigkeit, um dann daran zu riechen.

»Blut«, stellte er fest.

»Wäre ja auch zu schön gewesen, wenn es nur den Flachmann erwischt hätte«, raunte Amalie Pfingsten und kicherte albern.

Die Nerven!, dachte Schrader missfällig, während Gottfried

Schuster trocken »Blattschuss!« kommentierte. »Hat entweder die Lunge oder das Herz erwischt.«

»Die Lunge, das sieht man doch, das Blut ist ja ganz schaumig«, meldete sich Amalie Pfingsten wieder zu Wort, die ihren albernen Anfall überwunden zu haben schien und Gottfried Schusters Taschenlampe an sich genommen hatte. Sie bückte sich nun ebenfalls, um den tödlich Getroffenen besser in Augenschein nehmen zu können. »Außerdem würde bei einem Herzschuss kein Blut mehr fließen, weil das Herz dann ja nicht mehr pumpen würde«, erklärte Amalie ihren Begleitern.

Schrader blickte überrascht auf die ehemalige Gutsfrau. So viel Fachwissen hätte er ihr gar nicht zugetraut. »Ich hätte es nicht besser sagen können«, gab er zu.

»Ich glaube, ich kenn' den!«, rief Amalie plötzlich aufgeregt und hielt den Strahl der Taschenlampe direkt auf das Gesicht des Sterbenden. »Ist das nicht der, der das große Fachmarktzentrum am Gronauer Westrand plant? Nikolaus, schau doch mal, du liest doch die Leine Deister Zeitung jeden Tag. Ich bin mir sicher, das ist der Mann! Sein Foto stand doch oft genug in der Zeitung!«

Nikolaus Schrader guckte verblüfft auf das blasse Gesicht. »Tatsächlich«, sagte er. »Du hast recht, Amalie. Das ist er!« Nachdenklich kratzte sich der ehemalige Polizist am Hinterkopf. »Na das wird vielleicht eine schwierige Tätersuche werden«, glaubte er. »Dem hat doch zumindest jeder Gronauer Geschäftsinhaber, und sei er noch so ehrbar, die Pest an den Hals gewünscht. Und wer weiß, was der anderswo noch für Dreck am Stecken hatte.«

Die örtlichen Druckmedien hatten in den letzten Monaten

immer wieder von dem gigantischen Bauvorhaben am westlichen Ortsrand von Gronau berichtet und auch von anderen Projekten, welche der Investor angeblich zuvor schon andernorts in den Sand gesetzt hatte. Soweit Schrader sich erinnerte, war »gefährlicher Spekulant« noch das Netteste gewesen, was man über den Mann in den Zeitungen hatte lesen können.

Was machen wir denn jetzt?«, wollte Gottfried Schuster mit weinerlicher Stimme wissen. »Ich glaube, mir wird schlecht«, fügte er noch hinzu und kippte dann ohnmächtig über den Sterbenden.

03

Als Schuster wieder zu sich gekommen war, hatten die drei Alten beschlossen, den Mann, der inzwischen sein Leben unter Gottfried Schusters nicht unbeträchtlichem Gewicht ausgehaucht hatte, im Wald liegen zu lassen und so schnell wie möglich die Polizei zu verständigen. Der Tote würde ja nicht davonlaufen, hatte Schuster gemeint, als Schrader sich freiwillig gemeldet hatte, um bei der Leiche Wache zu schieben. Es sah aber mehr danach aus, als habe der ehemalige Lehrer nach diesem zweifelsohne für sie alle sehr aufwühlenden Erlebnis Angst, nur mit Amalie als Begleitung durch den Wald zu stapfen. Es wäre sicher ratsam, sie trennten sich nicht, hatte Schuster gedrängt. Schließlich waren sie gerade Zeugen eines richtigen Mordes geworden, hatte er mit zitternder Stimme hervorgebracht, und wer konnte ihnen versichern, dass der Täter nicht noch mit seiner Flinte bewaffnet durch den Hildesheimer Wald lief?

Das würde der ganz bestimmt gerade tun, und sei es nur auf der Flucht, hatte Nikolaus Schrader gedacht, denn so sehr er auch seine Ohren gespitzt hatte, während Gottfried noch bewusstlos über dem Opfer gelegen hatte, er hatte kein Fahrzeug starten gehört. Diesen Gedanken hatte er aber lieber nicht laut ausgesprochen, um die anderen nicht noch weiter zu beunruhigen.

»Womöglich weiß der Mörder ja bereits, dass es Zeugen für

seine Tat gab?«, hatte Amalie Schusters Bedenken beigepflichtet und Schrader damit überzeugen können, doch besser zusammen mit ihnen die Ordnungskräfte über den schrecklichen Mord in Kenntnis zu setzen, statt einsam im Wald neben dem Toten auszuharren.

Da keiner von ihnen ein Handy besaß, mussten sie nun also versuchen, irgendwie an den nächsten Fernsprechapparat zu gelangen. Gar nicht so einfach im nachtschlafenden, südlichen Niedersachsen. Es war sicher schon nach elf! Nach zwei vergeblichen Versuchen, in Haus Escherde einen der anscheinend tief und fest schlummernden Einwohner durch Klingeln oder Klopfen an der Haustür zu wecken, gaben sie dort auf und fuhren auf ihren Rollstühlen weiter bis nach Eddinghausen. Sie hofften, dort im Gasthaus Lampe mehr Glück zu haben. Inge Lampe, die Gastwirtin, war im gesamten Leinebergland dafür bekannt, die Nacht gern zum Tag zu machen.

Die Landstraße zwischen den beiden kleinen Ortschaften war vom Hildesheimer Wald kommend abschüssig, und Amalie konnte sich ein Jauchzen wohl nicht verkneifen, als der Fahrtwind ihr um die Nase wehte. »Wie früher, wenn ich auf meinem Drahtesel vom Rübenhacken kam!«, rief sie, als sie mit windschnittig nach vorn gebeugtem Oberkörper bei voller Geschwindigkeit an Schrader und Schuster vorbeizog. Sie hatte großes Glück, dass sie nicht in eines der Schlaglöcher fuhr, von denen die schmale Landstraße einige aufzuweisen hatte. Dann wäre es mit der Raserei schlagartig vorbei, dachte Schrader grimmig und schob nun selbst den Geschwindigkeitshebel seines Gefährts bis zum Anschlag auf die Einstellung »Hase«.

»Klasse! Inge scheint tatsächlich noch wach zu sein«, meinte

Nikolaus Schrader fröhlich zu Amalie Pfingsten, die ihr spontanes Wettrennen um Haaresbreite gewonnen hatte, als er einige Zeit später etwas steif von seinem Rollstuhl aufstand. Mit dem Finger deutete er auf ein erleuchtetes Fenster im ersten Stock des großen, alten Fachwerkhauses, in dem nicht nur die Gastwirtschaft untergebracht war, sondern das der Gastwirtin und ihren alten Eltern auch als Wohnhaus diente. »Inge!« rief er sogleich. »Inge, mach auf!« In dem Haus schien sich aber auch nach einer Weile des Wartens noch nichts zu regen. »Meinst du, sie ist wirklich noch wach? Es ist doch sicher schon fast Mitternacht.« Amalie versuchte im fahlen Schein des Mondes, das Ziffernblatt ihrer Armbanduhr abzulesen.

»Ich versuche es mal mit Kieselsteinen«, antwortete Schrader und bückte sich, um von dem Hof ein paar kleine Steinchen aufzuklauben. »Autsch!«, schrie er laut auf, als er sich wieder aufrichten wollte und auf halber Strecke plötzlich einen furchtbaren, stechenden Schmerz in seinem gebeugten Rücken verspürte. Es tat so verdammt weh, dass ihm sofort die Tränen in die Augen schossen. »Ich glaube, ich habe einen verdammten Hexenschuss«, flüsterte er heiser zu Amalie. »Ich komm' nicht mehr ganz hoch.«

»Was ist das denn für ein Lärm da unten?«, ertönte eine Stimme von oben. Schrader drehte den Kopf zu Seite und sah aus seiner unvorteilhaften Stellung, dass das erleuchtete Fenster plötzlich doch noch geöffnet worden war. Inges von Lockenwicklern umrahmtes Haupt hob sich als Silhouette gegen den hellen Raum ab. »Wer ist denn da?«, wollte die Gastwirtin wissen.

»Wir sind's, Amalie Pfingsten und Nikolaus Schrader«, rief Amalie zu Inge Lampe hoch. »Mach uns bitte auf, wir müssen ganz dringend telefonieren!« Seine Zimmernachbarin duzte Inge natürlich, denn wie Nikolaus wusste, hatte sie diese schon als kleines Kind gekannt, als Amalie noch auf dem großen Gut in Eddinghausen das Sagen gehabt hatte, und alle Kinder, denen sie begegnete, in Ehrfurcht vor ihr erzittert waren.

»Alles klar, ich komme gleich runter und schließ' euch auf!« Inges Kopf verschwand wieder aus dem hell erleuchteten Fensterrahmen.

Als Schrader hörte, wie Inge unten den Schlüssel im Schloss der schweren, alten Eichentür herumdrehte, bog auch Gottfried Schuster, der sich an ihrem Wettrennen nicht beteiligt hatte, endlich auf den Hof des Gasthauses Lampe ein. »Na, endlich!«, begrüßte Nikolaus Schrader den Nachzügler schlecht gelaunt. Sein Rücken tat höllisch weh! Es fühlte sich an, als habe er tatsächlich einen Giftpfeil zwischen den Wirbeln stecken.

»Was ist denn passiert?« Inge hatte wohl doch schon im Bett gelegen und vielleicht nur noch ein bisschen gelesen, denn sie trug einen Bademantel aus wunderbar flauschig wirkendem Frottee unter dem, wenn sie sich bewegte, der geblümte Stoff eines Nachthemdes hervorblitzte. Sie führte ihre späten Gäste in die Gaststube und fragte sogleich: »Möchtet ihr vielleicht eine Erfrischung? Ein kleines Blondes?« Sie stellte sich an die Zapfsäule hinter den Tresen.

Nikolaus Schrader, der etwas knurrig »Hexenschuss« antwortete, wollte schon trotz seiner misslichen Lage mit dem Kopf nicken, als Amalie Pfingsten ihm zuvor kam.

»Nee, nee, mach dir nur keine Umstände! Ich habe selbst was mit dabei.« Die ehemalige Gutsfrau stellte ihre Thermoskanne auf dem Tresen ab. »Wir müssen nur dringend einen Notruf absetzen. Wo steht denn das Telefon?«

»Da hinten an der Wand hängt eines.« Inge deutete auf einen schwarzen Wandapparat, der wohl schon in der Gaststube hing, seit Eddinghausen in der ersten Hälfte des vergangenen Jahrhunderts an das Telefonnetz angeschlossen worden war. Trotz Amalies Ablehnung, machte die Wirtin sich am Zapfhahn zu schaffen, wie Nikolaus Schrader dankbar aus den Augenwinkeln beobachten konnte. Lauwarm wollte er Amalies Kaffee-Kognak-Mischung lieber nicht probieren. Er schleppte sich in gebückter Haltung auf eine der Sitzbänke zu.

»Tut's der Kasten denn noch? Das ist doch bestimmt noch so einer, wo man nach dem Fräulein vom Amt fragen muss.« Amalie guckte skeptisch auf den im Schein der gedimmten Deckenbeleuchtung wie frisch lackiert glänzenden Fernsprecher.

»Doch, der funktioniert einwandfrei«, antwortete Inge Lampe. »Mein Gott, was ist denn mit Ihnen passiert?« Inge schien erst jetzt Gottfried Schusters blutige Kleidung wahrzunehmen. Selbstverständlich duzte sie den pensionierten Lehrer nicht, denn der hatte ja nie in Eddinghausen gewohnt, so wie Nikolaus Schrader das einmal kurzfristig getan hatte oder wie Amalie, die ja den größten Teil ihres Lebens in der kleinen Ortschaft verbracht hatte. Obwohl die ehemalige Gutsfrau jetzt woanders wohnte, galt sie den Eddinghäusern noch immer als eine der ihren.

»Ihr braucht einen Krankenwagen, nicht wahr? Am besten du wählst direkt den Notruf!«, riet Inge Amalie. »Wollen Sie sich nicht lieber setzen?«, fragte sie dann den blutverschmierten Schuster.

»Ja, danke«, antwortete der. »Ich bin wohl etwas unglücklich gefallen«, meinte Schuster. Mit dankbarer Miene nahm er auf einem der Barhocker Platz. »Gegen ein Bierchen hätte ich auf den Schreck übrigens gar nichts einzuwenden«, sagte er dann mit einem bedeutungsvollen Blick auf Inges Hände und den Zapfhahn. »Und ein Korn zum Aufwärmen dazu, wäre auch nicht schlecht. Ist doch schon ganz schön kalt nachts. Vor allem, wenn keine Wolken am Himmel ziehen.« Wie jemand, der friert und sich zu wärmen versucht, rieb er sich jetzt mit den Händen über beide Oberarme.

»Nee, wozu denn einen Krankenwagen? Die sollen besser gleich einen Leichenwagen schicken! Ich rufe jetzt jedenfalls erst einmal die Polizei an«, antwortete Amalie auf Inges Frage. »Dem kann keiner mehr helfen«, schob sie noch hinterher, während sie bereits die 112 wählte. Inge schaute schockiert von Gottfried Schuster auf Amalie Pfingsten.

»Das Blut ist nicht von ihm«, klärte Nikolaus Schrader die verwunderte Gastwirtin auf. Der ehemalige Polizist hatte es sich mittlerweile in der stabilen Seitenlage auf einer der gepolsterten Holzbänke bequem gemacht, die den Gastraum an den Wänden zierten. Er hatte seinen Platz unter Ächzen und Stöhnen so geschickt gewählt, dass sein Kopf genau zwischen zwei Tischen zu liegen kam, und er von dort aus alles im Auge behalten konnte, was in dem Raum geschah. »Unser Freund hier ist sozusagen über einen Toten gestolpert«, klärte Nikolaus Schrader Inge Lampe nun weiter auf und gähnte danach ausgiebig. Sein ganzer Körper fühlte sich mit einem Mal wie aus Blei an.

»Ein Toter?!« Inge Lampe glaubte wohl, sich verhört zu haben. »Bei uns?« Ihre aufgerissenen Augen glichen mindestens Untertassen.

»Wäre ja nicht das erste Mal«, antwortete Schrader und konnte ein weiteres Gähnen nicht unterdrücken. »Mann, bin ich alle!«, stöhnte er.

»Wie sollen wir denn jetzt bloß zurück ins Altenheim kommen?«, sorgte sich Gottfried Schuster unterdessen, während er dankbar ein Gläschen Korn von Inge annahm und es mit einem einzigen Schluck seine Kehle hinunterschüttete. »Du kannst doch unmöglich so den Rollstuhl zurückfahren,« meinte er dann an den liegenden Schrader gerichtet. »Jetzt wird doch noch alles rauskommen!« Die Stimme des Sesselpupsers klang irgendwie weinerlich, dachte Nikolaus Schrader abfällig, während er sich bemühte, gegen die wachsende Müdigkeit anzukämpfen, die ihn von allen Seiten belauerte wie ein Rudel hungriger Wölfe ein von seiner Gruppe abgeschlagenes, einsames Wild. Er gähnte erneut ausgiebig.

»Mach dir darüber mal keinen Kopf!« Amalies Stimme klang trotz ihres furchtbaren Erlebnisses im Wald gut gelaunt. Sie hatte ihr Gespräch beendet und sich nun auch an die Theke gesellt. Sie tätschelte Gottfried Schusters Hand, als wolle sie ihn beruhigen. »Der Kommissar, der gleich hier auftauchen wird, ist ein alter Bekannter von mir. Den bitten wir dann einfach, sobald wir unsere Aussage gemacht haben, uns mitsamt den Stühlen nach Gronau zu fahren. Die sind doch klappbar, oder nicht?« Sie drehte sich fragend zu Nikolaus Schrader, der als Antwort ein kurzes Grunzen von sich gab. Jeden Moment würde er jetzt wegdösen, das spürte er.

04

Die Nacht war verdammt kurz gewesen, dachte Nikolaus Schrader, als er durch anhaltendes Rütteln an seiner Schulter unsanft geweckt wurde. Wo war er nur? Der ehemalige Polizist hatte Mühe, sich zu orientieren. Erst als er versuchte, sich aufzurichten und feststellen musste, dass sein Rücken viel zu sehr schmerzte, um auch nur irgendeine Bewegung zu tun, erinnerte er sich wieder. Richtig! Sie waren ja bei Inge Lampe in der Kneipe in Eddinghausen.

»Schraderchen! Wach auf! Die Polizei ist da.« Amalie Pfingsten rüttelte erneut an Schraders Schulter. »Kannst du dich setzen?« Täuschte er sich, oder klang da ein Hauch von Besorgnis in der Stimme der alten Krähe mit? »Bin schon längst wach«, antwortete Nikolaus knurrend. »Aber ich glaube, ich kann keinen Knochen rühren.«

»Er hat einen Hexenschuss«, klärte Amalie Pfingsten den Mann auf, der mit fragendem Gesichtsausdruck mitten in der Gaststube stand.

Ziemlich kräftig war der, dachte Schrader, während er versuchte, aus seiner Seitenlage heraus den Polizisten näher unter die Lupe zu nehmen. »Sind Sie nicht der …«

Er kam nicht weiter, denn mit einem Kopfnicken stellte sich der Mann jetzt vor: »Linden, ganz recht!«, sagte der Kommissar. »Und Sie sind, wenn ich mich nicht irre, ein ehemaliger Kollege. Nikolaus Schrader, nicht wahr?« Schraders Brust schwoll vor Stolz an. Dass der Kommissar sich noch an ihn erinnerte! »Sollen wir nicht besser einen Krankenwagen für Sie bestellen?«, bot der Polizist an.

»Bloß nicht!«, wehrte Schrader ab. »Im Krankenhaus wird man doch erst krank. Nee, wenn Sie uns aber später irgendwie nach Gronau ins Altenheim schaffen könnten, wäre ich Ihnen dankbar. Den Hexenschuss, den kuriere ich dann besser in meinem eigenen Bett aus. Ich kenn' das schon: ein bisschen Wärme und in zwei, drei Tagen kann ich wieder hüpfen wie ein junger Hase.«

»Ein alter Bock würde es wohl eher treffen«, murmelte Amalie Pfingsten laut genug, dass Schrader es verstehen konnte. Er zog es aber vor, lieber so zu tun, als habe er nichts gehört.

»Unsere Rollstühle nehmen Sie dann bitte auch mit, ja?«, schaltete sich jetzt Gottfried Schuster von seinem Barhocker aus in das Gespräch ein. »Die können wir unmöglich die ganze Nacht hier stehen lassen. Sie sind ja nicht einmal abzuschließen!«

»Ich glaube kaum, dass die wer klauen wird«, mischte sich Inge Lampe ein. »Die lassen sich ja nicht einmal frisieren wie Mopeds. Wie schnell ist man mit so einem Gefährt überhaupt?«

Gottfried Schuster warf ihr einen bösen Blick zu. »Bis zu 15 Stundenkilometer sind durchaus drin«, klärte er die unwissende Gastwirtin auf.

»Um Ihre, äh, Fahrzeuge kümmern wir uns später, ich würde Sie jetzt gern zu den Vorfällen dieser Nacht befragen«, beendete der Kommissar den gerade begonnenen Disput. »Frau Pfingsten, Sie haben am Telefon gesagt, Sie drei hätten im Hildesheimer Wald einen Mord beobachtet.«

Amalie nickte eifrig. »Ganz recht!«, antwortete sie, zog laut scharrend einen Stuhl unter dem Tisch hervor, hinter dem Schrader nun wieder mit geschlossenen Augen auf der Bank lag und begann sogleich zu erzählen: »Also so richtig gesehen haben wir ja eigentlich wenig, es war ja schließlich Nacht. Aber ich fange wohl besser von vorne an: Also, Nikolaus und Gottfried wollten für die Hirschrufmeisterschaft üben und da …«

»Frau Pfingsten, bitte, ganz so von Anfang an ist vielleicht nicht nötig«, unterbrach der Kommissar die alte Dame. »Es reicht, wenn sie mir die Geschehnisse im Wald schildern.«

»Na, Gott sei Dank!« seufzte der Sesselpupser von der Bar herüber. Wahrscheinlich hatte er Angst, dass die Vernehmung zu lange dauern würde und doch noch irgendwie herauskommen würde, dass sie die Rollstühle unerlaubterweise aus dem Geräteschuppen entwendet hatten, nun da er sich wohl gerade wieder in Sicherheit wiegte, weil der Kommissar zugesichert hatte, den Transport später zu übernehmen.

»Hosenscheißer«, brummelte Schrader und blinzelte unter halb geschlossenen Lidern in den Raum.

»Tja, hm«, meinte Amalie Pfingsten nachdenklich, so, als suche sie den geeigneten Punkt, um in ihren Bericht einzusteigen.

Harald Linden nutzte diesen Moment des Zögerns, um der Gastwirtin ein Zeichen zu geben. »Auch ein kleines Helles, bitte«, rief er Inge Lampe zu. »Bitte fahren Sie fort«, forderte er Amalie Pfingsten dann mit einem entschuldigenden Lächeln auf.

»Wir haben also die Rollstühle unten an der Kuhle vom alten Steinbruch geparkt, das ist gleich hinter den Klostermauern …«

»Naja, gleich?«, mischte sich Gottfried Schuster erneut ein. »Also, so ein knapper Kilometer liegt doch wohl dazwischen.«

»Sie sind auch gleich noch dran«, wandte sich der Kommissar an den ehemaligen Lehrer. Harald Linden sah etwas genervt aus. Kein Wunder. Es war spät und sicher wäre er jetzt lieber zu Hause, statt in einer kleinen Ortschaft im Leinebergland drei Alte zu befragen, glaubte Schrader.

»Wenn Sie jetzt bitte zunächst Frau Pfingsten erzählen lassen würden.«

»Ich mein' ja nur, dachte das wäre wichtig, so genaue Angaben wie möglich zu machen.« Gottfried Schuster blickte sichtlich beleidigt in sein Bierglas.

»… und sind dann die Böschung hochgekraxelt«, ließ Amalie Pfingsten sich nicht weiter beirren. »Und kaum hatte Nikolaus da oben in seine Tröte geblasen, schon lief irgend etwas Großes auf uns zu, was sich erst später als Mensch herausstellen sollte. Wir hatten natürlich Angst und wollten weglaufen, aber da knallte auch schon der Schuss …«

»Zwei, es waren zwei Schüsse, wenn ich mich recht erinnere«, konnte Gottfried Schuster sich wieder nicht verkneifen, einzuwerfen. »Einer davon ein Blattschuss«, schob er noch hinterher. »Sie wissen ja sicher, was das ist, nicht wahr? Also ein unbedingt tödlicher Schuss ist das, geht entweder ins Herz oder in die Lunge. In diesem Fall …«

»Herr Schuster, bitte!«

Gottfried Schuster verstummte pikiert, als er den gestressten Tonfall des Kommissars registrierte. Der Polizist warf einen kurzen, verzweifelten Blick zur Stubendecke und guckte dann wieder mit einem auffordernden Kopfnicken Amalie Pfingsten an.

»Gottfried hat Recht, es waren zwei Schüsse«, sagte die.

»Na bitte!« war von der Theke zu hören.

Amalie Pfingsten achtete nicht auf den erneuten Zwischenruf und sprach ruhig weiter: »Nach einer ganzen Weile, in der wir lauschend einfach nur abwarteten, sind wir dann da hin und da lag er. Lebte noch, aber nicht mehr lange.« Die alte Gutsfrau seufzte, senkte ihren Kopf und faltete ihre Hände.

»Kennen Sie das Opfer?«, wollte der Kommissar jetzt wissen.

Amalie Pfingsten blickte auf und nickte: »Ja, das ist dieser Investor, der angeblich ein riesiges Fachmarktzentrum in Gronau plant.«

»Also, wenn Sie mich fragen, kommt als Täter nur einer von den Gronauer Einzelhändlern in Frage. Die haben doch alle ordentlich Muffensausen, seit die Pläne bekannt wurden«, konnte sich nun Nikolaus Schrader nicht verkneifen, die Ermittlungen sofort in die, wie er glaubte, richtige Richtung zu lenken. Harald Linden griff nach seinem Bierglas, das Inge Lampe ihm mittlerweile hingestellt hatte, und leerte es in einem einzigen Zug.

»Wissen Sie zufällig den Namen des Mannes?«, fragte der Kommissar dann. Diesmal schien er sich an alle Anwesenden zu wenden, denn er schaute sich fragend in der Gaststube um. Amalie Pfingsten schüttelte ihren Kopf. »Habe ich vergessen«, gab sie zu. Gottfried Schuster nagte an seiner Unterlippe und Nikolaus Schrader dachte angestrengt nach. Seine Stirn war ein einziges Faltenmeer.

»Äh«, meldete sich plötzlich Inge Lampe zu Wort. »Ich meine, der heißt Olaf Petersen«, sagte die Gastwirtin leise und wurde rot, dabei nestelte sie am Kragen ihres Morgenmantels.

»Dankeschön!« Kommissar Linden schenkte ihr ein strahlendes Lächeln, das Inges Gesichtsfarbe noch intensivierte. Verlegen zapfte die Wirtin ein weiteres Bier, das sie sich dann selbst genehmigte.

»Wer von Ihnen könnte denn meinen Kollegen in den Wald begleiten und ihn zu der Stelle führen, an der das Opfer liegt?« Nikolaus Schrader entdeckte erst jetzt den jungen Polizeibeamten, der wohl schon die ganze Zeit am Türrahmen gelehnt haben musste.

»Brockmeyer,« stellte der sich jetzt vor und trat einen Schritt in den Raum.

»Ich würde ja gern«, meinte Schrader, war insgeheim aber zum ersten Mal in seinem Leben froh darüber, einen schwachen Rücken zu haben.

»Sie vielleicht?« Der Kommissar blickte auf Schuster, der aussah, als wolle er sich am liebsten hinter seinem Barhocker verstecken.

»Also, äh, ich weiß nicht …«

Natürlich wollte sich der Sesselpupser wieder einmal vor einer zusätzlichen körperlichen Anstrengung drücken. Nikolaus Schrader schnaubte verächtlich, obwohl auch ihm eine neuerliche Klettertour alles andere als zugesagt hätte. Hätte er dem ollen Pauker doch bloß nie den Teilnahmezettel gezeigt, dachte er reuig. Dann lägen sie jetzt alle drei seit Stunden schön in ihren warmen Betten, sie wären nie über diesen Toten gestolpert, und er hätte sich außerdem noch nicht einmal den Hexenschuss eingefangen.

»Sie möchten den beschwerlichen Weg doch sicher kein zweites Mal einer älteren Dame wie Frau Pfingsten zumuten? Noch dazu scheinen …«

»Ich bin auch nicht mehr der Jüngste!«, protestierte Gottfried Schuster sofort. »Genau genommen ist Amalie sogar …« Er sprach nicht zu Ende, denn soeben drangen die weiteren Worte des Kommissars an seine Ohren. »… scheinen Sie der einzige unter den Tatzeugen zu sein, der über ein äußerst exaktes Erinnerungsvermögen verfügt.«

Nun war es an Amalie Pfingsten, laut zu schnauben. Gottfried Schuster dagegen strahlte ob dieses unerwarteten Lobes und hüpfte schneller als der von seiner Holzbank aus alles im Auge behaltende Nikolaus Schrader ihm das zugetraut hätte von seinem Hocker.

»Ich bin bereit!«, rief er und blickte strahlend auf Brockmeyer. »Halali!«

Schon im Gehen begann er, den jungen Polizisten über die genaue Herkunft dieses der Jägersprache entnommenen Ausdrucks aufzuklären. »Also, laut Horst Pelletier bedeutet ›Halali‹ eben nicht im Französischen ha là li, übersetzt: Da liegt er, also der Hirsch, sondern entweder einen kurzen, sinnfreien Ruf an die Hunde, um sie anzufeuern, oder aber es leitet sich ab von hal à luy – ›hetz auf ihn‹, also den Hirsch – was in unserem Fall dann wohl eher …«

Brockmeyer warf seinem Vorgesetzten einen kurzen, verzweifelten Blick über die Schulter zu. Dann verschwanden die beiden Männer aus Nikolaus Schraders Blickfeld.

05

»Da ist weit und breit kein Toter zu finden«, berichtete Brockmeyer seinem Vorgesetzten, als er mit einem mehr als geknickt wirkenden Schuster im Schlepptau nach einer guten Stunde wieder zurück in die Gaststätte kam.

»Also, ich verstehe das nicht! Ich verstehe das nicht!«, murmelte der ehemalige Lehrer immer wieder leise vor sich hin.

»Was soll das denn heißen?« Amalie war aufgestanden und guckte böse von Brockmeyer auf Schuster. »Du hast den Mann bestimmt an einen falschen Platz geführt! Herr Linden, Sie müssen uns glauben, da liegt wirklich ein Toter!«, wandte sie sich jetzt aufgeregt an den Kommissar.

»Sind Sie auch ganz sicher, dass Sie an der gleichen Stelle waren?«, fragte der Kommissar nun den verzweifelten Schuster.

Der hörte auf, vor sich hin zu murmeln, reckte sich zu voller Größe und sagte so würdevoll wie möglich: »Ich bin zwar alt, aber nicht senil.«

»Die Stelle sah tatsächlich ziemlich zertrampelt aus«, mischte sich Brockmeyer nun ein. »Nur von einer Leiche fehlte jede Spur.«

»Der kann aber auf gar keinen Fall aus eigenen Kräften da weg sein«, ließ sich Nikolaus Schrader nun hören.

»Eben, der war mausetot!«, pflichtete Amalie Pfingsten ihrem Zimmernachbarn bei. »Und ausgedacht haben wir uns das auch nicht!«, sah sie sich wohl gezwungen, klarzustellen.

»Das würde ich auch gar nicht annehmen«, beruhigte der Kommissar die aufgebrachte Dame sogleich. Er deutet auf Gottfried Schusters Jacke. »Schon allein aufgrund der blutverschmierten Kleidung von Herrn Schuster nicht.«

Amalie Pfingsten atmete auf. »Gut so«, sagte sie sichtlich ruhiger. »Was machen wir denn jetzt?«, fragte sie dann.

Harald Linden sah auf seine Armbanduhr. »Wir bringen Sie jetzt zunächst einmal zurück ins Altenheim. Mit ihren Rollstühlen!«, fügte er schnell hinzu. Er schien Gottfried Schusters wildes Gestikulieren mit den Händen richtig gedeutet zu haben. »Für heute hatten Sie alle mehr als genug Aufregung. Morgen Vormittag werde ich dann jemanden bei Ihnen vorbei schicken, der Sie abholt, damit Sie Ihre Aussagen auf dem Präsidium zu Protokoll geben können, während die Spurensicherung sich den Ort schon in aller Frühe genauer ansehen wird. Brockmeyer, du findest den Platz doch auch ohne Hilfe wieder, oder?« Sein junger Kollege nickte. »Gut, dann kümmerst du dich also darum.« Brockmeyer nickte erneut.

»Können wir?« Harald Linden stapfte entschlossen auf Nikolaus Schrader zu, bückte sich und schob seine Arme unter Schraders gekrümmten Körper. »Sie sollten ja wohl vorerst keinen einzigen Schritt mehr selbst tun, was!« Es war eher eine Feststellung als eine Frage. Und plötzlich fand Nikolaus Schrader sich in der Luft schwebend wieder und quiekte vor lauter Überraschung einmal laut auf. Dann ließ er es in Würde schweigend geschehen, dass der kräftige Kommissar ihn zu einem der beiden Polizeiautos trug, die auf dem Hof vor der Gastwirtschaft parkten.

06

Baby Rose stand schon eine ganze Weile am Fenster und schaute auf die völlig verlassen daliegende Burgstrasse, auf die ihre beiden Küchenfenster zeigten. Wo der Bengel nur stecken mochte? War einfach mitten in der Versammlung aufgestanden und abgehauen ohne ein Wort zu sagen! Das tat er doch sonst nicht! Baby Rose musste sich schon sehr anstrengen, um sich an ein Weggehen ihres Sohnes, Sweet Jesus, zu erinnern, bei dem er ihr nicht gesagt hätte, was er vorhatte oder zumindest doch, wann in etwa er zurück nach Hause zu kommen gedachte.

Seit seiner Geburt waren Baby Rose und Sweet Jesus so gut wie unzertrennlich. Der Junge hieß eigentlich Konrad, nach Baby Roses Patenonkel, aber seit jeher wurde er von allen Sweet Jesus genannt. Manche Menschen wussten sicher nicht einmal, dass sein Name eigentlich Konrad Janda lautete. Schon im Kindergarten hieß er Sweet Jesus, denn die anderen Kinder hatten ihn oft mit der Tatsache aufgezogen, dass sein Vater unbekannt war. Irgendwann hatte eine Kindergärtnerin, die es wohl nur gut gemeint und nicht hatte ahnen können, was sie damit anrichtete, den Kindern erklärt, dass das liebe Jesuskind ja auch keinen Vater gehabt hatte, sondern vom Heiligen Geist gezeugt worden war. Sie war Amerikanerin gewesen, die nur für einen Sommer in dem deutschen Kindergarten gearbeitet hatte. Voller naiver Begeisterung hatte sie behauptet, dass aus dem kleinen Konny auch einmal ein »sweet Jesus« werden könne, und dabei so verheißungsvoll wie die Kleine Madonna im Hildesheimer Dom gelächelt. Seither war Konrad Sweet Jesus.

Der Name passte ja auch irgendwie zu ihrem eigenen, hatte Baby Rose schon damals gefunden. Sie wurde, seit sie denken konnte, Baby Rose genannt, um besser von ihrer Mutter Rosemarie, genannt Rose, unterschieden werden zu können. Baby Rose war ihrer Mutter noch heute dankbar, dass diese sie nicht einfach Rosie gerufen hatte. Baby Rose, das klang fast wie aus einem amerikanischen Spielfilm! Sie hatte sich, vor allem als sie noch jung war, immer als etwas ganz Besonderes gefühlt.

Deshalb hatte der Schock damals auch so tief gesessen, als ihr das mit der Kerbe passiert war. Nie hätte sie geglaubt, dass sie einmal auf so etwas hereinfallen würde. So etwas passierte nur anderen. Wie rührend er um sie geworben hatte! Wochenlang! Natürlich hatte sie sich zunächst geziert. Es hatte damals ja noch keine zuverlässigen Verhütungsmittel gegeben; oder zumindest hatte ihre Mutter ihr nichts davon erzählt, vermutlich, weil sie ihre Tochter mit nicht einmal fünfzehn für viel zu jung für so etwas gehalten hatte. Aber schließlich, nach dem Tanz auf dem Schützenfest, hatte auch sie nicht länger warten wollen. Wahrscheinlich war auch der Alkohol ein bisschen mit Schuld daran gewesen, dass sie sich von ihm in die abgelegene Jagdhütte im Deister hatte mitnehmen lassen, von der seine Ehefrau angeblich nichts wusste. Selbstverständlich hatte er ihr zuvor immer wieder beteuert, dass seine Ehe nur noch auf dem Papier bestünde, und dass er sich für sie würde scheiden lassen, sonst wäre sie wohl auch trotz des Alkohols nicht mit in die Hütte gefahren.

Das Schlafzimmer war unaufgeräumt gewesen, und die Bettwäsche hatte irgendwie muffig gerochen, daran erinnerte sich Baby Rose noch heute ganz genau. Es hatte weh getan, als er beinahe ohne Vorspiel in sie eingedrungen war, aber sie hatte geglaubt, das müsste so sein. Doch kaum hatte er sich in ihr ergossen, war er auch schon wieder aufgestanden und hatte sie kaum eines Blickes mehr gewürdigt. Sie hatte zunächst gemeint, etwas falsch gemacht zu haben.

»Was ist denn?«, hatte sie mit zitternder Stimme wissen wollen, und sich sehr zusammenreißen müssen, um nicht sofort loszuheulen. »Bitte, ich weiß doch nicht, wie das geht«, hatte sie insistiert. »Ich bin doch noch Jungfrau.«

»Gewesen«, hatte er geantwortet, und ein hämisches Grinsen hatte um seine Lippen gespielt, als er schließlich mit einem Klappmesser in der Hand zurück zum Bett gekommen war und mit der Klinge eine Kerbe in das hölzerne Fußende des Bettgestells geritzt hatte, das schon eine ganze Reihe solcher Markierungen aufzeigte. »Die ist für dich«, hatte er gemeint und sie kalt angesehen.

»Dieses Schwein!«, entfuhr es Baby Rose, als sie sich jetzt ganz genau an seinen eisigen Blick erinnerte. Eigentlich hatte sie gemeint, das Geschehene gut verdrängt zu haben. Sie war ja auch mit Sweet Jesus mehr als reichlich vom Schicksal für ihre Dummheit beschenkt worden. Aber jetzt war ihr erst kürzlich etwas passiert, das alles wieder hoch gebracht hatte. Die ganze Scham, als Ledige ein Kind zur Welt gebracht zu haben. Damals waren die gesellschaftlichen Regeln ja noch viel erstarrter gewesen. »Scheiße!«, schluchzte sie laut auf und lehnte ihre Stirn an die kühle Fensterscheibe. Heiße Tränen rollten ihr dabei über die Wangen.

Plötzlich hörte Baby Rose ein immer näher kommendes Motorengeräusch. Ihr Herz klopfte erleichtert. Ob das wohl endlich Sweet Jesus war? Aber von wem hatte er sich bloß das Fahrzeug besorgt? Was war das denn? Baby Rose kniff ihre Augen etwas zusammen und legte ihre Hände wie Scheuklappen rechts und links neben ihren Kopf an die Scheibe, um das Licht der Küchenlampe auszublenden und besser auf die Straße sehen zu können. Fuhr da etwa die Polizei auf den Hof des Altenheims? Um diese Zeit?! Tatsächlich! Sie konnte gerade noch im Schein einer Straßenlaterne das Gesicht der alten Pfingsten hinter einer der Scheiben des Wagens ausmachen, ehe das Fahrzeug aus ihrem Gesichtsfeld verschwand. Was mochte die neugierige Alte, die ihre Nase immer in Angelegenheiten steckte, die sie gar nichts angingen, denn bloß verbrochen haben? Während Baby Rose noch überlegte, sah sie einen zweiten Wagen zum Altenheim fahren. Merkwürdig!

Sie hörte jetzt die Glocken von Sankt Matthäi zur halben Stunde zweimal kurz schlagen. Es musste halb zwei oder schon halb drei sein. Gleich darauf schlugen auch die von Sankt Joseph, die lauter klangen, weil die katholische Kirche wie ihre Wohnung und das Altenheim in der Burgstraße lag. Wo Sweet Jesus nur so lange blieb?

Baby Rose beschloss, sich einen Tee zuzubereiten. Schlafen würde sie doch nicht können, so lange ihr Junge noch unterwegs war.

Während sie etwas später müde in ihrer Tasse rührte und ab und zu an dem heißen Getränk nippte, drifteten ihre Gedanken ab. Sie musste an die Versammlung denken, der sie am frühen Abend beigewohnt hatte. Der ortsansässige Verein für Handel und Gewerbe hatte zu einer außerordentlichen

Sitzung aufgerufen. Sie war zwar kein Mitglied, aber das Thema, das bei dieser Versammlung zur Sprache hatte kommen sollen, interessierte auch sie brennend.

Laut und hitzig war es zugegangen, denn unter den Gronauer Geschäftsleuten machte sich die Existenzangst breit. Seit sie zum ersten Mal von den Plänen der Stadtverwaltung gehört hatten, fiel es vielen Ladenbesitzern immer schwerer, nachts zur Ruhe zu kommen. Auch Baby Rose fürchtete um das Fortbestehen ihres kleinen Nagelstudios, das in der Innenstadt gleich neben der Eisdiele am Markt lag. Angeblich, so war auf der Sitzung erzählt worden, war es für die Verantwortlichen im Rathaus nämlich längst beschlossene Sache, am westlichen Ortsrand ein Fachmarktzentrum von nie gekannten Ausmaßen zu erlauben. Die gigantische Anlage sollte über fast 10.000 Quadratmeter Verkaufsfläche verfügen, eine Bedrohung für den gesamten Einzelhandel in Gronau. Kein Wunder eigentlich, dass keiner hatte fehlen wollen, und jedes Geschäft aus der Innenstadt mindestens einen Gesandten zu dieser Versammlung geschickt hatte. Baby Rose hatte sogar ihren Sohn Sweet Jesus dazu gedrängt mitzukommen, denn irgendwann sollte der Junge sie ja einmal beerben. Immer häufiger spürte sie in der letzten Zeit dieses beängstigende Herzstechen.

Ein Mann, der ein Nagelstudio betreibt, war zwar etwas ungewöhnlich, aber Sweet Jesus' ganzes bisheriges Leben war nicht anders zu nennen: außergewöhnlich!

Baby Rose nahm noch einen Schluck von ihrem Tee.

Ein Redner aus Hameln, Paul Loose, hatte ganz vorne im Saal am Pult gestanden und immer wieder versucht, sich durch lautes Klopfen mit der flachen Hand gegen die Pultoberfläche Gehör zu verschaffen. Doch nachdem er den Gronauern von den bösen Erfahrungen der Hamelner Geschäftsleute mit der dortigen Stadtgalerie berichtet hatte, einem Einkaufszentrum, das bereits vor wenigen Jahren mitten im Herzen der Altstadt Hamelns eröffnet worden war, war der Tumult losgebrochen und Loose war mit seiner Stimme nicht mehr zu seinen Zuhörern durchgedrungen. »Nicht weniger als fünfzehn Prozent Umsatzverlust«, hatte er den Gronauern prophezeit.

»Sauerei!«, hatte daraufhin einer der Versammelten laut gebrüllt und umgehend tosenden Beifall geerntet.

»Da müssen wir doch was tun!«, hatte ein anderer auffordernd gerufen.

»Wir können doch nicht tatenlos zusehen, wie unsere Läden hier in naher Zukunft langsam aber sicher vor die Hunde gehen!«

»Das ganze Stadtzentrum wird wie ausgestorben sein!«

»Und wenn der Investor das Objekt erst einmal abgeschrieben hat, und seine Renditen vielleicht nicht mehr optimal sind, macht er den Laden dicht. Der hat doch kein Interesse an Gronau!«

»Genau! Nur, dass unsere Geschäfte dann schon kaputt sein werden.«

»Dann gehen in Gronaus Innenstadt endgültig die Lichter aus!«

Sweet Jesus hatte den Saal schon nach den ersten Rufen verlassen, und auch Baby Rose war zusammen mit anderen schließlich gegangen, noch bevor die Versammlung zu Ende gewesen war. Sie wusste nicht, was man dort beschlossen hatte, war sich aber sicher, es schon bald erzählt zu bekommen. Ein Nagelstudio war als Informationszentrale mindestens so nützlich wie ein Friseursalon.

Baby Rose wurde aus ihren Erinnerungen gerissen, als sie den Schlüssel in der Wohnungstür hörte. Endlich! »Wo hast du denn nur gesteckt?«, fragte sie gleich, als ihr Sohn die Küche betrat.

»Wieso bist du denn noch auf?«, gab Sweet Jesus zurück, ohne auf ihre Frage einzugehen. Er klang ärgerlich, richtig böse, fand Baby Rose. Und wie der Junge aussah! Total verschwitzt und verdreckt, als habe er irgendwo in der Erde gebuddelt.

»Was hast du denn nur gemacht?«

»Geht dich gar nichts an«, blaffte Sweet Jesus. Baby Rose zuckte zusammen. So hatte er sie noch nie behandelt! Der Junge würde doch wohl jetzt nicht damit anfangen, aufmüpfig zu werden?! Mit fast vierzig! Selbst, als er in den sogenannten Flegeljahren gesteckt hatte, war er ihr gegenüber stets zuvorkommend gewesen. Ob er vielleicht doch noch ein Mädchen kennengelernt hatte? So gut, wie er aussah, hatte es sie eigentlich immer gewundert, dass er keine Freundin hatte. Was das Aussehen betraf, hatte er nicht nur die guten Gene seines Vaters, sondern auch ihre eigenen geerbt! Baby Rose war mit Mitte fünfzig eine sehr attraktive Frau. Jedenfalls bestätigten ihr das die bewundernden Blicke der Männer auf der Straße noch immer. Leider war es kaum noch Brauch, dass einer Frau auch hinterhergepfiffen wurde.

»Ich habe mir eben Sorgen um dich gemacht«, sagte Baby Rose jetzt mit weinerlicher Stimme.

Sweet Jesus stand vor dem geöffneten Kühlschrank und seine Mutter konnte sehen, wie sich sein Körper bei ihren Worten kurz straffte. »Lass bitte den Kühlschrank nicht so lange auf, das kostet unnötig Strom«, mahnte sie jetzt milde.

Ihr Sohn entnahm dem Eisfach eine Flasche Wodka, knallte die Kühlschranktür unnötig fest zu und stapfte dann mit der Flasche in der Hand aus der Küche. Irritiert sah Baby Rose ihm hinterher.

07

Es war kurz nach acht Uhr an einem weiteren, wunderschön sonnig beginnenden Spätsommermorgen. Nicht eine Wolke stand am Himmel! In diesem September hatten die Menschen im Leinebergland wirklich unglaubliches Glück mit dem Wetter, dachte Kornelia Lorenz, als sie mit ihrer Kaffeetasse in der Hand zum Fenster hinaus auf ihren Garten schaute. Wurde ja auch Zeit, dachte sie, als ihr Blick auf die neue Sitzecke unter den Obstbäumen fiel, die sie während des Sommers so selten benutzt hatten, dass Konny die Gelegenheiten an einer Hand abzählen konnte. »Danke für gar nichts, Sommer!« – so oder so ähnlich hatten die Zeitungen in der Region getitelt, als die Wettervorhersagen ein ums andere Mal schlecht ausgefallen waren und die ersten Nachtfröste den beginnenden Herbst angekündigt hatten. Die meisten Menschen waren in den Sommermonaten Juli und August irgendwann ob des nicht nachlassen wollenden Dauerregens richtig gereizt geworden.

Ein Wunder, dass nicht irgendwelche Morde passiert sind, schoss es Kornelia genau in dem Moment durch den Kopf, als das Telefon klingelte. »Mist!«, sagte die Fußpflegerin, denn sie verbrachte die kurze Zeit, in der sie zwischen dem Aufbruch ihrer Männer, ihr Ehemann Dieter brachte ihren jüngsten Sohn Mika morgens oft mit dem Wagen zur Schule, und ihrer eigenen Abfahrt zu ihrem ersten Kunden ihr Zuhause ganz für sich allein hatte, gern in Ruhe und ohne störende Telefonate. Davon würde sie im Laufe des Tages noch mehr als genug haben, wusste sie aus Erfahrung. Immer wieder riefen Kunden an, um Behandlungstermine zu vereinbaren, sie zu verschieben und manchmal auch, um sich für irgendwelche Notfälle einen Rat am Telefon einzuholen. Nicht immer ging es dabei um die optimale Fußpflege.

Kornelia Lorenz arbeitete schon seit vielen Jahren als ambulante Fußpflegerin in ihrer Heimat, dem Leinebergland, und war überall sehr beliebt. Für manche ihrer älteren, allein lebenden Patienten war sie im Laufe der Zeit sogar so etwas wie eine jüngere Freundin geworden, der sie ihre Sorgen und Nöte anvertrauen konnten. Immer wieder, wenn sie sich allzu gestresst fühlte, nahm Kornelia sich vor, sich nicht mehr so sehr privat einspannen zu lassen, aber dann brachte sie es nie übers Herz, einen alten Mann oder eine alte Frau, die ihren Kummer loswerden wollten, einfach so abzuwimmeln.

Auch heute hatte sie sich gleich beim ersten lästigen Klingelton eigentlich vorgenommen, nicht abzuheben. In ihrem Kalender gab es für heute sowieso keinen einzigen freien Termin mehr. Aber als das Telefon nun schon zum dritten Mal zu läuten begann, nahm sie den Anruf schließlich doch entgegen. Was, wenn es um einen wirklichen Notfall ging? Ein schmerzhaft vereitertes Nagelbett zum Beispiel? Dann würde sie unter Umständen einen ihrer Routinefälle auf später vertrösten müssen. »Lorenz«, meldete sie sich.

»Kindchen, wie gut, dass du da bist!« Kornelia erkannte die Stimme von Amalie Pfingsten sofort. Die alte Dame überschlug sich beinahe, so gehetzt sprach sie. »Ich dachte schon, ich würde dich nicht erreichen können. An dein Handy gehst du auch nicht, das scheint wieder einmal abgeschaltet zu sein, da kommt immer nur so eine merkwürdige Ansage. ›Versuchen Sie es später‹ oder so. Hast du das etwa tatsächlich aus?« Kornelia Lorenz nickte stumm auf Amalies Frage, obwohl die alte Dame das ja nicht sehen konnte, denn für eine Erklärung ließ ihr der Wortschwall der ehemaligen Gutsfrau keinen Raum. Wahrscheinlich erwartete Amalie Pfingsten die auch gar nicht. Sie hatte wohl nur ihr Befremden darüber kundtun wollen, dass Kornelia Lorenz seit Neuestem ihr Handy erst dann einschaltete, wenn sie morgens um neun Uhr bei ihrem ersten Kunden an der Haustür klingelte. »Es hat einen Toten gegeben!«, hörte Kornelia Amalie Pfingsten jetzt aufgebracht rufen. »Stell dir vor: Schraderchen, Gottfried und ich sind heute Nacht Zeugen eines Mordes geworden! Direkt vor unseren Augen ist es passiert! Wir haben das natürlich umgehend gemeldet, aber die Polizei konnte die Leiche nicht finden! Die sind wirklich zu nichts zu gebrauchen!« Die alte Dame wirkte total aufgebracht und machte nun endlich doch eine kurze Pause; den Geräuschen nach zu urteilen, die Kornelia dem Hörer entnahm, tat sie das, um ein paar Mal hintereinander rasch nach Luft zu schnappen. Aber noch ehe die Fußpflegerin dazu kam, nun selbst etwas zu sagen, hörte sie Amalies Stimme erneut: »Du musst uns in den Hildesheimer Wald fahren! Wir wollen das Opfer jetzt selbst suchen! Kann ja nicht weggelaufen sein, mausetot wie der war.« Hier kicherte Amalie kurz, ehe sie fortfuhr: »Wir zählen auf dich!« Der Ton ihrer alten Freundin war von der Sorte, die keine Widerrede zuließ. »Also, wann kommst du uns abholen?«, schob Amalie noch hinterher.

»Amalie, wie stellst du dir das vor?« Kornelias Stimme klang mit Sicherheit genau so genervt wie sie sich fühlte, obwohl sie sich bemühte, ruhig zu bleiben. »Ich habe einen randvollen Terminkalender. In …« Sie blickte kurz zu der Wanduhr in ihrer Küche auf und stöhnte. »In einer viertel Stunde muss ich in Brüggen sein. Danach dann gleich in Wallenstedt und dann in Sibesse. Tut mir leid, aber heute kann ich beim besten Willen nicht.«

»Aber, Kindchen, was ist denn mit dir los?« Amalie Pfingsten klang pikiert. »Hast du mich vielleicht nicht verstanden? Es hat einen Toten gegeben. Noch dazu einen, der gewaltsam aus dem Leben befördert wurde. Die Polizei braucht unsere Hilfe! Und da willst du mir im Ernst weismachen, dass ein bisschen Hornhaut unter den Füßen zu entfernen wichtiger ist?« Die alte Frau schnaubte verächtlich durch die Nase. »Zu wem musst du denn in Brüggen?«, fragte sie dann.

Ohne zu überlegen murmelte Konny: »Birnbohms.«

»Die jungen Leute oder der Alte?«, wollte Amalie wissen.

»Der Alte«, stand Kornelia automatisch Rede und Antwort. Sie ahnte bereits, was jetzt kommen würde und dachte über die beste Strategie nach, Amalies Vorschlag zu umgehen.

Aber statt ihr nahe zu legen, den Termin beim alten Birnbohm zu verschieben, sagte Amalie sehr bestimmt: »Gut. Den rufe ich gleich selbst an und entschuldige dich. Ich werde ihm sagen, du kannst heute aus persönlichen Gründen nicht. Und bis du später in Wallenstedt sein musst, hast du uns allemal bis in den Wald gefahren.«

»Untersteh dich, Amalie! Ich bin doch kein kleines Schulmädchen mehr, das eine Entschuldigung von seinen Eltern braucht. Wenn ich einen Termin verschieben muss, dann tue ich das schon selbst.«

»Auch gut«, meinte Amalie Pfingsten fröhlich. »Bis gleich dann!«, flötete sie in den Hörer und legte auf.

Kornelia hörte ein Knacken. Dann drang nur noch das Freizeichen an ihr Ohr. Verblüfft guckte sie auf den kleinen, kabellosen Apparat in ihrer Hand und fragte sich, wie Amalie es nur wieder geschafft hatte, ihren Willen durchzusetzen. »Ich müsste die drei im Altenheim sitzen lassen und einfach zu Birnbohms fahren«, brummelte die Fußpflegerin während sie bereits nach der Nummer des alten Birnbohm in Brüggen suchte, um den Termin mit ihm tatsächlich zu verlegen.

08

»Na, endlich!«, begrüßte Amalie Pfingsten Kornelia Lorenz bei deren Ankunft im Gronauer Altenheim. Die Fußpflegerin hatte nach ihrem hastigen Telefonat mit ihrem Kunden in Brüggen keine zehn Minuten für die Strecke zwischen Eddinghausen und Gronau gebraucht, so sehr hatte sie sich beeilt. »Wir warten schon Stunden auf dich!«, übertrieb die alte Dame dennoch schamlos, wohl um Kornelia Lorenz milder zu stimmen für das, was sie ihr gleich darauf mitzuteilen hatte: »Es hat eine kleine Planänderung gegeben. Schrader, Gottfried und ich werden gleich von der Polizei abgeholt. Das hatte ich völlig vergessen. Wir sollen unsere Aussagen zu Protokoll bringen. Deshalb wird das jetzt doch noch nichts mit der Leichensuche im Wald. Tut mir leid, dass ich dir solche Umstände bereite, aber der Kommissar hat eben am Telefon einfach keinen Widerspruch geduldet. Und ich konnte ihm doch nicht sagen, dass wir so schnell wie möglich in den Wald wollen, um die Leiche zu suchen. Dann regt der sich doch sicher auf und verbietet uns noch jegliche Hilfeleistung bei seinen Ermittlungen.«

»Einmischung würde es wohl eher treffen«, murmelte Kornelia. Sie war missgestimmt, denn normalerweise hatte sie gar nichts gegen private Ermittlungen in Mordsachen einzuwenden. Ganz im Gegenteil: Amalie und sie hatten, was dieses Thema betraf, in den vergangenen Jahren sogar schon einige

Erfahrung gesammelt. »Na, toll«, sagte sie dann. »Und was mache ich jetzt? Dem alten Birnbohm habe ich abgesagt, da kann ich unmöglich noch einmal anrufen und sagen, dass das ein dummes Versehen war und ich jetzt doch komme. Der nimmt mich ja nicht mehr für voll, wenn ich das tue.« Sie seufzte. »Mal hü, mal hott!«, machte sie ihren Kunden dann mit tiefer Stimme nach.

Amalie Pfingsten knabberte nachdenklich auf ihrer Unterlippe. »Hm«, brummelte sie. »Hm.« Dann veränderte sich ihr vom schlechten Gewissen gezeichneter Gesichtsausdruck zu einem Lächeln. »Ich hab's! Du kriegst meinen Geschenkgutschein und lässt dir mal die Fingernägel hübsch lackieren. Das dauert keine halbe Stunde. Wo habe ich ihn denn?« Amalie wühlte in ihrer Handtasche. Sie hatte bereits abholbereit in der Eingangshalle des Altenheims gestanden, als Kornelia Lorenz dort eingetroffen war. »Da ist er ja!« Triumphierend wedelte sie mit einem zerknitterten Zettel vor Kornelias Gesicht. »Ich hätte den so wie so nicht brauchen können«, meinte sie, als sie der Fußpflegerin den leicht zerfledderten Gutschein nun in die Hand drückte. »Für so was bin ich doch viel zu alt. Das ist eher was für Jüngere. War übrigens ein Geschenk von Schraderchen. Wahrscheinlich hat er es bei einem Preisausschreiben gewonnen, der macht doch bei allem mit, wo es was zu gewinnen gibt.«

»Was gibt es zu gewinnen?« Nikolaus Schrader war soeben aus dem Fahrstuhl in die Eingangshalle getreten. Trotz seiner nach vorn gebeugten Haltung konnte Kornelia deutlich das Aufleuchten in seinen Augen sehen, als er sie neben Amalie Pfingsten stehend entdeckte. »Meine liebe Konny! Ich bin entzückt!« Er versuchte einen Diener, der einem Konfirmanden nicht einmal einen Blumenstrauß eingebracht hätte. Die Fußpflegerin fragte sich insgeheim, ob den alten Herrn wohl wieder die Gicht plagte. »Begleitest du uns etwa nach Hildesheim?«, fragte Schrader. Seine Stimme klang, als habe er Schmerzen.

»Nein, nein«, antwortete Kornelia. Das Leuchten aus Nikolaus Schraders Augen verschwand. »Ich bin ja nicht nachts im Wald über eine Leiche gestolpert«, meinte sie lächelnd.

»Ach, du weißt es also schon?« Nikolaus Schrader wirkte enttäuscht, dass er die Neuigkeit nicht mehr selbst überbringen konnte.

»Was heißt hier gestolpert?«, mischte sich nun Gottfried Schuster ein, der hinter Schrader aus dem Fahrstuhl gestiegen war. »Vor unseren Augen wurde der kaltblütig ermordet! Wir können von Glück sagen, dass der Mörder uns nicht bemerkte, sonst wären wir alle drei wohl nicht mehr am Leben!« Der pensionierte Lehrer, der weniger Erfahrung mit dem Auffinden von Toten hatte, vermutlich war es seine erste Leiche, schmückte sein aufwühlendes Erlebnis sehr wahrscheinlich aus, dachte die Fußpflegerin.

»Na, na, Gottfried, jetzt übertreibst du aber«, sagte Amalie da auch schon. »Zu keinem Zeitpunkt waren wir ernsthaft in Gefahr.«

»Und das Blut an meiner Jacke? Ist das etwa nichts?« Er deutete auf die dunklen Flecken, die seine Jacke auf der Vorderseite verunstalteten. Konny hatte sich schon gefragt, warum der sonst so penibel auf Reinlichkeit achtende Mann ein solch verdrecktes Kleidungsstück trug. »Und Nikolaus' Verletzung?«

Schuster wollte die Geschichte wohl unbedingt dramatischer darstellen, als sie gewesen war. Hätte Schrader sich beim Auffinden des Toten ernstlich verletzt, hätte Amalie Pfingsten ihr das doch sicher sofort am Telefon erzählt, dachte Kornelia. Jetzt beobachtete sie, wie sich der pensionierte Lehrer fast unauffällig zu den Bewohnern des Altenheims umsah, die gleich nach dem Frühstück die beliebten Plätze auf der Bank im Eingangsbereich des Altenheims hatten ergattern können. Er wollte wohl sicher gehen, dass sein Publikum ihm auch aufmerksam zuhörte.

Jeden Tag kam es zu einem regelrechten Ansturm auf die gepolsterte Bank, der nur mit dem »Run« auf ein Geschäft verglichen werden konnte, das einen Preisnachlass von mindestens neunzig Prozent auf einfach alles angekündigt hatte. Es hatte in der Vergangenheit sogar schon einmal erste Versuche gegeben, die beliebten Bankplätze ähnlich Liegen an einem Hotelswimmingpool bereits in der Nacht mit Handtüchern zu sichern, doch dem hatte die Heimleitung einen Riegel vorgeschoben, indem sie das Mitbringen von Handtüchern in den Eingangsbereich kurzerhand verboten hatte. Die Eingangshalle war der Umschlagplatz zahlreicher, in ihrem Wert kaum hoch genug schätzbarer Neuigkeiten. Wer hier saß, dem entging so schnell nichts!

»Nikolaus hat sich den Hexenschuss zugezogen, als er sich nach einem Kiesel bückte, das weißt du doch!« Amalie sprach extra laut, wahrscheinlich, um sicherzugehen, dass sie auch von den Bankbesetzern verstanden werden konnte, die Hörhilfen benötigten und blickte tadelnd auf Schuster. »Das hat rein gar nichts mit dem Mord zu tun!«

»Spielverderberin,« brummelte Gottfried Schuster und strich sich verlegen über seine weiße Lockenpracht.

»Weh tut es trotzdem!«, quengelte Nikolaus Schrader nun und fasste sich zur Bestätigung seiner Worte an den gekrümmten Rücken.

»Männer!« Amalie schickte einen gequälten Blick zur Zimmerdecke. »Allesamt Weicheier!«

Bevor es zu einem ernsthaften Streit unter ihren betagten Freunden kommen konnte, mischte Kornelia sich ein: »Wer ist überhaupt der Tote?«, fragte sie.

»Darüber dürfen wir noch nicht sprechen«, antwortete Amalie mit einem bedeutsamen Blick auf die Bank.

»So ein Quatsch!«, meinte Schrader.

»Nikolaus!« Die ehemalige Gutsfrau legte Schrader ihre flache Hand vor den Mund, ehe der weitersprechen konnte. »Wir haben es dem Kommissar versprechen müssen!« Amalie stampfte kurz mit ihrem Fuß auf den Boden, wie, um ihren Worten mehr Nachdruck zu verleihen. »Der Name bleibt vorerst geheim!« Ihre Hand hielt sie dabei noch immer vor Schraders Mund.

»Schon gut, schon gut«, versuchte Kornelia zu beschwichtigen. »Ich werde es schon noch früh genug erfahren.« Sie hatte es plötzlich eilig, denn sie meinte, gerade eben gehört zu haben, wie ein Auto auf dem Hof des Altenheims vorfuhr. Sicher war das die Polizei, die kam, um Amalie Pfingsten, Nikolaus Schrader und Gottfried Schuster abzuholen. Da die Fußpflegerin wenig Lust hatte, Harald Linden in die Arme zu laufen, verabschiedete sie sich lieber rasch. »Ich muss los!«, sagte sie bestimmt. »Danke dafür!« Sie winkte mit dem Gutschein in der Hand und verschwand gerade noch rechtzeitig im Treppenhaus des Altenheims.

Die Anwesenheit des bulligen Kommissars hatte sie in der

Vergangenheit zu oft als verwirrend für ihre Gefühle erlebt. Das fehlte ihr noch, dass sie auf dem Umschlagplatz für Neuigkeiten ins Schwitzen geriet, wenn sie dem attraktiven Polizisten gegenüberstand. Trotz des jüngsten Mordfalls wäre das Gesprächsstoff für mindestens eine Woche. Obwohl sie mittlerweile durchaus schon in einem Alter war, in dem sie das Schwitzen und die damit unweigerlich verbundene rosige Gesichtsfarbe problemlos auf die beginnenden Wechseljahre würde schieben können.

09

»Oh-hoho-ho-ho!« Tarzans berühmter Schrei erklang, als Kornelia Lorenz die Tür zu Baby Roses Nagelstudio aufstieß. »Guten Morgen! Witzige Klingel«, sagte sie beifällig zu der Besitzerin des Geschäfts, die in einem mit künstlichem Tigerfell bezogenen Sessel saß und mit von angeklebten, überlangen Wimpern umrahmten Augen von einer Illustrierten aufblickte.

»Morgen«, grüßte Baby Rose zurück und erhob sich, während der Blick der Fußpflegerin durch den kleinen Laden schweifte.

Die gesamte Inneneinrichtung des Nagelstudios machte irgendwie passend zur Türklingel einen wilden Eindruck, fand Kornelia, als sie jetzt die vielen Plastikschlangen und bunten Plüschvögel entdeckte, die in zahlreichen Zimmerpalmen saßen oder hingen. Der gesamte Raum war so dekoriert, dass man glaubte, den Dschungelpalast im Zoologischen Garten von Hannover zu betreten. Nur gut, dass Baby Rose bei ihrer Kleidung eine Vorliebe für schrille Farben hatte, denn trüge sie einen Tarnanzug, sie wäre auf den ersten Blick nicht in ihrem Studio auszumachen, schoss es Kornelia Lorenz durch den Kopf.

»Guten Morgen«, grüßte Baby Rose noch einmal und lächelte freundlich. Sie sah müde aus, was durch ihr knallorange leuchtendes Oberteil noch unterstrichen wurde. Wer schlecht geschlafen hatte, sollte kein Orange tragen, erinnerte sich Kornelia, die sich selbst nie in ein solch gewagtes Outfit getraut hätte, an den Rat ihrer Mutter. Als Baby Rose jetzt die Zeitschrift aus der Hand legte und sich dabei zu einem Tischchen bückte, konnte die Fußpflegerin den ultrakurzen, pinkfarbenen Minirock bewundern, den Baby Rose zusammen mit bis weit über die Knie reichenden, schwarzen Lackstiefeln trug. Natürlich waren die Stiefel nicht echt, sondern aus einem Imitat. So eng würde kein echtes Leder anliegen. Zwischen dem Pink des Rockes und dem schwarzen Rand der Stiefel leuchtete eine lila-schwarz geringelte Strumpfhose. Nur Baby Rose brachte es fertig, in solch einer Teenie-Kleidung trotz ihres Alters tatsächlich attraktiv auszusehen, dachte Kornelia Lorenz mit einem anerkennenden Grinsen.

Wahrscheinlich lag das an dem hübschen Gesicht der Nagelstylistin. Bevor Baby Rose so früh alleinerziehende Mutter geworden war, hatte jeder im Leinebergland geglaubt, sie habe eine große Karriere als Fotomodell oder als Schauspielerin vor sich.

»Ja, klasse, was? Hat Sweet Jesus mir neulich eingebaut. Der Junge ist handwerklich ja so begabt!«, ging Baby Rose nun auf das Lob ihrer Türglocke ein.

»Stimmt«, pflichtete Kornelia bei, die Baby Roses Sohn auch schon hin und wieder angerufen hatte, um kleinere Reparaturen in ihrem Haus durchführen zu lassen, für die ihr Mann Dieter einfach nie die Zeit fand.

»Hat er denn jetzt eine feste Arbeit?«, erkundigte sie sich, während sie Amalies Gutschein auseinanderfaltete.

»Nee, dafür ist der Junge nicht gemacht, der braucht seine Freiheit!« Baby Rose nahm den Zettel aus Kornelias Hand entgegen. »Genau wie ich«, fuhr sie dann fort. »Ich könnte mir auch nichts anderes vorstellen, als mein eigenes Geschäft. Du etwa?« Kornelia schüttelte den Kopf. Sie liebte ihre Arbeit als ambulante Fußpflegerin, bei der sie ihr eigener Herr war.

»Oh, je, wo hast du den denn her?«, fragte Baby Rose nun, als sie einen prüfenden Blick auf den zerknitterten Gutschein geworfen hatte. »Der ist ja uralt!«

»Amalie Pfingsten hat ihn mir gerade erst geschenkt«, antwortete Kornelia Lorenz wahrheitsgemäß.

»Eigentlich gilt der schon lange nicht mehr, den habe ich von der Leine Deister Zeitung verlosen lassen, als ich das Geschäft eröffnet habe.« Baby Rose sah zunächst bekümmert aus. Dann lächelte sie aber und meinte: »Na, gut, ich will mal nicht so sein, du hattest ja noch nie eine Behandlung bei mir, oder?«

Kornelia schüttelte wieder ihren Kopf und guckte auf ihre Hände. »Ich weiß eigentlich auch gar nicht, ob sich das bei meinen Nägeln lohnt, die stecken doch bei der Arbeit so wie so immer in Gummihandschuhen. Hält der Lack das überhaupt aus?« Unschlüssig blickte sie Baby Rose ins Gesicht. »Und zu kurz sind meine Fingernägel eigentlich auch«, schob sie noch hinterher.

»Zu kurz gibt es gar nicht«, stellte Baby Rose klar. »Außerdem kann ich dir die problemlos verlängern. Wieviel Millimeter hättest du denn gern?«

Sie führte Kornelia Lorenz jetzt zu einem mit Leopardenfellimitat bezogenen Stuhl und befahl: »Setz dich!« Die Fußpflegerin nahm etwas zögernd Platz.

»Also viel länger dürfen meine Nägel eigentlich gar nicht sein, dann kann ich ja nicht mehr richtig arbeiten. Vielleicht lassen wir es doch besser sein? Ich muss sowieso gleich nach Wallenstadt zu meinem nächsten Kunden.« Sie malte sich bereits aus, wie sie mit Fingernägeln, so lang wie indische Tempeltänzerinnen sie trugen, ihre Patienten bei der Fußbehandlung verletzen würde und wollte lieber einen Rückzieher machen.

»Jetzt wird nicht gekniffen«, bestimmte Baby Rose jedoch und nahm an der anderen Seite des dschungelgrün gestrichenen Tischchens Platz, vor dem Kornelia mit sehr gemischten Gefühlen hockte. »Lass mich nur machen! Entspann dich! Eine gute Maniküre ist besser als Sex«, versprach sie und tunkte Kornelias rechte Hand mit sanftem Druck in eine Schüssel mit einer milchigen Flüssigkeit, die nach süßlichem Blümchenwasser roch, wie die Fußpflegerin es selbst zum letzten Mal Mitte der siebziger Jahre benutzt hatte, wenn sie sich für einen Discobesuch mit Freundinnen zurechtgemacht hatte.

Den Spruch muss ich mir merken, schmunzelte Kornelia Lorenz und stellte sich vor, wie wohl vor allem ihre älteren Kunden auf solch ein Versprechen reagieren würden: »Eine gute Pediküre ist besser als Sex!«

Die Flüssigkeit war angenehm warm und fühlte sich seidig an. Fast bedauerte Kornelia es, als Baby Rose ihre Hand bald nach dem Eintunken wieder aus der Schüssel nahm und mit einem flauschigen Frottéhandtuch abtrocknete. Dann studierte die Nagelstylistin Kornelias Fingernägel. Sie runzelte die Stirn. »Die sehen ja mitgenommen aus! Wann hast du denn das letzte Mal bewusst was für deine Hände getan?«, fragte Baby Rose.

»Lass mich nachdenken«, antwortete Kornelia und machte eine kleine Pause, bevor sie sagte: »Zählt Geschirr abwaschen auch dazu?«

Baby Rose sah aus, als könne sie über Kornelias Humor nicht lachen. »Böse, ganz böse«, brummelte sie. »Also, da muss erst vorgearbeitet werden, ehe ich dir die Nägel mache. Selbst eine einfache French Manicure wäre Perlen vor die Säue!«

»Danke für die Blumen.« Kornelia Lorenz wusste nicht, ob sie sich beleidigt oder doch geschmeichelt fühlen sollte. Ihre Mutter hatte ihr früher immer gesagt, dass Schwielen an den Händen der Lorbeerkranz der tüchtigen Hausfrau seien. Um jetzt nichts Falsches zu sagen, brachte sie die Sprache lieber auf ein unverfänglicheres Thema: »Hast du schon gehört, dass es letzte Nacht angeblich einen Mord im Hildesheimer Wald gegeben hat?« Täuschte sie sich, oder zuckte Baby Rose bei diesen Worten kurz zusammen?

»Nein, wer ist denn das Opfer?« Baby Rose hatte vor Schreck große Kulleraugen bekommen und blinzelte, als wolle sie sich ein paar mitleidige Tränen unterdrücken. Sie war schon als Jugendliche so sensibel gewesen.

»Das wollte Amalie noch nicht sagen«, gestand die Fußpflegerin.

»Amalie? Die alte Pfingsten, die im Altenheim lebt?«

Kornelia Lorenz nickte.

»Deshalb wurde die gestern von der Polizei nach Hause gefahren! Weit nach Mitternacht war es da schon! Ich habe zufällig aus dem Fenster gesehen, weil ich nicht schlafen konnte. Sweet Jesus hat den ganzen Abend und die halbe Nacht so laut Musik ge …«

»Oh-hoho-ho-ho!« Tarzans Schrei unterbrach Baby Rose. »Rosi, Rosi, hast du es schon gehört?« Aufgebracht stürzte Elke Voßhagen in Baby Roses Nagelstudio. Die hübsche junge Frau arbeitete als Kellnerin in der Eisdiele am Markt. »Olaf Petersen ist tot! Seine Nachbarin hat gerade einen Kaffee bei uns bestellt. Da hat sie es erzählt. Angeblich durchsucht die Polizei gerade das Haus, das er hier in Gronau gemietet hat! Die haben bei Martina nach einem Zweitschlüssel gefragt. Sie ist, äh, war ja seine einzige Nachbarin. Du weißt ja, wie weit ab der vom Schuss wohnte. Die Polizisten haben ihr nur den Schlüssel abgenommen, sie aber nicht mit in sein Haus gehen lassen. Nicht mal in Petersens Garten durfte sie mit. Da haben die sich auch umgesehen. Viel konnte Martina durch die Hecke ja nicht aufschnappen, aber dass er wohl erschossen wurde, hat sie doch mitgekriegt!« Endlich machte Elke Voßhagen eine Pause und holte tief Luft.

»Olaf Petersen?«, fragte Kornelia Lorenz in die plötzliche Stille. »Ist das nicht der Mann, der das Fachmarktzentrum bauen will – wollte?«

»Genau der!« Die Kellnerin nickte heftig und nahm dann mit einem tiefen Atemzug Anlauf für einen neuen Wortschwall: »Mein Chef ist völlig aus dem Häuschen! Der sagt, er sei jetzt verdächtig, weil in dem Fachmarktzentrum doch auch eine Eisdiele aufmachen sollte. So ein Ableger einer Kette. Und überhaupt meint er, alle Gronauer Geschäftsleute hätten einen guten Grund gehabt, dem Petersen den Tod zu wünschen. Du übrigens auch«, wandte sie sich an Kornelia Lorenz. Die Fußpflegerin guckte erstaunt. »Wusstest du etwa nicht, dass da auch ein Fußpflegestudio geplant war?«

Kornelia schüttelte überrascht den Kopf. »Nein, das ist mir neu!«, sagte sie wahrheitsgemäß. Trotz des Wirbels für den das geplante Zentrum seit Monaten in der kleinen Hansestadt gesorgt hatte, hatte Kornelia sich nie sonderlich für die konkrete Planung interessiert. »Aber eine Konkurrenz wäre das für mich wohl kaum geworden«, überlegte sie dann. »Meine Kunden lieben es ja gerade, dass ich zu ihnen nach Hause komme. Die meisten Älteren haben doch noch nicht einmal ein Auto.«

»Stimmt!«

»Richtig!«, pflichteten Elke Voßhagen und Baby Rose ihr nach einem Moment des Nachdenkens bei.

»Du hattest ja wohl einen Stein im Brett bei dem. Ein Nagelstudio sollte dort jedenfalls nicht aufgemacht werden.« Elke Voßhagen sah nun wieder auf Baby Rose.

»Was willst du denn damit sagen?« Die Nagelstylistin war aufgestanden, als Elke so stürmisch in ihren Laden geplatzt war und zog jetzt immer wieder an dem Saum ihres Minirocks.

Irgendwie wirkte sie verlegen, fand Kornelia.

»Naja, ich meine ja nur …«, fuhr die Kellnerin bereits fort. »Ein Nagelstudio war in dem Zentrum jedenfalls nicht geplant. Aber sonst fast alles, was es an Fachgeschäften in der Innenstadt gibt. Sogar ein Geschäft für Tiernahrung, sagt mein Chef. Dabei hat seine Tochter doch gerade erst den kleinen Laden im Steintor aufgemacht, wo es alles für Hunde und Katzen gibt. Also, mein Chef meint, der Petersen hatte es regelrecht darauf angelegt, die kleinen Gronauer Geschäfte zu ruinieren. Eigentlich ein Wunder, dass dem nicht früher was zugestoßen ist, findet er. Obwohl ich persönlich mich nicht über den beschweren kann«, Elke Voßhagens Gesicht bekam einen träumerischen Ausdruck. »Der war mit Abstand der aufmerksamste Gast bei uns. Was der immer für Trinkgeld dagelassen hat! Also ich mochte ihn! Und ihr?« Fragend blickte Elke auf die anderen beiden Frauen.

Baby Rose nickte. »Ja, ich auch«, antwortete sie leise.

»Was?« Kornelia Lorenz hatte die letzten Worte der Serviererin nicht richtig mitbekommen, denn sie hatte an ihre alte Freundin Amalie Pfingsten denken müssen und daran, dass diese ihr nicht die Identität des Toten hatte verraten wollen. Amalie konnte doch kaum geglaubt haben, dass die in Gronau lange geheim bleiben würde. Die Buschtrommeln funktionierten im Leinebergland schließlich so gut wie sonst nirgendwo. Ob Amalie wohl auch der Meinung war, sie gehöre zum Kreis der Verdächtigen? Von dem Fußpflegestudio im geplanten Fachmarktzentrum hatte die ehemalige Gutsfrau anders als Kornelia Lorenz mit Sicherheit schon gewusst. Trotz ihres Alters entging Amalie Pfingsten eigentlich nichts von dem, was in ihrer Heimat geschah oder geschehen sollte. Man muss sein Gehör am Puls der Zeit haben, sagte sie immer. »Und mir hat sie vielleicht nur nichts davon berichtet, weil sie nicht wollte, dass ich mir unnötig Sorgen mache«, murmelte Kornelia nachdenklich vor sich hin. »Und jetzt vermutet sie vielleicht, ich hätte von jemand anderes Wind davon bekommen und könnte einen Grund haben …« Kornelia verstummte als ihr jetzt der Gedanke kam, dass der Kommissar sie auch zu den verdächtigen Personen zählen könnte. Dann würde sie ihm in den nächsten Tagen kaum so gut aus dem Weg gehen können wie vorhin im Altersheim.

»Wie der dir gefallen hat?«, rüttelte Elke Voßhagen die Fußpflegerin aus deren Überlegungen.

»Gut! Äh, ich meine: Wer denn überhaupt?«

»Na, der Petersen!« Die Kellnerin schnaubte.

»Ach so! Ja, hm«, Kornelia Lorenz rief sich das Gesicht des Opfers vor Augen. »Doch«, sagte sie dann. »Der hatte was!

Ein bisschen zu gut aussehend für meinen Geschmack, wenn ihr versteht, was ich meine, aber attraktiv war der bestimmt. Mit Sicherheit gehörte er zu dem Typ Mann, der in jedem Hafen eine Braut sitzen hat.« Als die Fußpflegerin jetzt aufsah, stellte sie zu ihrer großen Überraschung fest, dass sowohl Baby Rose als auch Elke Voßhagen bei ihren letzten Worten bis unter die Haarspitzen rot geworden waren.

10

Irgendetwas an dem, was ihre Patientin gerade gesagt hatte, irritierte Kornelia Lorenz. Sie hatte nicht richtig zugehört, aber trotzdem registriert, dass Trude Reckstadt mitten in ihrem ungewöhnlichen Redefluss etwas Merkwürdiges gesagt hatte. Etwas, das so nicht stimmen konnte, oder ihr zumindest doch irgendwie komisch vorkam.

Kornelia Lorenz befand sich in Trude Reckstadts wie immer penibel aufgeräumter Küche, die sie stets mit Scham an den Zustand ihrer eigenen Wohnküche denken ließ. Blitzblank war es überall bei Reckstadts, da gab es keine noch so abgelegene Ecke, und sei es die schmale Kante der Lichtschalter, die Trudes Sinn für Reinlichkeit entkam. Selbst wenn Trude Reckstadt gerade Marmelade einkochte, sah alles drum herum wie geleckt aus.

Auf dem Elektroherd blubberte an diesem Nachmittag in einem hohen Topf leise etwas, das nach Pflaumen und Rum roch, daneben standen in Reih und Glied kleine, exakt gleiche Gläser auf einem Handtuch. Trude Reckstadt hatte als, was den Energieverbrauch betraf, äußerst besorgte Hausfrau sogar daran gedacht, frühzeitig den Herd abzuschalten. Als Kornelia angekommen war und Trude beim Ausschalten des Elektroherds beobachtet hatte, hatte diese auf die erstaunte Nachfrage der Fußpflegerin hin gemeint: »Die Nachhitze reicht völlig. Das muss nur noch ein bisschen ziehen, sonst wirkt der Zimt nicht. Die Stangen nehme ich vor dem Abfüllen nämlich immer raus.«

Es war früher Nachmittag. Die Fußpflegerin hatte sich schließlich, was ihre Hände und Fingernägel betraf, unverrichteter Dinge aus Baby Roses Studio verabschiedet, denn wie so oft hatte die Zeit gedrängt, um zu ihrem Kunden in Wallenstedt zu gelangen. Auch in Sibesse war die Fußpflegerin am Vormittag schon gewesen. Nun stand sie also in Trude Reckstadts Vorzeigehaushalt in Haus Escherde und war gerade im Begriff, ihren Koffer zu öffnen, in dem sich ihre Geräte für die Fußbehandlungen befanden.

»Stimmt doch, oder?« Trude Reckstadt sah Kornelia ins Gesicht, als die Fußpflegerin von ihrem Koffer aufblickte und wirkte, als erwarte sie Zustimmung. Kornelia Lorenz, die mit ihren Gedanken gerade halb bei Amalie Pfingsten gewesen war – sie wunderte sich, dass die alte Frau immer noch nicht angerufen und von ihrer Aussage bei der Polizei berichtet hatte – blickte zu Trude auf.

»Entschuldige, was hast du gesagt?«

»Wie fleißig der Sweet Jesus ist«, wiederholte ihre Kundin.

Es war ein ungewohntes Lob aus Trude Reckstadts Mund, denn normalerweise wusste Trude nur wenig Gutes über ihre Mitmenschen zu berichten. Zumeist beschwerte sie sich während der Fußbehandlung über irgendeinen Nachbarn, der mal wieder zu viel Lärm gemacht hatte. Kornelia Lorenz hatte mit weiteren Beschwerden gerechnet und ihre Ohren gleich an der Haustür auf Durchzug geschaltet, denn schon beim Öffnen hatte Trude Reckstadt damit begonnen, über ihren direkten Nachbarn zu schimpfen. Bauer Dreyfuß ließ seit ein paar Wochen seinen Hof richten und der ungewohnte Baulärm war schon oft Grund für Trudes Klagen gewesen.

Jetzt aber war Kornelia hellhörig geworden. »Sweet Jesus?« Kornelia musste nachfragen.

»Ja«, nickte Trude, während sie jetzt auf einem der Küchenstühle Platz nahm. »Hast du mir denn gar nicht zugehört? Stell dir vor, der Junge hat sich doch tatsächlich meine Klagen so zu Herzen genommen, dass die Bauarbeiten schon viel zu lange gehen, und hat noch heute Nacht die alte Grube zugeschüttet und das Stück Hof darüber gepflastert. Erst gestern Mittag habe ich ihn drauf angesprochen, da hat er noch ziemlich wortkarg reagiert. Naja, ist vielleicht so seine Art. Der Junge hatte es ja auch nicht leicht. Mit der Mutter!« Ihr zu einer schmalen, an den Enden leicht nach unten gebogenen Linie verzogener Mund sprach Bände über das, was Trude Reckstadt über Baby Rose dachte. »Ich bin zufällig wach geworden, als er mit dem Trecker immer wieder darüber gefahren ist, damit die Steine auch gleich gut fest sitzen«, fuhr sie nun fort. »So ein Fleißiger! Hätte ich von Baby Rose nicht gedacht, dass die ihren Sohn so gut erzieht. So wie die immer rumläuft, da denkt man ja, die hat ihren Jungen bestimmt nicht im Griff. Aber nein! Auf den Sweet Jesus lass' ich jedenfalls nichts mehr kommen. Wer um Mitternacht noch so schwer zupackt, der ist in Ordnung!« Trude Reckstadts Gesichtsausdruck war ungewohnt strahlend. »Ich habe sogar schon überlegt, ob ich ihn nicht darauf ansprechen soll, die dicke Buche in meinem Garten zu fällen. Weißt du, ich habe Angst, dass deren Wurzeln immer größer werden und uns irgendwann unser schönes Haus aus Grund und Boden hebeln.«

»Steht die nicht unter Naturschutz?« Kornelia Lorenz, die vor ihrer Patientin Platz genommen und deren Füße auch schon, während Trude gesprochen hatte, in der bereitgestellten Schüssel mit warmer Seifenlauge gewaschen hatte, war jetzt im Begriff, die Haut von Trudes Zehennägeln sehr vorsichtig zurückzuschieben. Dass sie etwas an dem, was Trude gerade erzählt hatte, irritierte, verdrängte sie ganz schnell wieder. Sie guckte kurz von ihrer Arbeit auf. »Die ist doch sicher schon 150 Jahre alt?«

»Fast 200!« Trude wirkte stolz.

»Dann darf die auch nicht gefällt werden!« Kornelia Lorenz war sich sicher. »Da musst du sogar eine Genehmigung einholen, um nur ein paar Zweige abzuknicken. Und mit einer Säge oder einer Axt darfst du da schon gar nicht dran!«

»Echt? Aber das ist doch meine! Die steht doch in meinem Garten!«

»Trotzdem.« Kornelia wandte ihren Blick wieder auf Trudes Füße.

»Naja, dann lasse ich ihn eben den Kartoffelacker umgraben. Der Junge ist ja kräftig! Der schafft das bestimmt in ein paar Tagen. Man muss ihn doch unterstützen. Schlägt sich mit kleinen Gefälligkeiten durch. So tüchtig, wie der ist, ernährt der seine Mutter bestimmt noch mit. Ich kann mir jedenfalls nicht vorstellen, dass Baby Roses Geschäft gut läuft. Bei der Dekoration! Da hat man ja als anständige Frau Angst, auch nur einen Schritt rein zu machen! Könntest du nicht vielleicht auch meine Fingernägel …«

Das Handy in Kornelias Kitteltasche begann zu vibrieren. Zum ersten Mal war die Fußpflegerin dankbar für die Unterbrechung, denn Trude Reckstadts Redefluss floss nun wieder in dem gewohnten Bett der Mäkelei. Hatte sie sich erst an einem Opfer ihrer Beanstandungen festgebissen, fand die von Natur aus nörglerische Frau so leicht kein Ende. Und Baby Roses eigenwillige Art ließ Klatsch und Tratsch im Leinebergland leider immer wieder aufs Prächtigste blühen.

»Entschuldige«, sagte Kornelia und nahm das vibrierende Telefon aus ihrem Kittel. Das Display zeigte eine Nummer mit Hildesheimer Vorwahl. In der Domstadt hatte sie, seit ihre Gymnastiktrainerin aufs Land gezogen war, keine Kunden mehr. Ihr Herz tat einen kleinen Hüpfer. Ob das wohl schon der Kommissar war? »Lorenz«, meldete sich die Fußpflegerin mit klopfendem Herzen.

»Kindchen! Du musst dich in Acht nehmen! Die Polizei verdächtigt alle Gronauer Geschäftsleute und besonders die, die durch das Fachmarktzentrum direkte Konkurrenz erhalten hätten. Da gehörst du auch dazu, Konny!« Amalie Pfingstens Stimme überschlug sich fast, so hastig redete die alte Dame wieder einmal. »Die wollten da nämlich auch einen Fußpflegesalon eröffnen. Hab' ich dir vorher nie gesagt, damit du dir nicht unnötig Sorgen machst. Aber jetzt, wo der Investor doch tot ist, noch dazu erschossen in unserem Hildesheimer Wald! Also, da musst du das doch wissen. Und pass bloß auf, was du dem Kommissar sagst, die wollen heute noch mit den Befragungen beginnen. Ich glaube, erst bei denen, die gestern bei dieser Versammlung waren. Aber früher oder später kommt der auch auf dich zu, da kannst du sicher sein!« Amalie Pfingsten schnappte kurz nach Luft.

»Jetzt gib mir den Hörer doch endlich!«, konnte Kornelia im Hintergrund Schraders Stimme ausmachen. »Konnylein«, der ehemalige Polizist keuchte. Er schien ebenso aufgebracht wie seine Zimmernachbarin zu sein. »Hab keine Angst! Wir holen dich da raus! Wir müssen nur ganz schnell sein! Mensch, Gottfried, jetzt lass mich doch …«

»Schneller als die Polizei!«, hörte Kornelia nun eine dritte Stimme, die eindeutig dem pensionierten Lehrer gehörte, der erst vor wenigen Jahren in das Altenheim in Gronau gezogen war.

»Also, das ist ganz einfach! Das ist so wie bei Dumas.« Der ehemalige Lehrer schien den Hörer in seine Gewalt gebracht zu haben. Er sprach den Namen des französischen Schriftstellers selbstverständlich mit perfekt genäseltem Akzent aus: Dümah. »Sie, liebe Frau Lorenz, sind d'Artagnan«, fuhr er fort. »Und wir die drei Musketiere. Das passt! Auch vom Alter! D'Artagnan war ja so viel jünger als Aramis, Athos und Porthos. Also, ich wäre dann gern Athos. Schließlich bin ich genau so, wie Dumas ihn in seinem Roman beschrieb: ein ruhiger, überlegter Mann mit einer großen Vergangenheit! Und Schrader darf Porthos sein: bärenstark, manchmal etwas rau und zu impulsiv!«

»Na, danke auch«, hörte Kornelia Nikolaus Schrader im Hintergrund murren.

»Das entscheiden wir alles später! Ich muss das erst einmal nachlesen! Meine Vergangenheit ist nämlich auch nicht gerade klein zu nennen!«, rief Amalie Pfingsten jetzt dazwischen, ehe Schuster weitersprach: »Alles was Sie tun müssen, liebe Frau Lorenz, ist, uns hier abzuholen und in den Wald zu fahren, und dann klären wir das Verbrechen in null Komma …«

»Einer für alle! Alle für einen!« Nikolaus Schrader schien das Telefon jetzt wieder an sich gerissen zu haben und ausnahmsweise einmal mit dem Lehrer einer Meinung zu sein.

»Also, Konny, Uhrenvergleich. Es ist jetzt 16 Uhr 17. Wann kannst du hier sein? Reichen zwanzig Minuten? Also 16 Uhr 37? Alles klar? Wir warten in der Dönerbude Ecke Schützenwiese und Bergsteinweg auf dich!«

Schraders Ton ließ Kornelia keine Wahl. »Alles klar«, sagte sie gehorsam. »Ich brauche aber mindestens eine dreiviertel Stunde, ehe ich da …« Sie hörte nur noch das Freizeichen, der ehemalige Polizist hatte ohne auf ihre Antwort zu warten bereits aufgelegt.

11

Als die Fußpflegerin nach einer knappen Stunde in Hildesheim ankam, meinte sie, ein Déjà-vu zu erleben. Sie hatte Glück gehabt und ohne viel Suchen eine Parklücke ganz in der Nähe der von Schrader beschriebenen Dönerbude ergattern können. Amalie Pfingsten stand am Bordstein vor dem Lokal und nahm Kornelia schon von weitem in Empfang. »D'Artagnan! D'Artagnan!«, schrie sie laut und wedelte dazu mit beiden Armen, als glaube sie, die Fußpflegerin habe sie noch nicht entdeckt. Als Kornelia Lorenz bei jetzt ihr ankam, sagte sie vorwurfsvoll: »Da bist du ja endlich! Wir warten schon ewig auf dich.« Amalie hakte sich bei Kornelia unter und dann betraten die beiden Frauen gemeinsam das kleine Lokal, das nach Knoblauch und gegrilltem Fleisch roch. Kornelia Lorenz lief das Wasser im Mund zusammen, denn ihr Mittagessen war heute recht spärlich ausgefallen. Sie hatte sich nur rasch eine Stulle geschmiert, da weder ihr Mann Dieter noch ihr Jüngster, Mika, vor dem Abend nach Hause kommen würden. Und Gabriel, ihr Ältester, hatte ja schon vor einiger Zeit zusammen mit seiner Freundin Chris eine eigene Wohnung in Gronau bezogen.

»Meine Verehrteste!« Gottfried Schuster machte eine umständliche Verbeugung, wie er sie wohl in einem Film über die drei Musketiere abgeguckt hatte. Er lüftete dabei sogar einen nicht vorhandenen Hut.

»Konny ist doch nicht Milady de Winter, sondern d'Artagnan«, belehrte Amalie den ehemaligen Lehrer. »Mit ihr kannst du ruhig kumpelhafter umgehen, Gottfried.«

»Genau«, meinte Schrader und schüttete einen Klaren hinunter, der vor ihm auf der Theke gestanden hatte. »Gegen die Kälte im Wald«, meinte er gleich darauf erklärend zu Kornelia und Amalie. Wahrscheinlich hatte er den missbilligenden Ausdruck auf Amalie Pfingstens Gesicht sehen können. »Findet ihr nicht, dass es an der Zeit ist, dass auch Konny und Gottfried sich duzen? Ich meine: Wo wir doch jetzt ein Team sind und gemeinsam einen Mordfall aufklären werden. Da ist diese Siezerei doch überflüssig.« Nikolaus Schrader blickte Zustimmung heischend in die Runde.

»Von mir aus gern«, stimmte Kornelia Lorenz sofort zu. Auch der ehemalige Lehrer nickte begeistert.

»Machen Sie uns doch noch mal vier davon«, Schrader hob sein leeres Schnapsgas in die Höhe, damit die Bedienung wusste, wovon er sprach. »Darauf müssen wir anstoßen. Das gehört sich so!«

»Brrr, der hat es aber in sich!« Kornelia Lorenz schüttelte sich, nachdem sie ihr Gläschen geleert hatte.

»Noch einen?«, fragte Schrader in die Runde. Seine Augen leuchteten.

»Nein, lieber nicht«, wehrte die Fußpflegerin ab. »Ich muss ja noch fahren.«

»Genau!«, pflichtete Amalie ihr bei. »Und du hast auch schon genug, Schraderchen!« Die ehemalige Gutsfrau sah Nikolaus Schrader mit vorwurfsvollem Blick an. »Oder willst du etwa betrunken durch den Wald wanken? Wir haben schließlich noch eine Aufgabe zu erledigen.«

»Eben, eben«, murmelte Schrader zustimmend, hielt dabei aber sein soeben geleertes Glas trotzdem zum Nachfüllen in die Höhe. »Da ist es kalt, und Vorsorge ist immer besser, als später das Nachsehen haben. Guckt mal raus, es schüttet gerade in Strömen.«

Verblüfft drehten Kornelia Lorenz und Amalie Pfingsten sich gleichzeitig zu dem großen Fenster der Dönerbude um. Tatsächlich: Der am Vormittag noch so strahlend schöne Herbsttag hatte sich nicht nur eingetrübt, richtig dunkel war es urplötzlich geworden. In heftigen Böen peitschte der Wind sogar immer wieder Regengüsse gegen die Glasscheibe.

»Das gibt es doch nicht! Als ich von Haus Escherde hierher gefahren bin, war es noch richtig sonnig!«

»War aber vorhergesagt: Am Nachmittag kann es aufgrund eines Tiefs, das von Nordwest nach Südost über Deutschland hinwegzieht, zu heftigen Regenschauern kommen!«, zitierte Gottfried Schuster aus der Wettervorhersage, die er bestimmt für sein eigenwilliges Jahresrückblickprojekt nicht nur gesehen, sondern aufgezeichnet hatte. »Ein plötzlicher Temperatursturz war auch angekündigt«, fügte er noch hinzu, ehe er dem Wirt sein Schnapsglas, Nikolaus Schrader imitierend auffordernd hinhielt. »Danke«, murmelte er, während er konzentriert auf die Flasche in der Hand des Wirtes schaute. Er wollte sich wohl vergewissern, dass sein Glas auch bis an den Rand gefüllt wurde. »Prost, Nikolaus«, meinte er dann und stieß mit dem ehemaligen Polizisten an. »Auf unsere gemeinsame Mission!«

»Was gibt es denn zu feiern?« Unbemerkt von den vier Verschwörern hatte Kommissar Linden das kleine Lokal betreten. »Ich habe Sie gesucht«, erklärte er sofort sein plötzliches Erscheinen. »Sie waren ja nach ihren Aussagen so schnell aus dem Polizeigebäude verschwunden. Eigentlich hatte ich meine Sekretärin gebeten, mich sogleich zu benachrichtigen, sobald Sie Ihre Aussage gemacht hätten. Aber das scheint Beckchen vergessen zu haben. Ich hatte Ihnen doch versprochen, mich um Ihr Nachhausekommen zu kümmern. Aber wie ich sehe, haben Sie bereits selbst eine Mitfahrgelegenheit organisiert.« Er lächelte Kornelia Lorenz an.

Die Fußpflegerin spürte, wie ihr Gesicht warm wurde. Sie hoffte, dass die plötzliche Hitze mit dem hastig genossenen Alkohol zu tun hatte, und wischte sich mit dem Handrücken ein paar Schweißperlen von der Stirn. Um gar keinen Preis wollte sie denken, dass auch die Gegenwart des kräftigen Kommissars Schuld an ihrem heftigen Erröten sein konnte.

»Das trifft sich gut, dass ich Sie hier treffe, Frau Lorenz. Ich hätte Sie heute sowieso noch angerufen.« Harald Linden lächelte erneut in Kornelias glühendes Gesicht. Die Fußpflegerin grinste vielleicht einen Hauch zu breit zurück. »Dumme Gans,« schalt sie sich im Stillen. »Obwohl, ›dummes Glühwürmchen‹ es wohl besser treffen würde.«

»So hat es bei mir auch angefangen«, versuchte Amalie Pfingsten ihrer jüngeren Freundin wohl aus der Verlegenheit zu helfen. Ihre hellwachen Augen blitzten aufmerksam vom Kommissar zu Kornelia Lorenz und wieder zurück. »Die Wechseljahre«, fügte sie unnötigerweise, wie die Fußpflegerin fand, dann noch so laut und deutlich hinzu, dass es das ganze Lokal verstehen musste. »Da hatte ich auch immer solche Hitzeschübe.«

Ganz so hilfreich hätte Amalie Pfingsten nun doch nicht sein brauchen, dachte Kornelia Lorenz genervt. Ihre Wangen brannten nun noch stärker.

»Ich würde mich gern irgendwo in Ruhe mit Ihnen unterhalten«, sagte Harald Linden und tat netterweise so, als habe er die plötzliche Verlegenheit der Fußpflegerin gar nicht bemerkt. »Hätten Sie jetzt vielleicht einen Augenblick Zeit?«

»Oh, das passt uns leider gar nicht!«, ließ Amalie sich wieder vernehmen, während sie sich bei Kornelia unterhakte. »Frau Lorenz wollte mich nämlich gerade zu einem Arzttermin begleiten.« Die ehemalige Gutsfrau schwindelte ohne rot zu werden. Beinahe unauffällig trat sie Schrader auf den Fuß.

»Ja, ja, genau! Wir, äh, wir wollten hier, äh, auf die beiden Damen warten und dann gemeinsam zurück ins Leinebergland fahren«, beeilte sich Nikolaus Schrader sogleich etwas stotternd zu bestätigen.

Besseres als heftig zu nicken, fiel Kornelia dazu nicht ein.

»Ja, dann …«, der Kommissar schien zu überlegen. »Dann werde ich mich gegen Abend bei Ihnen melden. Was denken Sie denn, wann ich Sie am besten telefonisch erreichen kann?« Er schaute der Fußpflegerin direkt in die Augen. »Damit wir in Ruhe sprechen können«, schob er hinterher.

Kornelia Lorenz blickte kurz auf die Wanduhr hinter der Theke. Sie überlegte einen Moment, ehe sie immer noch verunsichert »So ab acht?« antwortete.

Kornelia hatte den Eindruck, dass ihre Stimme dabei viel zu zaghaft klang. »Wenn das nicht zu spät ist. Da sind Sie ja sicher nicht mehr im Dienst?«, sagte sie deshalb noch und bemühte sich, dabei laut, deutlich und vor allem auch selbstsicher zu sprechen.

»Während einer laufenden Ermittlung bin ich eigentlich immer im Dienst«, erwiderte der Kommissar. Dann wandte er sich an die drei älteren Herrschaften: »Sie sind sich also sicher, dass Sie keinen Fahrdienst zurück nach Gronau brauchen?«

»Nö, nö, also ich meine: Ja, wir sind uns sicher. Den brauchen wir bestimmt nicht!«, antwortete Nikolaus Schrader rasch für alle. »Wir zwei Männer warten hier, bis die beiden Damen zurück sind, und Kornelia muss dann ja sowieso in unsere Richtung fahren.«

»Genau!«, bestätigte Gottfried Schuster eifrig.

»Ja, wenn das so ist. Dann gehe ich mal wieder an die Arbeit. Auf Wiedersehen!« Der Kommissar verabschiedete sich mit einem nachdenklichen Ausdruck im Gesicht.

»Ob der wohl was gemerkt hat?«, fragte Gottfried Schuster, kaum, dass Harald Linden die Dönerbude verlassen hatte. Der ehemalige Lehrer schien sich nicht besonders wohl in seiner Haut zu fühlen. »Ich meine: Irgendwie mischen wir uns mit unserem Vorhaben ja doch in die Arbeit der Polizei ein, und ich weiß gar nicht, ob das überhaupt erlaubt ist?«

»Also, wenn Amalie nicht gleich mit Konny zu irgendeinem Arzt rennt, dann merkt er mit Sicherheit, dass wir nicht die Wahrheit gesagt haben«, antwortete Schrader ohne auf Schusters plötzliche Bedenken einzugehen.

»Ich werde den Teufel tun und bei diesem Regen mit Konny durch die Straßen laufen!«, protestierte Amalie Pfingsten sofort lauthals. »Das war eine Notlüge. Wir mussten ihn doch so schnell wie möglich loswerden. Schließlich haben wir heute noch Wichtiges vor! Und überhaupt: Soll er doch denken, was er will!«

»Du willst doch nicht im Ernst bei diesem Schietwetter heute noch in den Hildesheimer Wald? Da sind doch jetzt sowieso schon sämtliche Spuren vom Regen verwischt.«

Nikolaus Schrader schüttelte sich. »Wir holen uns ja den Tod, wenn wir da durchs Unterholz tapsen!«

»Ganz recht!«, pflichtete Gottfried Schuster eilig bei, er hatte sich soeben einen weiteren Schnaps bestellt. »Ich frage mich eh schon, ob das nicht vielleicht eine dumme Idee von uns war, da im Wald herumschnüffeln zu wollen. Nachher vernichten wir noch wichtige Spuren ...«

»Also, Gottfried, das hätte ich nicht von dir geglaubt, dass du so ein Angsthase bist. Hast du etwa schon vergessen, wer wir sind, und wie unser Motto lautet?« Amalie Pfingsten funkelte Gottfried Schuster an.

»Nein, nein, bestimmt nicht«, sah der sich veranlasst, sofort zu versichern. »Einer für alle, alle für einen«, sagte er hastig. »Ich denke nur, dass es heute vielleicht schon zu spät dafür wird. Es dämmert ja schon!« Er zeigte jetzt durch das Fenster auf die Straße.

»Das ist nicht die Dämmerung, das sind die Regenwolken, die alles so verdunkeln. Aber die ziehen schnell weiter«, stellte Nikolaus Schrader klar. »Trotzdem bin ich einer Meinung mit Gottfried: Wir sollten unser Vorhaben besser auf morgen Vormittag legen.«

»Aber wir haben es doch schon von heute früh auf heute Nachmittag verschieben müssen!« Amalie Pfingsten war mit weiteren Verzögerungen offensichtlich nicht einverstanden. »Ich plädiere dafür, jetzt sofort zum Wald zu fahren. Wer ist noch meiner Meinung?« Einzig Amalies Hand zeigte auf. »Schöne Musketiere seid ihr mir.« Die ehemalige Gutsfrau war sichtlich enttäuscht.

»Vielleicht fahren wir erst einmal los und gucken, wie sich das Wetter weiter entwickelt, bis wir durch Betheln kommen?

Wenn es weiterhin so regnen sollte, dann bringe ich euch direkt nach Hause. Und falls es, wie Nikolaus sagt, schnell wieder aufklart, dann fahren wir eben doch noch nach Haus Escherde und sehen, ob wir irgend etwas im Wald ausrichten können. Einverstanden?« Die Fußpflegerin schaute in die kleine Runde.

»Du bist einfach klasse, Konny! Weiß dein Dieter überhaupt, was er an dir hat?« Nikolaus Schrader warf Kornelia eine Kusshand zu.

»Exzellenter Vorschlag«, ließ Gottfried Schuster sich vernehmen, und auch Amalie Pfingsten strahlte plötzlich wieder, als habe sie einen Preis gewonnen.

12

»Also, raus mit der Sprache, was planen Sie vier?« Harald Linden sah verärgert aus und klang alles andere als amüsiert. »Und kommen Sie mir nicht mit irgendwelchen Märchen von wegen einer Geburtstagsüberraschung für einen Mitbewohner des Altenheims oder ähnlichem.«

Kornelia war für einen kurzen Moment sprachlos. So aufgebracht hatte sie den Polizisten noch nie erlebt. Sie gab sich einen Ruck und entschied sich für die Wahrheit: »Wir haben nur vorgehabt, uns im Hildesheimer Wald ein bisschen umzusehen«, gab sie zu. »Das ist dann aber wegen des schlechten Wetters ins Wasser gefallen. Aber verboten wäre es ja wohl nicht, oder?« Sie richtete ihre veilchenblauen Augen direkt auf Harald Lindens Gesicht und fragte sich etwas verwundert, warum sie sich heute Morgen so selbstsicher in der Gegenwart des attraktiven Mannes fühlte. Vielleicht, weil sie ihn nicht wie gestern plötzlich und unvorbereitet traf?

Der Kommissar blickte noch immer grimmig drein. »Wenn Sie sich nach Pilzen umsehen wollen, sicher nicht, aber sollten Sie nach Leichen Ausschau halten, so ist das eine unerlaubte Einmischung in die laufenden Ermittlungen der Polizei«, klärte Linden die Fußpflegerin auf.

»Aber richtig verboten ist es nicht?« So leicht wollte Kornelia sich nicht einschüchtern lassen. »Wir würden uns nicht strafbar machen, oder?«

»Nur, wenn Sie das beruflich, zum Beispiel als Privatdetektiv, tun wollten«, musste Linden widerwillig zugeben. »Bei Mord ist in Deutschland zum Glück immer noch die Polizei allein zuständig.« Man konnte dem bulligen Mann ansehen, dass er Kornelia Lorenz lieber etwas Anderes gesagt hätte. Etwas, das sämtliche Schnüffelei der Fußpflegerin und der drei Verschwörer aus dem Altenheim von vornherein unterbinden würde.

»Also als Privatpersonen dürften wir?« Kornelia Lorenz wollte es ganz genau wissen. Der Kommissar brummelte etwas Unverständliches und sah die Fußpflegerin dabei grimmig an.

»Wir sind dann ja auch, wie gesagt, gleich nach Hause gefahren«, lenkte Kornelia ein.

»Gut, ich hoffe, da bleiben Sie vier auch, jedenfalls wenn Sie mal wieder die Neugier hinsichtlich der Aufklärung von Mordfällen juckt.« Harald Linden guckte jetzt schon etwas freundlicher.

Die Fußpflegerin und der Kommissar hatten sich am Vorabend während eines sehr kurzen Telefonats zu einer Zusammenkunft am nächsten Morgen im Klosterstübchen in Haus Escherde verabredet. Kornelia Lorenz hatte den Vormittag frei, denn die drei Termine, die sie eigentlich in ihrem Terminkalender stehen gehabt hatte, waren alle drei überraschenderweise gestern am frühen Abend abgesagt worden. Kaum dass sie ihre drei älteren Freunde wohlbehalten in Gronau abgesetzt hatte und zu Hause eingetroffen war, hatte ein Kunde nach dem anderen angerufen. Zufälle gibt es, hatte Kornelia verwundert gedacht. Sie schob es auf eine Grippewelle, die trotz der vielen sonnigen Herbsttage schon seit gut einer Woche im Leinebergland ihr Unwesen trieb. Hätte sie gewusst, dass Amalie Pfingsten einen Blick in ihren Terminkalender geworfen und einige konspirative Anrufe getätigt hatte, um Kornelia den Rücken für Ermittlungsarbeiten frei zu halten, wäre sie sicher böse auf ihre ältere Freundin gewesen. Sätze wie »Sie wissen doch selbst, wie unfähig die Polizei oft ist!« und »Unsere Frau Lorenz kann das mit Sicherheit besser!« waren bei diesen Telefonaten gefallen und auf breites Verständnis gestoßen.

Das Klosterstübchen war gut besucht. Die kleine Kneipe lag direkt an einer der Zufahrten zu dem schon seit vielen Generationen als Domäne funktionierenden ehemaligen Benediktinerinnenkloster Escherde. Das Lokal war erst vor wenigen Tagen wieder eröffnet worden, nachdem den ganzen Sommer über Umbauarbeiten stattgefunden hatten. Nun wollten sicher viele Bewohner aus der näheren Umgebung schauen, was aus ihrem Lieblingslokal geworden war. Eine Tochter des ortsansässigen Försters hatte das Geschäft im Frühjahr von ihrer Vorgängerin erworben, die nach dem Tod ihres Mannes nicht allein in dem winzigen Ort am Waldrand hatte wohnen bleiben wollen.

Das Dorf Haus Escherde zählte nur etwa fünfzig Einwohner, und wenn man allein war, konnte einem hier schon mal die Decke auf den Kopf fallen. Den ganzen Sommer über hatte Kornelia Lorenz den Besuch in dem kleinen Lokal vermisst, denn sie liebte es, bei egal welchem Wetter zunächst im Hildesheimer Wald spazieren zu gehen und danach im Klosterstübchen etwas zu trinken. Auch sie hatte sich vergewissern wollen, dass die kleine Kneipe nichts von ihrem Charme verloren hatte und sie dem Kommissar deshalb als Treffpunkt vorgeschlagen.

Das Lokal war sogar noch gemütlicher geworden, stellte Kornelia nun erfreut fest, während sie ihren Blick über die Einrichtung schweifen ließ. »Morgen, Frau Lorenz«, grüßte sie ein älterer Herr, der allein am Nebentisch saß und Zeitung las.

»Guten Morgen, Doktor Schmidt«, grüßte Kornelia zurück. »Ich hatte Sie noch gar nicht gesehen«, entschuldigte sie sich dafür, dass sie den Mann nicht gleich beim Betreten des Klosterstübchens gegrüßt hatte. Doktor Schmidt hatte bis zu seiner Pensionierung an einem Gericht in Hildesheim gearbeitet und gehörte, seit er vor wenigen Jahren nach Haus Escherde gezogen war, zum festen Kundenstamm der Fußpflegerin.

»Schön geworden, nicht wahr?«, fragte er.

Kornelia nickte: »Ja, noch viel anheimelnder als vorher! Haben Sie ein Glück, gleich nebenan zu wohnen!«

»Das ist hier unser erweitertes Wohnzimmer, sagt Marlies immer«, lachte der ehemalige Richter.

»Grüßen Sie Ihre Frau schön von mir.«

»Werde ich tun«, versprach Doktor Schmidt und wandte sich erneut seiner Zeitung zu.

»Entschuldigung.« Kornelia Lorenz drehte sich endlich wieder dem Kommissar zu, der ihr gegenüber saß und nachdenklich in seinem Kaffee rührte. Sie selbst nahm einen Schluck von ihrem Kirschsaft. »Aber Sie wollten sicher noch über etwas Anderes mit mir sprechen, als über unerlaubte Schnüffelei?« Der Kommissar nickte. Täuschte sie sich, oder sah er etwas bekümmert aus?

»Einige meiner Kollegen haben gestern den ganzen Tag über Befragungen unter den Geschäftsleuten in Gronau durchgeführt«, begann er. »Irgendwie scheinen einige der Ansicht zu sein, dass Sie am meisten von der Eröffnung des Fachmarktzentrums betroffen gewesen wären.«

»Das ist doch Quatsch!«, entfuhr es Kornelia. »Meine Kunden schätzen es doch gerade, dass ich zu ihnen nach Hause fahre«, sah sie sich zum zweiten Mal in den letzten beiden Tagen veranlasst, klarzustellen. »Werde ich jetzt etwa verdächtigt?« Entrüstet sah sie ihr Gegenüber an. »Ich weiß doch gar nicht, wie man mit einem Gewehr umgeht!«

»Nun ja«, Harald Linden wand sich sichtlich. »Wir ermitteln selbstverständlich in alle Richtungen. Aber Feinde scheint sich das Mordopfer ja vor allem auf Grund des geplanten Zentrums gemacht zu haben. Und abgesehen von den in Gronau geäußerten Meinungen, wohnen Sie von allen betroffenen Geschäftsleuten nun einmal am nächsten zum Tatort. Eine Leiche haben wir ja noch nicht finden können, aber was die Identität des Toten betrifft, scheinen Frau Pfingsten, Herr Schrader und Herr Schuster keine Zweifel zu hegen.«

»Ja, und was die Todesursache betrifft auch nicht: Der Petersen wurde erschossen! Damit falle ich als mögliche Täterin flach!« Kornelia Lorenz war erregt. Nun brannten ihre Wangen doch, trotz aller Selbstsicherheit, die sie heute früh dem Kommissar gegenüber verspürte.

»Die Todesursache wird erst durch die Obduktion festgestellt«, stellte Harald Linden klar.

»Ach, aber dass es überhaupt einen Mord gab, das glauben Sie? Auch ohne Leiche?«

Linden nickte. »Dafür haben wir leider genügend Anhaltspunkte am Tatort gefunden. Zudem ist da ja auch noch die blutverschmierte Jacke des pensionierten Lehrers. Wie heißt er doch gleich? Gotthelf, äh Gott ...«

»Gottfried Schuster«, ergänzte Kornelia.

»Genau.« Linden rührte wieder in seinem Kaffee, der sicher schon kalt geworden war. »Ich dachte mir schon, dass Sie mit Ihren Beziehungen zu den Altenheimbewohnern wahrscheinlich noch besser als ich informiert sind.« Bei dieser Bemerkung konnte der Kommissar sich ein kleines Grinsen nicht verkneifen, denn er schmunzelte. Gleich darauf wurde er aber wieder ernst: »In etwa zwei Tagen werden wir auch ganz sicher wissen, ob es tatsächlich Olaf Petersen war, der im Wald erschossen wurde. Wir haben DNA-Proben vom Tatort und von Schusters Jacke genommen so wie auch aus dem Haus, das Herr Petersen bewohnte.«

Er verstummte einen Moment. Wahrscheinlich, weil er darüber nachdachte, ob er einer unbeteiligten Person, die noch dazu ganz oben auf der Liste der möglichen Verdächtigen stand, überhaupt so viel mitteilen durfte. Kornelia Lorenz wunderte sich jedenfalls darüber, was der Polizist ihr alles erzählte. Sie nahm einen langen Schluck aus ihrem Glas, um nichts sagen zu müssen. Vielleicht verriet Harald Linden ihr ja noch mehr, wenn sie schön stumm blieb?

»Für einen DNA-Abgleich braucht man nur zwei bis drei Stunden, aber zuvor muss das Gewebe vermehrt werden, das dauert seine Zeit.« Harald Linden brach ab. Kornelia hatte das Gefühl, dass der Kommissar ihr diese medizinische Erklärung nur deshalb gegeben hatte, weil er sich vor dem drückte, was ihm eigentlich auf dem Herzen lag.

»Würden Sie sich, äh …«, der Polizist schien tatsächlich irgendwie verunsichert. Vielleicht, weil ihm die Frage, die er Kornelia Lorenz nun stellen musste selbst peinlich war: »Würden Sie sich freiwillig einem Test für Schmauchspuren unterziehen?«, fragte er dann und sah Kornelia fast bittend an. »Dann könnte ich Sie auch ganz offiziell aus dem Kreis der Verdächtigen streichen. Solche Spuren bleiben ja über längere Zeit an Haut und Kleidung haften, selbst wenn man sich mehrmals die Hände gewaschen hat, sind sie noch nachzuweisen.«

Am liebsten hätte die Fußpflegerin jetzt mit »nein« geantwortet, so sehr ärgerte sie sich, dass er sie überhaupt in Betracht zog, was eine mögliche Täterschaft betraf. Aber schließlich sah sie ein, dass Harald Linden es vermutlich nur gut meinte, und nickte. »Klar«, sagte sie. »Wo muss ich dafür hin? Und wann?«

»Da werde ich Ihnen noch Bescheid geben.« Der Kommissar wirkte, als sei ihm eine Last von den Schultern genommen. Er richtete seinen Oberkörper auf und straffte sich. »Gut,« sagte er. »Ich hatte Sie das nicht am Telefon fragen wollen.« Er blickte kurz auf seine Armbanduhr. »Ich muss los. Darf ich Sie noch irgendwo absetzen?«

Kornelia schüttelte den Kopf. »Ich denke, ich gehe noch ein bisschen spazieren«, antwortete sie.

»Bei dem Wetter?« Harald Linden runzelte schon wieder die Stirn.

»Ich liebe Nebel.« Kornelia Lorenz grinste verschmitzt. »Die Feuchtigkeit ist gut für den Teint.«

»Ich hoffe nur, Sie betreiben ihre ungewöhnliche Schönheitspflege nicht ausgerechnet in der Nähe des Tatortes!«, meinte Linden, während er der Bedienung ein Zeichen gab, dass er zahlen wollte. »Sie sind natürlich eingeladen«, wandte er sich an Kornelia. Die Fußpflegerin hatte auch nichts Anderes erwartet.

13

Obwohl Kornelia Lorenz vor ihrem Treffen im Klosterstübchen schon die kurze Strecke von Eddinghausen nach Haus Escherde zu Fuß gegangen war, verspürte sie Lust auf noch mehr Bewegung. Vielleicht war es auch die Nähe zum Tatort, die sie veranlasste trotz des immer dichter werdenden Nebels in Richtung Hildesheimer Wald loszustapfen, kaum, dass sie den schnell in der milchigen Suppe verschwindenden Rücklichtern des Wagens von Harald Linden hinterhergewinkt hatte.

Es regnete nicht mehr, aber die Luft war so voller winzigster Wassertröpfchen, dass Kornelia keine fünf Meter weit gucken konnte. »Viel werde ich bestimmt nicht entdecken können«, murmelte sie zu sich selbst, während sie schnellen Schritts an der hohen Klostermauer entlanglief. Sie atmete tief ein. Die klamme Luft auf ihrer Gesichtshaut fühlte sich gut an, so frisch. Kornelia fühlte sich voller Leben, während sie an den Mordfall dachte. Gleich hinter dem Kloster begann der Wald. Die Fußpflegerin wusste aus Amalies Erzählungen, dass ihre drei Freunde die Rollstühle am alten Steinbruch geparkt und dann Richtung Süden den Stückenberg erklommen hatten. Sie entschied sich jedoch für eine kürzere Strecke.

Sie bog von dem breiten, holzwirtschaftlich genutzten Weg ab, der den Wald bis Sorsum durchschnitt und auf dem sogar schwere Holztransporter, ohne in all zu große Schlaglöcher zu versinken, fahren konnten, und lief quer durch das Unterholz die Ostmauer des ehemaligen Klosters entlang. Früher hatte es hier einmal einen richtigen Weg gegeben, der die gesamte Klosteranlage umrundet hatte, aber den hatte der Wald längst für sich zurückerobert. Nachdem Kornelia einen kleinen Bachlauf überquerte, gelangte sie auf einen gemächlich ansteigenden Feldweg, eigentlich kein richtiger Weg, sondern zwei tief eingefahrene Treckerspurrillen, der sie schließlich bis zu der von Amalie beschriebenen Fundstelle führte. Der Wald bestand hier vor allem aus stattlichen Buchen und grenzte an einen Acker, auf dem sich erste grüne Halme vom Winterweizen in den trüben Himmel reckten. An sonnigen Tagen hatte man von diesem Punkt aus einen eindrucksvollen Blick über das Leinetal bei Gronau und die zahlreichen, angrenzenden Bergketten. Die Sieben Berge, den Külf und sogar den Osterwald konnte man dann sehen. Aber heute sah Kornelia nicht einmal den alten Hochsitz, von dem sie wusste, dass er hier irgendwo am Waldrand stehen musste.

Der Nebel war noch dichter geworden, Feuchtigkeit sammelte sich auf den Blättern der Bäume und tropfte zu Boden. Als die Fußpflegerin noch ein paar Schritte weiter ging, sah sie plötzlich etwas Buntes direkt vor ihren Füßen auf dem feuchten Waldboden liegen. Ein kleiner Schauder fuhr ihr über den Rücken, als sie erkannte, worum es sich handelte. Es war ein Stück rot-weißes Absperrband mit schwarzem Polizeiaufdruck, das gestern, nachdem der Trupp der Spurensicherung wieder abgezogen war, wohl irgendwie liegen geblieben war. Mit einem Mal war der Mord, der bisher nur ihre kriminalistische Fantasie beflügelt hatte, ganz real. Kornelia bekam eine weitere Gänsehaut, als sie sich klar machte, dass hier, genau hier, wo sie jetzt stand, tatsächlich ein Mensch gestorben war. Sie blieb stehen und gedachte des Toten. Das Foto von Olaf Petersen, das sie so oft in den Zeitungsberichten über das geplante Fachmarktzentrum gesehen hatte, drängte sich in ihre Vorstellung.

Er war ein sehr gut aussehender Mann gewesen, der ihr aber trotzdem nicht sympathisch gewesen war. Die Fußpflegerin hatte immer gemeint, einen zynischen Zug um seine Lippen spielen zu sehen, wenn sie ihm durch Zufall in einem der Gronauer Geschäfte begegnet war. Auf Kornelia Lorenz hatte Olaf Petersen wie einer gewirkt, der sich nahm, was er wollte – ohne Rücksicht auf Verluste. Sie schüttelte sich, aber das ungute Gefühl, das sie mit einem Mal beschlich, wurde sie nicht wieder los.

Angestrengt horchte sie in den Wald. Es waren nur wenige Tierstimmen zu hören, vermutlich hatte ihre Anwesenheit die meisten Vögel verstummen lassen. Nur das stete Tropfen von den Blättern war überdeutlich zu hören.

Kornelia Lorenz schritt noch weiter und studierte dabei aufmerksam den Boden zu ihren Füßen. Keine zehn Meter von der Stelle, an der das Stück Absperrband gelegen hatte, entdeckte sie etwas, das ihre Aufmerksamkeit auf sich zog, und hielt einen Augenblick inne. Der dunkle Fleck auf dem Boden stammte sicher von dem Blut des Ermordeten, schoss es ihr durch den Kopf. Ein neuerlicher Schauder lief über ihren Rücken. Hier mochte sie sich nicht lange aufhalten. Außerdem war dieser Ort mit Sicherheit schon Quadratzentimeter für Quadratzentimeter genauestens von der Polizei untersucht worden. Aus Amalies Bericht wusste Kornelia, dass Petersen auf die drei Alten zugestürzt war. Das bedeutete, er war, nachdem er getroffen worden war, noch eine kurze Strecke gelaufen. Außerdem ließ die Schussverletzung ja darauf schließen, dass der Täter noch weiter weg von dem Punkt gestanden haben musste, an dem Olaf Petersen zu seinem letzten Lauf gestartet war. Jedenfalls vermutete Kornelia das. Bis der Tote gefunden wurde, konnte ja niemand mit Sicherheit sagen, dass der Täter die Waffe nicht direkt an Petersens Rücken gehalten hatte, überlegte sie. Nein! Fiel es ihr dann ein. Nikolaus hatte etwas von einem kurzen Blitz, einem Mündungsfeuer erwähnt. Der Mörder hatte also eindeutig aus einiger Entfernung geschossen.

Ein Blattschuss, mitten in der Nacht. Keine schlechte Leistung für einen Schützen, selbst wenn er über ein Nachtsichtfernrohr verfügte. Wie viele Menschen aus ihrer Heimat mochten wohl so gut mit einer Waffe umgehen können? Zu viele, gab sie sich gleich darauf selbst die Antwort. Der Kyffhäuser Verein erfreute sich großer Beliebtheit. Erst vor zwei Jahren hatte der Kreisverband Alfeld sein hundertjähriges Bestehen mit viel Brimborium gefeiert. Für viele Menschen in den kleineren Dörfern des Leinebergландes, in denen eine Kneipe nach der anderen dicht machte, waren die Schießstände oft die einzige Möglichkeit, im eigenen Dorf unter die Leute zu kommen. Die Getränke, die dort nur knapp über den Selbstkostenpreisen verkauft wurden, bildeten einen zusätzlichen Anreiz. Kornelia glaubte, dass die Kyffhäuser Vereine einen unschätzbaren Dienst für das Gemeindeleben in den kleineren Ortschaften leisteten.

Plötzlich ließ ein leises Knacken hinter ihr die Fußpflegerin erschreckt zusammen zucken. Sofort schnellte ihr Kopf zur Seite. Ihr Herz klopfte bis in den Hals. Aber außer den immer noch in dichtem Nebel stehenden Bäumen konnte sie nichts entdecken. Sie war so in Gedanken versunken gewesen, dass sie nicht mehr auf die Geräusche um sich herum geachtet hatte. Was, wenn eine Rotte Wildschweine auf sie zugelaufen käme? Ihr jüngster Sohn hatte erst vor einem knappen Jahr eine angsteinflößende Begegnung mit einer kompletten Wildschweinfamilie gehabt: Eber, Bachen und Frischlinge waren, von einem Schuss aufgeschreckt, direkt auf Mika zugelaufen. Und sie selbst war als Jugendliche auch einmal nur knapp dem Angriff eines verletzten Keilers entgangen.

»Was tue ich hier eigentlich?«, fragte Kornelia sich plötzlich laut. Irgendwie konnte sie sich des Gefühls nicht erwehren, beobachtet zu werden. Da! War da nicht schon wieder ein Knacken zu hören gewesen? Ganz in der Nähe? Nur, dass es diesmal eher von ihrer linken Seite gekommen war. Plötzlich fühlte sie sich schutzlos, so allein im Nebelwald. Ihr Herz klopfte mit einem Mal so stark, dass sie meinte, es müsse bis weithin zu hören sein. Niemand wusste, wohin sie gegangen war. Ihr Mann vermutete sie mit Sicherheit bei der Arbeit. Sie hatte Dieter nichts von den abgesagten Terminen erzählt, um ihn nicht zu beunruhigen. Er mochte es überhaupt nicht, wenn seine Frau ihre Nase in Dinge steckte, die sie nichts angingen und hätte mit Sicherheit genau das vermutet, hätte sie ihm von der unverhofften freien Zeit erzählt.

Hätte ich doch bloß Amalie gesagt, was ich vor hatte!, dachte Kornelia. Aber nein, ihre alte Freundin hätte mit Sicherheit darauf bestanden mitzukommen und dann wäre aus dem ganzen Vorhaben nichts geworden. Kornelia hätte ja nach dem Treffen mit dem Kommissar zunächst nach Hause gehen und ihr Auto holen müssen, um Amalie danach in Gronau aufzusammeln. Dann wäre für eine ausgiebige Schnüffelei im Wald keine Zeit mehr geblieben. Zum Mittagessen musste sie schließlich wieder zu Hause sein. Mika kam heute früh aus der Schule.

»Warum muss ich nur immer wieder Miss Marple spielen?«, schimpfte die Fußpflegerin leise vor sich hin. »Als hätte ich nichts Besseres zu tun!« Ihr großer Garten fiel ihr ein, in dem die üblichen Herbstarbeiten anstanden. Das Umgraben der Gemüsebeete hasste Kornelia am meisten. Jedes Jahr nahm sie sich vor, endlich einen kleinen motorbetriebenen Pflug zu besorgen, und jedes Jahr griff sie erneut zum Spaten. Oft betrachtete sie ihren Garten als Fitnessstudio, für das sie noch nicht einmal teure Mitgliedschaftsgebühren zahlen musste.

»In dieser Suppe kann ich heute so wie so nichts entdecken!«, sagte sie sich und stapfte dennoch nicht in Richtung Haus Escherde zurück und damit nach Hause, sondern immer weiter am Waldrand entlang in südliche Richtung; der Richtung, aus der, wenn sie nicht alles täuschte, der Mörder geschossen haben musste.

Beim Gehen hielt sie ihren Blick jetzt weiterhin gesenkt. Dabei wusste sie selbst nicht so recht, wonach sie eigentlich Ausschau hielt. Der heftige Regenguss von gestern hatte mit Sicherheit sämtliche Spuren verwaschen. Die unglaubliche Menge an bereits gefallenen Bucheckern fiel ihr auf. Ein wahres Festmahl für Eichhörnchen und andere Nager. Plötzlich bemerkte sie einen metallenen Schimmer zwischen den zahlreichen aufgeplatzten, struppig-rauen Fruchtbechern der Bucheckern, den überall zerstreut liegenden hellbraunen Früchten der Rotbuchen selbst und dem zum Teil bereits modernden Laub. Sie bückte sich, um genauer sehen zu können, um was es sich dabei handelte. Zunächst hatte Kornelia an silberfarbenes Bonbonpapier gedacht und in Gedanken bereits auf die Waldspaziergänger schimpfen wollen, die ihren Müll nicht wieder mit nach Hause nahmen. Doch dann stellte sie fest, dass sie sich getäuscht hatte. Vor ihren Schuhspitzen lag ein kleiner silberner Anhänger auf dem Waldboden. Sie hob ihn auf, entfernte etwas Matsch, der dem Stück anhaftete und drehte den Kettenanhänger dann neugierig zwischen ihren Fingern. Es handelte sich um einen echt silbernen Kettenanhänger in Form eines Hirschkopfes. Kornelia hielt sich das Schmuckstück dichter vor die Augen. Auf der Rückseite war sehr winzig die Zahl 15 eingraviert und ein Schriftzug, den die Fußpflegerin nicht richtig entziffern konnte. »Seltsam«, murmelte sie und steckte den Anhänger in ihre Jackentasche. Es musste sich um ein sehr altes Schmuckstück handeln, denn so weit die Fußpflegerin wusste, wurde der Silberwert nur bis Ende des neunzehnten Jahrhunderts in Lot angegeben. 15 Lot war der höchste Feingehalt gewesen. Ob der Kopf vielleicht etwas mit dem Mord zu tun haben konnte? Warum die Polizei den Anhänger wohl nicht entdeckt hatte? Die Spurensicherung hatte doch sicher auch ein weitläufigeres Gelände abgesucht. Andrerseits konnte der Hirschkopf gut durch die kleinen Rinnsale, die der gestrige Regen mit Sicherheit auf dem Waldboden verursacht hatte, erst unter dem Laub wieder hoch gespült worden sein. Wer mochte ihn nur verloren haben? Konnte der Anhänger dem Opfer gehört haben? Oder dem Mörder?

Gedankenverloren wollte Kornelia weitergehen, als sie mit gebeugtem Kopf gegen etwas lief, genau wie jemand, der auf dem Fußweg vor sich hinträumt und gegen einen Laternenmast stößt. »Autsch!«, entfuhr es ihr. Sie rieb sich ihre Stirn, mit der sie gegen den Holm einer Holzleiter geprallt war. Die Fußpflegerin blickte hoch und entdeckte den Hochsitz, den sie ganz hier in der Nähe vermutet hatte. »Na, also«, sagte sie voller Stolz auf ihre Ortskenntnis und begann sogleich, die ersten Sprossen zu erklimmen.

Etwas wackelig waren sie, wirkten teilweise sogar morsch, als sei der Hochsitz schon lange nicht mehr ausgebessert worden. Es knackste verdächtig, wenn sie ihr Gewicht von einer Sprosse auf die nächste verlagerte. Es war keiner dieser offenen Hochsitze, die einem etwas überdimensionierten Babystuhl glichen, sondern einer für wirklich schlechtes Wetter, der oben mit einer Art kleiner Hütte versehen war.

Als Kornelia diese erreicht hatte, musste sie versuchen, mit den Händen zunächst die abgedeckte Luke im Boden aufzustoßen, über die man Zugang zu dem Unterschlupf für Förster und Jäger erhielt. Was sie hier oben wollte, wusste sie nicht, zumal die Sicht durch den Nebel immer noch eingeschränkt war. Vielleicht hatte hier der Mörder gesessen und auf Petersen gezielt?, schoss es ihr durch den Kopf, gerade, als sie den besonders fest sitzenden Verschluss der Luke statt mit den Händen, die sie jetzt lieber wieder um die oberste Leitersprosse geklammert hielt, mit ihrem Kopf nach oben aufgestoßen hatte und endlich den Innenraum des Hochsitzes einsehen konnte.

»Oh, Gott!«, entfuhr es ihr, als ihr Blick auf zwei verdreckte Springerstiefel fiel. Vor Schreck wäre die Fußpflegerin beinahe von der Leiter gefallen. Sie zuckte zurück, wodurch der Lukendeckel schmerzhaft auf ihren Schädel zurück klappte. »Autsch!«, schrie sie zum zweiten Mal auf. Der Schlag hatte sie völlig unerwartet getroffen. »Na, toll«, flüsterte sie. »Noch eine Beule.« Ihre Beine fühlten sich mit einem Mal wie Wackelpeter an.

»Frau Lorenz!«, die Männerstimme wirkte mindestens so überrascht wie Kornelia selbst. »Warten Sie, ich helfe Ihnen.« Schon wurde die Klappe über ihr gänzlich gelüftet, und zwei kräftige Hände streckten sich Kornelia entgegen. Die Fußpflegerin wagte einen Blick in das Gesicht des Mannes, dessen Körper ganz in Tarnkleidung gehüllt war. Sogar das Gesicht hatte er bemalt, wie sie das bisher nur aus Amifilmen kannte, in denen es um irgendwelche geheimen Missionen zur Rettung der Welt ging, und die Dieter sich so gern ansah.

»Sweet Jesus!«, entfuhr es Kornelia. »Was machst du denn hier?«

»Das Gleiche könnte ich Sie fragen«, antwortete Sweet Jesus, nachdem er Kornelia Lorenz in den Hochsitz hineingeholfen hatte. »Bei dem Schietwetter kriegt man doch nicht einmal einen Hund vor die Tür.«

»Na ja, ich habe den Vormittag heute überraschend frei, und da dachte ich, da wollte ich …« Die Fußpflegerin wusste selbst nicht, wie sie ihre Anwesenheit am besten erklären sollte, ohne auf den Mordfall zu sprechen zu kommen. Es musste ja nicht gleich jeder wissen, dass Kornelia Lorenz einmal mehr zur Verbrecherjagd geblasen hatte.

»Da meinten Sie, Sie müssten der Polizei bei den Ermittlungen etwas unter die Arme greifen?«, vervollständigte Sweet Jesus auch schon Kornelias angefangenen Satz. Die Fußpflegerin nickte. Wie hatte sie auch nur einen Moment lang annehmen können, dass irgendjemand im Leinebergland noch nichts von ihrem Lieblingszeitvertreib gehört hatte? Schließlich hatte es schon manchmal in der Zeitung gestanden, wenn sie der Polizei bei einer Ermittlung hatte behilflich sein können.

»Weiß doch jeder, dass Sie gern herumschnüffeln, besonders, wenn es einen Toten gegeben hat!«, grinste Sweet Jesus wie zur Bestätigung ihrer Gedanken jetzt in Kornelias verlegenes Gesicht. »Es wird sogar schon gewettet, wer von Ihnen den Fall zuerst auflöst: Sie oder der Kommissar. Im Moment liegen Sie bei den Wetten aber ganz weit vorn!«

»Wetten?« Kornelia Lorenz war nun wirklich verblüfft.

»Ja«, bestätigte Sweet Jesus. »Dieser ehemalige Polizist, der aus dem Altersheim, wie heißt er doch gleich?«

»Nikolaus Schrader?«

»Ja, genau. Der hat heute früh in dem alten Pavillon im Park des Altenheims sogar eine Art Wettbüro eingerichtet. Eigens für den Fall. Damit nicht jeder gleich Lunte riecht, tut er aber so, als ginge es um Pferderennen. Sie laufen als d'Artagnan und den Kommissar nennt er, wenn ich mich recht erinnere, Der Hannoveraner. Ich würde ja auch zehn Euro auf Sie setzen, aber diesmal glaube ich, dass der Fall nie geklärt werden wird. Es gibt ja noch nicht einmal eine Leiche!« Sweet Jesus schien wirklich gut informiert. Vielleicht lag das daran, dass seine Mutter und er direkt gegenüber dem Altenheim wohnten? Diesem bedeutenden Umschlagplatz für Klatsch und Tratsch.

»Haben Sie denn heute etwas Brauchbares entdeckt?« Sweet Jesus blickte Kornelia neugierig ins Gesicht. Täuschte sie sich, oder lag da trotz des Lächelns, das seinen Mund umspielte, auch etwas Lauerndes in seinen Augen? Wollte der Junge ihr etwa Konkurrenz bei der Mördersuche machen? Trotz seines

Alters wurde Sweet Jesus von den Menschen im Leinebergland geduzt und irgendwie immer noch als ein großer Junge angesehen.

Kornelia schüttelte ihren Kopf. »Nein, leider«, sagte sie. Den silbernen Hirschkopf hatte sie bereits vergessen. »Ich glaube, ich habe mich ganz umsonst durchfrieren lassen. Aber, sag mal, was machst du eigentlich hier und noch dazu in diesem merkwürdigen Tarnaufzug? Man könnte ja meinen, du gehörtest zu einem Manövertrupp.« Jetzt erst bemerkte Konny, dass kein Fernrohr sondern eine Kamera vor Sweet Jesus' Brust baumelte. »Oder willst du etwa die Tiere in freier Wildbahn fotografieren?«, fragte sie.

Sweet Jesus antwortete nicht gleich, sondern blickte Kornelia prüfend ins Gesicht. Fast wirkte es so, als glaube er ihr nicht recht, dass sie gar nichts gefunden hatte. Doch dann räusperte er sich und antwortete: »Vielleicht. Wenn ich Glück habe, und es läuft mir eins vor die Linse.« Sweet Jesus grinste verlegen. »Der Förster hat mir versprochen, dass er mich später im Herbst mal mit zur Wildschweinjagd nimmt«, sagte er und reckte sich stolz. »Da übe ich schon mal, mich möglichst unsichtbar im Wald zu bewegen. Und zum Beweis will ich hiermit Bilder machen.« Er hob seine Kamera mit der rechten Hand etwas an. Sie hatte ein solch eindrucksvoll langes Objektiv, dass Kornelia es zuerst für ein Fernrohr gehalten hatte.

»Ach so.« Kornelia Lorenz glaubte zwar nicht, dass sich die Wildscheine von etwas Farbe im Gesicht täuschen lassen würden, schließlich nahmen die ihre Umwelt vorwiegend über ihren Rüssel wahr, aber sie wollte Sweet Jesus' offensichtliche Begeisterung auch nicht durch kritische Nachfragen bremsen.

»Ich mache das schon sehr gut!«, meinte der gerade begeistert. »Sie haben mich doch vorhin auch nicht bemerkt, dabei befand ich mich einmal ganz dicht hinter Ihnen. Ich habe sogar ein Foto gemacht und Sie haben das Klicken nicht einmal wahrgenommen.« Obwohl der Junge ihr eigentlich recht sympathisch war, fühlte Kornelia Lorenz sich bei diesen Worten mit einem Mal seltsam unwohl in seiner Nähe.

14

Harald Linden war nach seinem Treffen mit der Fußpflegerin von Haus Escherde direkt weiter nach Gronau gefahren. Er hatte vor, sich im Laufe des Tages einige der Geschäftsleute, die seine Kollegen gestern schon befragt hatten, noch einmal zur Brust zu nehmen. Um sich darauf vorzubereiten, hatte er in der Hauptstraße geparkt und war zunächst in die Eisdiele am Markt gegangen, um dort bei einem Latte die gestrigen Protokolle seiner Kollegen durchzugehen. Diejenigen, die ein hieb- und stichfestes Alibi für die Tatzeit hatten, die der Polizei aufgrund der drei Zeugen glücklicherweise ziemlich genau bekannt war, würde er selbstverständlich nicht noch einmal belästigen. Soweit er das bisher überblickte, waren das die meisten. Schon gestern hatten seine Kollegen ganze Arbeit geleistet und überprüfen können, dass das Gros der Gronauer Geschäftsleute, wie es sich das für brave Bürger gehört, bereits in ihren Betten gelegen hatte, als der Mord geschah. In den meisten Fällen war das sogar schon gestern von den betreffenden Ehepartnern bestätigt worden. Bei denjenigen, die nach der Versammlung nicht gleich nach Hause sondern in eine Kneipe gegangen waren, würde das Überprüfen der Alibis vielleicht noch ein, zwei Tage in Anspruch nehmen. Doch auch mit denen wollte der Kommissar sich heute nicht aufhalten. Nach Durchsicht der Unterlagen glaubte er, sich vor allem mit dem Mann unterhalten zu müssen, der die Initiative gegen das geplante Fachmarktzentrum überhaupt erst ins Leben gerufen hatte: Arno Weensen. Der Delikatesswarenhändler war nicht nur einer derjenigen gewesen, die den Verdacht bewusst oder unbewusst auf die Fußpflegerin Kornelia Lorenz hatten lenken wollen, er hatte gleich eine ganze Reihe möglicher Täter genannt. Unter anderen Rosemarie Janda. Der traue er mit Sicherheit einen Mord zu, hatte Weensen zu Protokoll gegeben. Später würde Linden vielleicht auch noch besagte Frau Janda aufsuchen. Deren Nagelstudio lag ja fast gegenüber dem Delikatessengeschäft Weensens an der Hauptstraße der kleinen Hansestadt. Wie praktisch, dass Gronau so übersichtlich war, dachte der Kommissar, während er der Bedienung jetzt ein Zeichen gab, dass er zahlen wolle.

Arno Weensen machte einen sympathischen ersten Eindruck auf den Kommissar. Das verwirrte Linden zunächst. Jemand, der so unbedacht Verdächtigungen aussprach, hätte er für den typischen Unsympathen gehalten. Weensen war ein stattlicher Mann, der seine besten Jahre aber sehr wahrscheinlich schon hinter sich hatte. Harald Linden schätzte ihn auf Anfang sechzig. Der Geschäftsmann strahlte trotzdem noch eine unglaubliche Attraktivität aus. Seine Mitarbeiterin, die den Kommissar in das Hinterzimmer begleitet hatte, himmelte ihn regelrecht an. Kein Wunder. Er sah aus wie Paul Newman. Vielleicht etwas rundlicher.

»Herr Weensen, bitte entschuldigen Sie die Störung. Die Kripo möchte Sie sprechen«, hatte die Angestellte zu Weensen gesagt, gleich nachdem sie die Tür geöffnet hatte. Ihre Stimme hatte dabei leicht gezittert. Sie war überhaupt recht nervös geworden, gleich nachdem Harald Linden seinen Dienstgrad genannt und sein Anliegen kurz nach dem Betreten des Geschäftes vorgebracht hatte. Außer ihm hatten sich in diesem Moment keine Kunden in den Verkaufsräumen befunden, deshalb hatte der Kommissar sich zunächst keinen Reim auf die Nervosität der Frau machen können. Aber dann erinnerte er sich wieder daran, dass Gronau nicht mit einer Großstadt zu vergleichen war. Wahrscheinlich hatte die Verkäuferin einfach noch nie mit der Polizei zu tun gehabt, und schon gar nicht, wenn es um einen Mordfall ging.

»Hauptkommissar Harald Linden«, stellte der Polizist sich nun noch einmal selbst vor und reichte Weensen die Hand. Der stand hinter seinem mächtigen Schreibtisch auf und begrüßte Linden mit einem festen Händedruck. Seine Hand war angenehm warm, aber keineswegs feucht.

Arno Weensen lächelte. »Arno Weensen«, sagte er mit ruhiger Stimme. Seine blauen Newman-Augen studierten dabei das Gesicht des Kommissars ganz genau. Ein aufmerksamer Beobachter, stellte Harald Linden fest. Vielleicht war auf seine Verdächtigungen ja doch etwas zu geben? Und machte er selbst sich der Befangenheit schuldig, weil er die Fußpflegerin Kornelia Lorenz von vornherein aus dem Kreis der Verdächtigen ausschloss?

»Möchten Sie sich hier mit mir unterhalten? Gerlinde könnte uns einen Tee oder einen Kaffee bringen, oder sollen wir dafür in ein Café gehen?«, fragte Weensen. »Der Kaffee ist gegenüber in der Eisdiele besser«, schob er noch schmunzelnd hinterher.

»Ehrlich gesagt, wäre mir ein Glas Wasser jetzt lieber«, sagte Linden. Das Überfliegen der Unterlagen seiner Kollegen hatte doch länger gedauert, und er hatte bereits zwei große Latte getrunken.

»Wie Sie meinen. Bitte!« Arno Weensen wies auf eine Sitzecke direkt vor einem breiten Fenster, wie Linden es das so groß in einem Hinterzimmer nicht erwartet hätte. Überhaupt war Weensens Büro eine ebensolche Überraschung wie der Mann selbst. Linden hatte einen Raum vermutet, in dem sich Kisten und Kästen mit Ware an den Wänden stapelten, und in dem irgendwie noch ein wackeliger Schreibtisch mit einer Funzel als Lichtquelle gequetscht worden war.

Weensens Reich war nichts dergleichen. Trotz des trüben Tages gelangte genug Licht in den Raum. Das Fenster zeigte, so weit der Kommissar das überblicken konnte, auf eine im Nebel liegende Obstwiese. Alte, schon etwas knorrig gewordene Apfelbäume standen darauf. »Überrascht Sie das?«, fragte Weensen und zeigte sich einmal mehr als genauer Beobachter. »Die alten Gebäude hier an der Hauptstrasse verfügen nach hinten raus alle über ein beachtliches Grundstück«, erklärte er. »Sie müssen sich das so vorstellen, als bildeten die Wand an Wand gebauten Häuser zusammen mit denen der angrenzenden Straßen einen Ring, in dessen Mitte früher sogar Viehzucht im Kleinen betrieben wurde. Die Häuser dienten den Familien ja nicht nur als Geschäftsräume, sondern auch als Wohnungen, und ein Gemüsegarten, ein paar Obstbäume und ein kleiner Stall mit ausreichend Platz für ein oder zwei Schweine gehörten damals ja sozusagen zur Grundausstattung eines Einfamilienhaushaltes dazu.« Weensen blickte erneut in Lindens Gesicht. »Doch Sie sind sicher nicht gekommen, um sich mit mir über die Geschichte und Architektur unserer kleinen Stadt zu unterhalten?«

Der Kommissar schüttelte den Kopf. »Nein, leider«, bestätigte er.

»Ich kann mir schon denken, warum Sie bei mir mit den gründlicheren Nachforschungen beginnen«, meinte Weensen. »Aber jetzt nehmen Sie doch bitte endlich Platz.« Er deutete erneut auf die einladende Sitzecke unter dem Fenster. »Ich sage Gerlinde nur schnell Bescheid, dass Sie uns etwas zu trinken bringt.«

»Ich war gestern wohl etwas vorlaut«, begann Weensen das eigentliche Gespräch, nachdem seine Mitarbeiterin ein Sprudelwasser für den Kommissar und einen Tee für ihn selbst serviert hatte. »Wissen Sie, Ihr junger Kollege hatte mir gesagt, ich solle freiheraus sprechen, und das habe ich vielleicht … Nein!, sehr wahrscheinlich habe ich das zu wörtlich genommen. Am Abend habe ich mir deswegen schon Vorwürfe gemacht. Glauben Sie mir: Ich gehöre eigentlich nicht zu der Sorte Mensch, die gern schlecht über andere redet.« Weensen lüftete den Deckel seines Teekännchens und vergewisserte sich, dass der Tee lange genug gezogen hatte. Mit einer Hand wedelte er den aufsteigenden Dampf zu sich heran und schnupperte. »Ah! Köstlich!« Er strahlte, während er sich von der dunklen Flüssigkeit einschenkte. Ein leises Knistern verriet dem Kommissar, dass sich in Weensens Teetasse Kluntje befanden. »Meine Großmutter mütterlicherseits stammte aus Ostfriesland«, erklärte Arno Weensen ungefragt. Harald Linden beschlich langsam das Gefühl, sein Gegenüber könne Gedanken lesen.

»Wie sind Sie denn überhaupt zu ihren Vermutungen gelangt?«, begann der Kommissar jetzt ohne weitere Umschweife.

Verlegenheit spielte auf den Zügen Arno Weensens. »Tja«, der alte Mann schien nachzudenken. »Ich habe einfach überlegt, wer durch die Pläne des Investors zu Schaden kommen würde. Das sind nicht wenige, das können Sie mir glauben, denn sonst hätten wir ja unsere Initiative gegen das Fachmarktzentrum gar nicht erst ins Leben rufen müssen. Aber wir Gronauer Geschäftsleute haben ja doch eine gewisse Substanz vorzuweisen, was man von Frau Lorenz nicht behaupten kann. Deren ganzes Kapital ist ihr kleines Köfferchen mit den Werkzeugen, die sie für ihre Arbeit braucht. Und vielleicht noch ein paar Cremes und Salben.«

Weensen machte eine kurze Pause und gab eine Wolke Sahne auf seinen Tee, ehe er einen Schluck davon trank. Wie bei einer Weinprobe ließ er den Tee zunächst auf seinen Gaumen wirken, ehe er ihn hinunterschluckte. »Ich bin jedoch mittlerweile zu der Ansicht gelangt, dass Frau Lorenz nicht als Täterin in Frage kommt«, fuhr Arno Weensen fort. »Nach genauerem Überlegen habe ich eingesehen, dass ihre Kunden wohl kaum bis zu einem Fußpflegestudio anreisen würden, wenn sie die Dienste von Frau Lorenz sozusagen frei Haus geliefert bekommen. Die meisten ihrer Patienten sind ja schon alt und kommen nur selten aus ihren Dörfern. Nein, ich glaube mittlerweile ganz sicher nicht, dass Frau Lorenz' Existenz durch das neue Zentrum bedroht gewesen wäre.« Arno Weensen blickte direkt in Lindens Augen.

Der Kommissar nickte bedächtig. »Das scheint ja ein weit verbreitetes Hobby im Leinebergland zu sein«, murmelte er dann.

»Das unerlaubte Sicheinmischen in die Arbeit der Polizei?« Arno Weensen schien nicht nur über eine sehr genaue Beobachtungsgabe sondern auch über ein besonders gutes Gehör zu verfügen.

»Ja«, antwortete Linden mit einem Seufzer. Weensen grinste und nahm noch einen Schluck aus seiner winzigen Teetasse.

»Was aber die Jandas betrifft, Rosemarie und Konrad, bei denen würde ich an Ihrer Stelle einmal nachhaken«, sagte der Geschäftsmann dann. »Soweit ich mich erinnere, verließ der Junge unsere Sitzung vor zwei Tagen ziemlich aufgebracht und noch bevor diese beendet war. Ich weiß natürlich nicht, wohin Konrad Janda danach gegangen ist, aber aus einer sicheren Quelle habe ich vernommen, dass er wohl erst nachts wieder nach Hause kam, womit dann sowohl Rosemarie Janda als auch ihr Sohn kein Alibi hätten, die beiden leben ja immer noch zusammen.«

»Ihre sichere Quelle lebt nicht zufällig im Altenheim?« Als Weensen auf seine Frage vielsagend lächelte, seufzte der Kommissar noch einmal. Anscheinend gab es Details aus der Mordnacht, die Amalie Pfingsten oder einer ihrer beiden Mitstreiter gestern vergessen hatten, zu Protokoll zu bringen. Dass die Alten der Polizei vielleicht sogar absichtlich Informationen vorenthielten, um sich so einen Vorsprung bei den Ermittlungsarbeiten zu sichern, wollte Linden lieber nicht annehmen. Er seufzte erneut. Ein neuerlicher Besuch im Altenheim von Gronau würde ihm wohl nicht erspart bleiben.

Doch noch hatte er einige weitere Fragen an den Besitzer des Feinkostladens. »Musste Frau Janda denn auch die Konkurrenz des Fachmarktzentrums fürchten?«, fragte er.

Arno Weensen schüttelte den Kopf. »Nein, das nicht. So weit ich weiß, war dort kein Nagelstudio geplant. Jedenfalls vorerst nicht, man kann sich bei solchen Märkten ja nie wirklich sicher sein.« Er rührte etwas nachdenklich in seinem Tee, wobei der noch nicht aufgelöste Rest Kandis immer wieder leise gegen die hauchdünne Porzellanwand der Tasse klimperte. Es sah fast so aus, als wäge er diesmal seine Worte ganz genau ab, ehe er sie endlich aussprach: »Vielleicht ist das Motiv für die Tat ja gar nicht unter den Existenzsorgen der Gronauer Geschäftsleute zu suchen?« Er trank den letzten Schluck aus seiner Tasse.

Harald Linden blieb stumm und beobachtete Weensen, während dieser sich gleich darauf erneut aus der auf einem Stövchen stehenden Teekanne einschenkte. Er hatte gelernt, dass Menschen oft mehr erzählten, wenn man sie nicht mit Fragen bedrängte.

»Die Jandas haben eine etwas merkwürdige Mutter-Sohn-Beziehung, wenn Sie mich fragen«, begann Weensen auch gleich. »Rosemarie war ja noch sehr jung, als Konrad geboren wurde. Ein richtiger Kindskopf. Und das scheint sie auch geblieben zu sein. Denken Sie doch nur daran, wie sie ihren Sohn noch immer öffentlich ruft: Sweet Jesus!« Arno Weensen spuckte den Namen aus, als sei dieser eine Beleidigung. »Die meisten Gronauer wissen wahrscheinlich noch nicht einmal, dass der Junge eigentlich Konrad heißt«, fuhr er dann fort. »Und wie sie selbst herumläuft! In ihrem Alter! Hatten Sie schon die Ehre?« Linden schüttelte den Kopf. »Nuttig!«, urteilte Arno Weensen. Die ruhige Gelassenheit, die er bisher ausgestrahlt hatte, schien den Mann mit einem Mal verlassen zu haben. »Als habe sie es darauf angelegt, allen Männern im Leinebergland den Kopf zu verdrehen!« Arno Weensen angelte ein Stofftaschentuch aus seiner Westentasche und wischte sich damit kurz über den Mund, so als wolle er am liebsten seine Worte wegwischen. »Entschuldigung«, nuschelte er. »Ich weiß gar nicht, warum ich mich so darüber aufrege.«

»Wo waren Sie eigentlich nach der Versammlung?« Der Kommissar nutzte die offensichtliche Aufgebrachtheit des Einzelhändlers, um noch einmal nach dessen Alibi zu fragen. Zwar hatte er in den Protokollen bereits gelesen, dass Arno Weensen angegeben hatte, gleich nach der Zusammenkunft nach Hause gegangen zu sein, und dass seine Ehefrau das bezeugt hatte, aber eine nochmalige Nachfrage konnte nie schaden.

Der Mann guckte verblüfft auf den Kommissar. »Brauche ich etwa ein Alibi?«, wollte er wissen.

»Reine Routine«, beruhigte Linden ihn.

»Das habe ich gestern doch schon gesagt: Ich bin sofort nach Hause gegangen. Dort habe ich noch die Nachrichten gesehen und bin dann gleich zu Bett gegangen. Was übrigens alles schon gestern von meiner Frau bestätigt wurde.«

Der Kommissar nickte. »Ja dann«, sagte er. »Vielen Dank für Ihre Zeit und entschuldigen Sie bitte die Störung.« Er erhob sich, um sich von Weensen zu verabschieden. »Was haben Sie vorhin eigentlich genau damit gemeint, dass das Motiv vielleicht nichts mit den Existenzsorgen der Geschäftsleute zu tun hat?«, hakte Linden noch einmal nach, während er Weensens Hand zum Abschied hielt. Die schien einem ganz anderen Mann zu gehören, als dem, der Linden so souverän begrüßt hatte. Wie ein gerupftes Hähnchen lag sie schlaff und auch ein bisschen feucht in der Hand des Polizisten.

»Dass er kein Kostverächter war, der Petersen, das habe ich damit gemeint«, antwortete Arno Weensen. Er klang verärgert und eine leichte Röte überzog seine Wangen.

*

Als der Kommissar gegangen war, schimpfte Arno Weensen im Geiste mit sich selbst, dass er sich gegen Ende des Gespräches so hatte gehen lassen. Er sollte mehr auf der Hut sein! Wieder einmal ärgerte er sich, dass er sein Amulett verloren hatte. Er hatte es erst gestern Morgen bemerkt und konnte sich beim besten Willen nicht daran erinnern, wann er den Glücksbringer zuletzt zwischen seinen Fingern gespürt hatte. Er hatte die Angewohnheit, im Laufe eines Tages immer mal wieder nach dem kleinen Anhänger zu greifen und damit zu spielen. Seine Großmutter hatte ihm das alte Erbstück geschenkt, nachdem er als Jugendlicher das erste Mal mit zu einer Hirschjagd in den Harz gedurft hatte. Gestern, gleich nach dem Aufstehen hatte er entsetzt festgestellt, dass der Anhänger nicht mehr an seiner Kette hing. Zu Beginn der am Abend zuvor stattgefundenen Versammlung war er noch da gewesen. Daran erinnerte Weensen sich genau. Bevor er das Wort gegen das Fachmarktzentrum ergriffen hatte, hatte er das hübsche Stück ganz kurz angefasst, wie er das immer tat, wenn er sich höheren Beistand erhoffte. Aber wann und wo ihm der antike Anhänger abhanden gekommen war, das wusste er nicht. Er hoffte, er würde ihn vielleicht doch noch irgendwo auf dem Fußbodenbelag seines Autos wiederfinden. Obwohl er dort bereits mehrmals vergeblich nachgesehen hatte.

»Unachtsam, Arno, du wirst zu unachtsam! Das ist nicht gut!«, schimpfte er mit sich selbst. Dann griff er eilig nach seinen Autoschlüsseln. Er hatte noch etwas Wichtiges vor, das keinen Aufschub duldete.

15

Als Linden aus dem Delikatesswarengeschäft auf die Gronauer Hauptstraße trat, stellte er erfreut fest, dass der zähe Nebel, der seine Anfahrt von Hildesheim so erschwert hatte, sich allmählich zu lichten begann. Vielleicht würde es doch noch ein schöner, sonniger Herbsttag werden? Auch wenn dieser Herbst die Menschen zuvor mit Sonnenlicht geradezu verwöhnt hatte, würde ihnen etwas mehr Wärme sicher guttun, denn der Sommer hatte seinen Namen nicht verdient, und alles deutete darauf hin, dass der kommende Winter ähnlich hart werden würde wie der vergangene.

Linden schaute zur Turmruhr der mächtigen Kirche hinauf, die den Marktplatz beherrschte. Es war kurz vor halb zwölf. Er überlegte, ob er zunächst Rosemarie Janda in ihrem kleinen Nagelstudio aufsuchen oder doch lieber zuerst seinen drei Zeugen im Altenheim auf den Zahn fühlen sollte. Es hatte ihm gar nicht gefallen, dass sie allem Anschein nach Informationen an die Öffentlichkeit weitergaben, die sie der Polizei vorenthalten hatten. Die kleineren Geschäfte würden mit Sicherheit gegen eins oder halb zwei für eine Mittagspause schließen, nahm der Kommissar an, demnach wäre er besser beraten, wenn er zunächst Frau Janda befragte. Andererseits wurde das Mittagessen im Altenheim bestimmt pünktlich um zwölf Uhr gereicht, und sehr wahrscheinlich hielten seine drei Hauptzeugen danach ein Mittagsschläfchen, das sich bis in den Nachmittag ziehen konnte. Die Unterredung mit ihnen würde sowieso nicht lange dauern. Eine halbe Stunde etwa, das passte zeitlich genau. Danach hätte er noch Zeit genug, um in das Nagelstudio zu gehen. Er streckte seine Schultern und bog in die Burgstraße ab.

*

»Frau Pfingsten, sagen Sie?«, fragte die weiß gekleidete Frau nach. Sie befand sich in dem Stationszimmer, in dem sich Harald Linden nach Amalie Pfingsten erkundigt hatte.

»Ja, die hat ihre Räume hier auf der Station, aber Sie werden sie wohl nicht auf ihrem Zimmer antreffen. Ich glaube, sie hat sich heute Vormittag freiwillig gemeldet, um zusammen mit Herrn Schrader und Herrn Schuster an dem Gartenpavillon zu arbeiten. Die alten Herrschaften haben sich vorgenommen, den geschlossenen Pavillon wintertauglich zu machen, hat man mir mitgeteilt. Eine sehr lobenswerte Initiative, wie ich finde. Sie haben sogar auf ein warmes Mittagessen verzichtet und sich Brote schmieren lassen. Wissen Sie, die meisten alten Menschen fühlen sich ja irgendwie überflüssig, wenn sie keine Aufgabe mehr …«

»Vielen Dank!«, würgte Linden den Redefluss der auskunftsfreudigen Pflegekraft mit einem Lächeln ab. »Ich werde Frau Pfingsten gleich mal suchen gehen.«

»Wenn Sie im Parkgelände den breiten Hauptweg bis zur Leine gehen und sich dann rechts halten, können Sie den Pavillon gar nicht verfehlen. Oder warten Sie«, die Frau, die gerade dabei gewesen war, Geschirr zu spülen, griff nach einem

Handtuch und trocknete sich daran ihre Hände. »Ich zeige Ihnen rasch …«

»Nicht nötig!« Linden lächelte erneut. »Ich finde das mit Sicherheit auch ohne Hilfe!«, versicherte er sehr bestimmt und machte sich schnell davon, um der Gefahr einer Begleitung durch die redefreudige Pflegekraft zu entkommen.

*

Der zum Altersheim gehörende Garten war tatsächlich viel mehr als die gepflegte Rasenfläche, von der Linden zunächst ausgegangen war. Mit seinem jahrhundertealten Baumbestand, den wild wuchernden Hecken und den etwas pflegebedürftig ausschauenden Blumenbeeten, in denen Hortensien und andere Blumenstauden ganz offensichtlich auf ihren Herbstbeschnitt warteten, glich er einem verwunschenen Park aus einem Märchen. Jedenfalls hatte Harald Linden sich als kleiner Junge genau so die Schlossgärten vorgestellt, in denen Schneewittchen, Aschenputtel und andere Märchenprinzessinnen in seiner Fantasie wandelten.

Der Kommissar schritt den breiten Hauptweg, wie beschrieben, bis zur Leine hinunter und bog dann nach rechts ab. Zum Ufer des Flusses hin wuchsen dickstämmige Pappeln, deren gelbes Laub immer wieder wie flugunfähige Kanarienvögel gen Boden trudelte. Durch das Buschwerk zum Inneren des Parks hin konnte der Kommissar jetzt bereits zum Teil die weiß lackierten Gitterfenster des alten Pavillons ausmachen, der ebenfalls viel größer wirkte, als Linden ihn sich vorgestellt hatte. Merkwürdig laut ging es da zu. Der Polizist hörte mehrere Stimmen durcheinanderrufen und hob erstaunt eine Augenbraue. Das klang eher nach einem echten Menschenauflauf als nach drei älteren Herrschaften, die sich aus lauter Langeweile an Ausbesserungsarbeiten versuchten.

»Hinten anstellen!« und »Hey, vordrängeln gilt nicht!«, meinte der Kommissar zu verstehen. Als er um die letzte Kurve bog, entdeckte er auch den Grund für den Tumult: Vor dem alten Holzpavillon hatte sich eine lange Schlange gebildet, wie man sie sonst nur jeden Donnerstagmorgen kurz vor dem Öffnen vor den Eingängen einer bekannten Supermarktkette erleben konnte.

»Immer schön der Reihe nach, hier kommt jeder dran!«, hörte Linden eine ihm bekannte Frauenstimme, die es gewohnt schien, Befehle zu erteilen. »Unter zehn Euro wird nichts mehr angenommen!«, verkündete Amalie Pfingsten gerade lauthals, als sie ihrerseits den Kommissar entdeckt zu haben schien. Die alte Dame verstummte urplötzlich, wurde knallrot und bekam dann einen Hustenanfall, den Linden für pure Taktik hielt. Sicherlich suchte Amalie Pfingsten, während sie trocken hustete, krampfhaft nach einer Erklärung für ihr Tun, die auch an die Ohren eines aktiven Polizisten dringen durfte.

»Herr Linden!«, hatte die ehemalige Gutsfrau sich überraschend schnell wieder im Griff. »Das ist aber schön, dass Sie uns Ihre Aufwartung machen! Möchten Sie vielleicht auch eine Spende abgeben?« Dann drehte sie sich kurz zum Eingang des Pavillons um, vor dem sich noch immer eine Traube von Menschen drängte, und rief: »Schraderchen, schau mal, die Polizei kommt uns besuchen!«

Plötzlich stoben die meisten Herrschaften, die noch eben nicht schnell genug in den Pavillon hatten gelangen können, in sämtliche Himmelsrichtungen auseinander. Ihre Flucht sah etwas eigenartig aus, brauchten die meisten zur Fortbewegung doch diverse Gehhilfen wie Krücken oder Rollatoren. Was mochten die drei Alten nur jetzt wieder ausgeheckt haben? Spenden, wofür? schoss es Linden durch den Kopf, ehe er versuchte, an Amalie Pfingsten vorbei in den Pavillon zu gelangen.

»Wir stellen hier eine Freiwilligenliste für die anstehenden Renovierungsarbeiten auf. Manche Leute spenden Geld, andere Arbeitskraft«, erklärte Amalie Pfingsten blitzschnell, noch ehe Harald Linden seine Frage hatte stellen können. Die alte Dame log tatsächlich, ohne rot zu werden, dachte der Kommissar anerkennend. Denn, dass sich so viele Menschen, wie sie eben noch in der Schlange gestanden hatten, zu freiwilligen Handwerksdiensten melden wollten, das konnte sie einem erzählen, der noch nicht ganz trocken hinter den Ohren war. Zumal es einigen der Geflohenen sicherlich schwer fallen dürfte, auf Krücken oder Rollatoren gestützt Kleister- oder Malerpinsel zu schwingen. Hier war etwas oberfaul, vermutete Linden.

Irgendwie tänzelte die Pfingsten noch dazu vor ihm herum, als wolle sie ihm absichtlich den Weg ins Innere versperren. Endlich schaffte der Kommissar es, an der nervös wirkenden Frau vorbei zu kommen.

Der von allen Seiten lichtdurchflutete Innenraum des Pavillons wirkte auf Harald Linden ein bisschen wie ein Schulzimmer. Schrader und Schuster saßen wie zwei brave Pennäler nebeneinander an einem langen, zum Schreibtisch umfunktionierten Tapeziertisch und schienen gerade damit beschäftigt, ganz unbrav irgendwelche Papiere verstecken zu wollen.

Gottfried Schusters vom Schreck gezeichnetes Gesicht glich einer Maske, während Nikolaus Schrader soeben Versuche unternahm, ein zerknülltes Zettelchen unauffällig in seinen Mund zu befördern. Linden hoffte insgeheim, der alte Mann möge daran nicht ersticken. Demonstrativ schaute er nun an Schrader vorbei, um dem Alten Gelegenheit zu geben, das Zettelchen anderweitig zu entsorgen. Dabei entdeckte er eine weiße Plastiktafel auf der mit abwaschbarem Stift die Namen »Der Hannoveraner« und »D'Artagnan« geschrieben standen. Darunter befanden sich lange Zahlenreihen und neben jeder Ziffer standen ein Name und ein Verhältnis. Eins zu zwei. Eins zu zweieinhalb und so weiter.

»Wir halten hier genau fest, wie viel jeder Freiwillige für die Renovierungsarbeiten spendet«, hörte Linden mit einem Mal erneut die Stimme von Amalie Pfingsten. Die alte Dame befand sich direkt neben ihm. Die Gutsfrau schien sich nun wieder ganz gefasst zu haben. »Möchten Sie nicht auch etwas spenden? Sie können wählen. Entweder für, äh, den Saal »D'Artagnan«, wo wir, äh, wo wir Filme vorführen wollen, oder für den Hannoverschen, äh, Raum.« Sie lächelte Linden aufmunternd zu. »Die Listen führen wir, damit die Heimleitung später allen denen, die eine Quittung für ihre Steuererklärung brauchen, eine solche ausstellen kann.« Über so viel Unverfrorenheit der alten Dame konnte sich Harald Linden ein amüsiertes Grinsen einfach nicht verkneifen. So viel stand für ihn fest: Sollte er jemals im Leben in ein Altenheim müssen, er würde darauf bestehen, in das von Gronau einziehen zu dürfen.

»Ach, wissen Sie, Frau Pfingsten«, sagte er, als er sich zu der Alten umdrehte. »Ich glaube, ich möchte lieber gar nicht so genau wissen, was Sie drei hier treiben.« Aus dem Augenwinkel registrierte der Kommissar, wie Gottfried Schusters Gesicht aus der Erstarrung zu neuem Leben erwachte. Erleichterung spiegelte sich auf den Zügen des ehemaligen Lehrers.

»Ich habe Sie gesucht, weil ich Ihnen leider Vorhaltungen machen muss. Wie kommen Sie eigentlich dazu, Informationen in die Welt hinauszuposaunen und sie gleichzeitig der Polizei vorzuenthalten?« Der kräftige Mann baute sich extra dicht vor Amalie Pfingsten auf, denn er wusste, dass die alte Frau nicht so leicht einzuschüchtern war.

»Was für Informationen?«, konterte die denn auch unbeeindruckt. »Ich bin mir keiner Schuld bewusst!«, fügte sie noch sehr bestimmt hinzu und reckte ihr Kinn etwas in die Höhe.

»Ich gehe davon aus, dass Sie Konrad Janda in der Mordnacht beobachtet haben, als er nach Hause kam?« Linden konfrontierte Amalie mit dem Wissen, das er von Arno Weensen erhalten hatte, und von dem er vermutete, Amalie habe es an die Öffentlichkeit gebracht.

»Ja«, antwortete die alte Dame. Zu Harald Lindens großem Erstaunen wirkte sie ehrlich überrascht. »Ich habe tatsächlich gesehen, wie Sweet Jesus nach Hause kam! Wissen Sie, ich war so aufgeregt über das Erlebte und konnte einfach nicht einschlafen, da bin ich dann eben ein bisschen auf dem Flur auf und ab gegangen, um müde zu werden. Und dabei habe ich zufällig durch das Flurfenster gesehen, wie Sweet Jesus nach Hause kam. Das muss schon weit nach Mitternacht gewesen sein. So gegen drei. Kann aber auch vier gewesen sein. Aber was soll das denn mit dem Mord zu tun haben? Und eines können Sie mir glauben: Ich habe ganz bestimmt mit niemanden darüber gesprochen!«

Amalie Pfingsten wirkte auf den Kommissar, als sage sie diesmal wirklich die Wahrheit.

16

»Puh, das war knapp!« Nikolaus Schrader atmete auf, kaum, dass der Kommissar wieder gegangen war. Der Polizist hatte sehr nachdenklich gewirkt, als er sich von ihnen verabschiedet hatte. Irgendetwas an Amalies Antwort schien ihm nicht gepasst zu haben. Warum das späte Nachhausekommen des Nachbarsjungen wohl so wichtig zu sein schien? Ob Harald Linden doch Anstoß an ihrem Wettbüro genommen hatte? Dass der Kommissar Amalies aus der Luft gegriffenen Erklärungsversuch geglaubt haben könnte, nahm Schrader nicht an. Und selbstverständlich wusste Schrader, dass das, was er hier zusammen mit dem Sesselpupser und der Alten Krähe auf die Beine gestellt hatte, nicht ganz legal war.

»Warum hast du denn nicht früher gewarnt?«, wollte er jetzt von Amalie Pfingsten wissen.

»Na, hör mal, ich hatte schließlich alle Hände voll zu tun, Ordnung in die Warteschlange zu bringen. Ihr könnt euch ja gar nicht vorstellen, was das für ein Andrang war, ehe die Polizei hier auftauchte. Sieht fast so aus, als wollten sich sämtliche Heimbewohner ihr Taschengeld mit einer kleinen Wette aufbessern. Ein paar Gronauer, die nicht im Altenheim leben, waren übrigens auch dabei. Unsere Annahmestelle erfreut sich größter Beliebtheit!«

»Gut für uns!« Nikolaus Schrader freute sich über den großen Zuspruch, denn das Wettbüro war seine Idee gewesen, mit der er die beiden anderen am frühen Morgen überrascht hatte.

»Also, ich habe da ja so meine Bedenken«, unkte Gottfried Schuster. »Die große Mehrheit setzt doch auf Kornelia Lorenz. Wenn die nun aber tatsächlich den Fall als Erste klären sollte, haben wir ein Problem!«

»Problem?« Amalie und Nikolaus fragten wie aus einem Mund.

»Natürlich! Dann werden wir hier nichts gewinnen, sondern am Ende sogar noch Geld drauflegen müssen. Die Leute werden nämlich darauf bestehen, das Doppelte und mehr zu gewinnen. Schließlich hat Nikolaus das dummerweise so auf der Tafel festgehalten. Und woher soll dieses Geld kommen, wenn niemand auf den Kommissar setzt?«

Für einen Moment fühlte Schrader sich wie vor den Kopf geschlagen. Der Sesselpupser hatte Recht! Daran hatte er noch gar nicht gedacht. Er hatte sich nur über die hübsche Summe gefreut, die jetzt schon für sie drei zusammen gekommen war, denn außer seinem Wetteinsatz musste jeder Teilnehmer auch eine geringe Startgebühr von einem Euro zahlen.

»Hm«, Schrader kratzte sich am Hinterkopf. Dieses Geld wollte er auf keinen Fall wieder hergeben. Angestrengt dachte er nach. Ausnahmsweise sagte die Alte Krähe auch einmal nichts. Sie schien von Schusters Bedenken ebenso mitgenommen zu sein, wie er selbst. Dann ging plötzlich ein Leuchten über das Gesicht des ehemaligen Polizisten. »Das eins zu zwei und so können wir getrost wieder vergessen.«, meinte er. »Schließlich haben wir den Leuten nichts Schriftliches gegeben. Nur wir selbst haben die Aufzeichnungen.«

»Das stimmt. Schriftliches haben sie nichts. Aber es stand nun einmal auf der Tafel«, gab Schuster erneut zu bedenken.

»Völlig unwichtig!«, schmetterte Schrader diesen neuerlichen Einwand ab. »Die meisten unserer Wettteilnehmer verfügen sowieso nur noch über ein ausgezeichnetes Langzeitgedächtnis. Ihr kurzfristiges Erinnerungsvermögen ist dagegen so gut wie nicht mehr vorhanden. Bestimmt erinnern sich manche schon heute Abend nicht einmal mehr daran, dass sie überhaupt was gewettet haben.« Er grinste.

»Das ist aber dann doch eine Art Betrug!«, wagte der neunmalkluge Sesselpupser einzuwenden.

»Nein, das ist einfach nur Anpassung an die Realität«, konterte Schrader leicht irritiert. »Und außerdem sollen sie ja auch nicht leer ausgehen. Vergesst jetzt einfach mal die versprochenen Verhältnisse, das war wirklich nicht klug von mir, so was überhaupt anzugeben. Ein dummer Fehler! Ich wollte eben, dass alles möglichst professionell aussieht. Aber wir machen das in Zukunft so: Alles Geld kommt in einen Topf. Und am Ende rechnen wir den prozentmäßigen Anteil eines jeden, der gewettet hat, an der Gesamtsumme aus, und teilen den Gewinn dann genau so, mit diesem anteilsmäßigem Prozentsatz wieder auf. Ist doch klar, oder? Noch Fragen?« Amalie und Gottfried wirkten eher so, als seien sie jetzt noch mehr durcheinander gekommen. Trotzdem fuhr Nikolaus fort: »Gut! Exzellent! Es gab doch sicher ein paar Dumme, die trotz aller Erfahrungswerte der letzten Jahre auf den Kommissar gesetzt haben, oder nicht?« Erwartungsvoll blickte Schrader nun auf den pensionierten Lehrer.

Ehe Gottfried Schuster antwortete, suchte er auf dem Tisch nach einer Liste. »Ich habe es mir doch aufgeschrieben. Wo habe ich den Zettel denn nur?« Endlich nahm Schuster ein Blatt in die Hand, studierte es aufmerksam und bestätigte dann: »Doch, schon. Ein paar wenige haben tatsächlich auf Harald Linden gesetzt. Dummheit stirbt anscheinend wirklich nie aus!«

»Na bitte!« Nikolaus Schrader fühlte sich wieder oben auf. »Ihr werdet es schon noch sehen: Mit dieser Annahmestelle haben wir das große Los gezogen! Ich sehe uns schon mit dem verdienten Geld eine Reise auf den Spuren von Dumas zu machen. Unsere liebe Konny laden wir selbstverständlich dazu ein.«

»Selbstverständlich«, murmelten Amalie Pfingsten und Gottfried Schuster, sahen aber beide immer noch so aus, als hätten sie kein einziges Wort von Schraders Rechenkünsten verstanden.

»Und wenn alle Stricke reißen, dann bitten wir Konny, den Kommissar zu benachrichtigen, sobald sie den Mörder geschnappt hat, damit die Polizei dann damit an die Öffentlichkeit gehen kann!« Amalie war sichtlich stolz auf die Idee, die ihr gerade gekommen zu sein schien.

»Ausgezeichneter Vorschlag, Amalie!«, rief Nikolaus sofort begeistert. »Denn dann machen wir ja einen noch größeren Gewinn, wenn wir jetzt gleich alles, was wir entbehren können, auf Linden setzen!«

»Das ist dann aber doch irgendwie eine Art Betrug!«, konnte sich Schuster wieder einmal eine nicht verkneifen.

Nikolaus bedachte den Sesselpupser mit einem giftigen Blick. »Mach nur so weiter, dann war's das aber ganz schnell mit uns drei Musketieren!«, knurrte er leise genug, dass keiner der beiden anderen ihn hören konnte.

»Oder aber wir finden den Mörder selbst! Als Tatzeugen sind wir doch geradezu dafür prädispo... äh, prädestiniert!« Amalies Zunge verhedderte sich etwas bei dem langen Fremdwort.

»Sagen Sie doch gleich vorherbestimmt«, schlug Schuster vor. Als ehemaliger Lehrer bereitete ihm das Verstehen solcher Fremdwörter natürlich keine Schwierigkeiten. Schrader dagegen guckte noch etwas grimmiger. Nicht zum ersten Mal kamen ihm Zweifel, ob er sich mit dem Sesselpupser und der Alten Krähe auch wirklich die richtigen Kumpel gesucht hatte. Der ehemalige Lehrer konnte sich ja noch nicht einmal daran gewöhnen, seine Mitstreiter zu duzen.

Am liebsten würde Schrader die liebe Konny anrufen und ihr vorschlagen, gemeinsam auf Mördersuche zu gehen. Aber nur sie zwei allein: der ehemalige Polizist und die Fußpflegerin. So wie ... so wie? ... Ja! Wie Blutsbrüder. Wie Winnetou und Old Shatterhand zum Beispiel. Er persönlich mochte Karl May sowieso viel lieber als Alexandre Dumas.

Wo steckte Kornelia überhaupt? Die Alte Krähe hatte doch gestern Abend noch damit getrumpft, sie habe der Fußpflegerin für ihre weiteren Ermittlungen den Rücken frei gemacht. Merkwürdig, dass Kornelia Lorenz sich noch nicht bei ihnen gemeldet hatte. Sie würde doch wohl nicht auf die Idee kommen, ganz allein im Wald auf Mördersuche zu gehen? D'Artagnan ohne die Unterstützung der drei Musketiere? Undenkbar!

17

Kopfschüttelnd verließ Harald Linden das schöne Parkgelände, das sich im Süden an das Altenheim anschloss. Natürlich hatte er eine ziemlich genaue Vorstellung von dem, was die drei Alten dort trieben, aber er wollte sich lieber nicht näher damit befassen. Sein Metier war das Glücksspiel glücklicherweise nicht. Das fiel in den Aufgabenbereich von Kollegen, die mit illegalen Wetten im Fußball gerade völlig überlastet waren. Da ging es um wirklich stattliche Summen. Die paar Kröten, die Schrader, Schuster und Pfingsten zusammenbekämen, würden wahrscheinlich nicht einmal ausreichen, um einen Prozess zu rechtfertigen.

Über die Burgstraße kehrte Harald Linden jetzt auf die Hauptstraße zurück und wollte erst einmal die Parkscheibe in seinem Dienstwagen auf die aktuelle Zeit vorstellen. Es war ja nicht nötig, dass er ein Knöllchen riskierte und seiner Sekretärin damit unnötige Schreibarbeit aufhalste, wenn sie wieder einmal lange Erklärungen würde verfassen müssen, dass er rein dienstlich unterwegs gewesen war. Einen Polizeiausweis hinter die Scheibe zu legen, nutzte schon lange nichts mehr, die nahm keine Politesse mehr ernst. Viel zu viele Fälschungen waren davon mittlerweile im Umlauf.

Ein kurzer Blick zur Kirchturmuhr sagte ihm, dass es erst halb eins war. Er nickte zufrieden. Genau richtig, um seine Befragungen in dem Nagelstudio fortzusetzen, das keine zwanzig Meter von seinem Auto entfernt lag. Er stellte die Zeit auf der Parkscheibe ein, warf die blaue Pappe mit Schwung zurück auf das Armaturenbrett, verschloss sein Auto dann und ging die paar Schritte zu dem kleinen Studio.

Gewagte Dekoration, dachte er, als er in das Schaufenster blickte, das ihn sofort an einen Dschungelfilm denken ließ. Trotz dieser Assoziation zuckte der Kommissar nur wenig später etwas erschreckt zusammen, als Tarzans Ruf sein Kommen lautstark ankündigte.

»Guten Tag! Wie kann ich Ihnen helfen?« Eine sehr hübsche Frau, die er auf wenig älter als sich selbst schätzte, trat auf ihn zu und lächelte ihn freundlich an. Etwas zu freundlich vielleicht. Er musste kurz an die Beschreibung des Delikatesswarenhändlers denken, als der von Rosemarie Janda gesprochen hatte.

»Guten Tag! Linden, Kriminalpolizei«, stellte der Kommissar sich nun vor und das zauberhafte Lächeln verschwand kurzfristig aus dem Gesicht der Frau.

»Hat Sweet Jesus wieder etwas angestellt?«, fragte sie sofort.

Linden schüttelte den Kopf. »Nicht, dass ich wüsste«, sagte er wahrheitsgemäß. »Ich würde mich gern mit Rosemarie Janda unterhalten.«

»Baby Rose«, antwortete die Frau. Linden verstand nicht recht. Fragend hob er eine Augenbraue. »Ich bin Rosemarie Janda, aber bitte, nennen Sie mich doch Baby Rose«, klärte die Frau ihn auf. »So nennen mich alle, seit ich denken kann. Auf Janda reagiere ich schon gar nicht mehr.« Sie lachte ein etwas nervöses, kurzes Lachen.

»Gern, Baby Rose also«, tat Harald Linden ihr den Gefallen. »Hätten Sie vielleicht einen Moment Zeit? Ich würde mich gern mit Ihnen über die vorgestrige Versammlung der Gronauer Geschäftsleute unterhalten.«

»Geht es wieder um den Mord? Natürlich, nicht wahr? Was sollte die Polizei auch sonst von mir wollen? Wenn es schon nichts mit meinem Sohn zu tun hat. Wissen Sie, ich dachte, er sei mal wieder ohne Führerschein erwischt worden. Er kann sehr gut fahren. Alles, was Sie sich vorstellen können: Trecker, Mopeds ... aber die theoretische Prüfung, die packt er einfach nicht.« Sie redete zu viel und lachte danach erneut etwas zu hell auf. Wahrscheinlich fühlte sie sich verlegen. Viele Menschen lachten auf diese nervöse, kurze Art, wenn sie sich in einer Situation befanden, in der sie sich nicht wirklich wohl fühlten. Obwohl Linden sich in diesem Moment den wahren Grund für Rosemarie Jandas offensichtliche Unsicherheit beim besten Willen nicht vorstellen konnte. Hätte er gewusst, dass die Nageldesignerin ihn für äußerst attraktiv hielt, hätte er ihr beim folgenden Gespräch vielleicht nicht ganz so tief in die Augen geschaut.

Der Kommissar nickte. »Ja, im Grunde genommen geht es wohl weniger um Ihr Treffen als vielmehr um den Mordfall, der sich in der gleichen Nacht ereignet hat«, gab er zu.

Baby Rose kicherte noch einmal etwas verklemmt und sagte: »Eigentlich habe ich dazu doch gestern schon alles Ihren Kollegen gesagt.« Während sie sprach, deutete sie auf eine winzige Sitzecke. »Mögen Sie sich hier mit mir unterhalten, oder sollen wir nach nebenan in die Eisdiele gehen? Da gibt es einen ganz hervorragenden Kaffee.«

»Ich weiß«, antwortete Harald Linden. »Ich habe dort heute Morgen schon zwei ganz ausgezeichnete Latte getrunken. Das reicht vorerst.« Er lächelte, um die aufgeregt wirkende Frau zu beruhigen. Er hatte keine Ahnung, dass sein charmantes Lächeln das genaue Gegenteil von dem bewirken würde, was er bezweckte. Baby Rose wirkte plötzlich noch aufgewühlter. Kleine rote Flecken zeichneten sich deutlich an ihrem Dekolletee ab. Nervös zupfte sie an ihren Haaren. »Also, sollen wir nun, oder sollen wir nicht?«, fragte sie leicht zweideutig. Ihre Stimme erinnerte an den Klang gewisser Werbespots, die vornehmlich nach Mitternacht ausgestrahlt wurden. Sie klimperte etwas mit ihren Wimpern, die so lang waren, dass sie auf gar keinen Fall echt sein konnten. Nun war es an dem Kommissar, etwas verwirrt zu gucken.

»Was?«, fragte er dann vielleicht etwas zu barsch, als er sich endlich seinen Reim auf das Verhalten von Rosemarie Janda gemacht hatte. Wie hatte Weensen gemeint? »Nuttig.« Irgendwie traf es das, dachte Linden. Deshalb blieb er jetzt bewusst ernst und lächelte nicht. Er stand überhaupt nicht auf Spielchen; weder bei einer beruflichen Befragung und schon gar nicht in persönlichen Beziehungen. Sie verwirrten ihn.

Baby Rose hatte Lindens abweisende Reaktion richtig gelesen und wurde jetzt knallrot. »Nach nebenan gehen«, stellte sie klar. »Sie müssen ja keinen Kaffee trinken. Für schwache Herzen gibt es dort auch Milchshakes.« Sie sprach mit einem Mal zu laut und guckte richtig böse. Linden hatte den Eindruck, dass Rosemarie Janda zu der Sorte Frau gehörte, die eine Beleidigung nicht leicht vergaß und noch schwerer verzeihen konnte.

»Besser nicht«, antwortete der Polizist. »Ich habe bei meinen Befragungen nicht gern Zuhörer.«

»Ach, ist das jetzt etwa eine richtige Vernehmung? Bin ich verdächtig?«

»Zu diesem Zeitpunkt unserer Untersuchungen ist eigentlich jeder verdächtig, der irgendwie ein Motiv gehabt haben könnte, Olaf Petersens Tod zu wollen.« Der Kommissar beendete seinen Satz nun doch mit einem neuerlichen Lächeln, das beruhigend gemeint war. Baby Rose lächelte etwas schnippisch zurück. Komplizierte Frau, dachte der Kommissar. Hat mit Sicherheit ein gestörtes Verhältnis zu Männern. Mit der möchte ich nicht zusammenwohnen müssen. Er fragte sich, wie Baby Roses Sohn es schon so viele Jahre mit seiner Mutter aushielt. Laut aber fragte er: »In welchem Verhältnis standen Sie eigentlich zu Olaf Petersen?«

»Wollen Sie mir hier etwa ein Verhältnis andichten? Den Floh hat Ihnen wohl der Weensen von gegenüber ins Ohr gesetzt? Dieser geile Bock!« Baby Rose spuckte die letzten Worte regelrecht aus. Harald Linden beobachtete sie interessiert. Die Frau glich wirklich einem Pulverfass, das jeden Moment losgehen konnte, überlegte er, während er Rosemarie Jandas Gesicht aufmerksam studierte. Vielleicht war es sogar schon explodiert? Mit Sicherheit gehörte Baby Rose zu den Menschen, die er genauer unter die Lupe nehmen musste.

»Entschuldigen Sie bitte«, sagte die Frau urplötzlich, als habe sie Lindens Überlegungen hören können. »Aber dieser Weensen regt mich einfach auf. Da vergesse ich schon manchmal meine gute Kinderstube.« Sie lächelte versöhnlich und bot dem Kommissar endlich an, auf einem mit Fellimitat bezogenen Stuhl Platz zu nehmen, auf dem sonst wahrscheinlich ihre Kundinnen saßen. Sie selbst zog sich einen Hocker heran und setzte sich dem Kommisssar gegenüber. »Also, schießen Sie schon los mit Ihren Fragen. Ich werde mich bemühen, sie alle so vollständig und wahrheitsgemäß wie möglich zu beantworten.«

Plötzlich sprang Rosemarie Janda aber wieder von ihrem Sitzplatz auf und rief etwas theatralisch: »Meine Göttin, wo habe ich heute nur meine Manieren?« Sie klimperte mehrmals mit ihren falschen Wimpern. »Mögen Sie vielleicht etwas trinken? Die Auswahl ist nicht so groß wie nebenan, aber ein Wasser oder eine Cola kann ich Ihnen bieten.«

»Ein Glas Wasser wäre sehr nett, vielen Dank«, nahm Harald Linden die Einladung an.

»Würden Sie mir jetzt wohl etwas über Ihre – und bitte, verstehen Sie das Wort nicht wieder falsch – Beziehung zu Olaf Petersen erzählen?«, fragte der Kommissar, nachdem Baby Rose endlich wieder vor ihm Platz genommen hatte. Sie hatte ihm ein Glas Sprudelwasser gebracht und sich selbst eine Dose Cola geöffnet.

Die Frau nickte. »Beziehung würde ich das jedenfalls nicht nennen«, begann sie. »Der Olaf war einer, der jedem Rock hinterherschaute. Ganz egal, wie alt die Frau war, die darin steckte. Der konnte keine auslassen. Ein richtiger Platzhirsch eben.« Sie trank einen Schluck aus ihrer Dose. »Konnte keine auslassen«, wiederholte sie sich. »Hat jeder schöne Augen gemacht, die es wollte. Und wahrscheinlich auch mancher, die es nicht wollte. Wenn ich Sie wäre, würde ich da mal genauer nachbohren. Das mit dem Fachmarktzentrum mag zwar wie ein Grund erscheinen, einen umzubringen. Aber mal ganz im Ernst: Glauben Sie, dass einer von unseren braven Gronauer Geschäftsleuten zu einem Mord in der Lage wäre, nur, weil er Konkurrenz für seinen Laden wittert? Die sind doch viel zu rechtschaffen für so etwas!« Sie nahm einen weiteren Schluck, ehe sie fortfuhr: »Ja, in seiner Vergangenheit haben wohl manche rumgegraben und seine zahlreichen Affären an die große Glocke gehängt. Sogar in die Zeitung wurde das gebracht. Fast schon rufschädigend wurde da vorgegangen. Aber von übler Nachrede zu einem Mord, nee, wissen Sie, das ist dann doch ein zu weiter Sprung!«

Der Kommissar nickte nachdenklich. Er hatte Rosemarie Janda mit wachsendem Interesse zugehört. Was sie ihm erzählt hatte, warf tatsächlich ein ganz anderes Licht auf den Fall. Er würde nicht umhin kommen, neben den geschäftlichen Beziehungen auch das Privatleben des Toten noch genauer zu betrachten. Am besten, wenn er sofort damit beginnen würde, sagte er sich.

»Könnten Sie jetzt vielleicht etwas konkreter auf Ihr eigenes Verhältnis zu Olaf Petersen zu sprechen kommen?«, bat er Baby Rose.

Für einen Augenblick sah die Frau wieder so aus, als wolle sie jeden Moment explodieren, doch plötzlich hob sie beide Hände und sagte: »Okay, okay! Ich gebe es zu: Ich hatte mal was mit ihm! Und bitte sagen Sie jetzt nichts von wegen: Der hätte doch Ihr Sohn sein können! Das weiß ich nämlich selbst. Ich sagte ja schon, dass der Olaf vor keinem Rock Halt gemacht hat. Und es war auch nur eine einmalige Sache. Da war er ganz neu hier in der Gegend. Und zu meiner Entschuldigung sei gesagt, dass ich nicht mehr ganz nüchtern war.« Sie warf dem Kommissar einen verzeihungsheischenden Blick zu. »Wissen Sie, manchmal fühle ich mich einfach sehr allein.« Ihre langen Wimpern flatterten wie Kolibriflügel. »Immer nur mit ihrem Sohn zusammenzuleben … das erfüllt keine Frau!« Sie seufzte und blickte tief in Lindens Augen. Der Kommissar nickte, blieb aber stumm in der Hoffnung, Baby Roses Erzählfluss sei noch nicht versiegt.

Plötzlich grinste die Frau etwas schief. »Aber wissen Sie: Böse war ich dem Petersen nicht. Eher schon dankbar.« Sie kicherte. »Seit Sweet Jesus' Vater hatte ich ja nie wieder etwas mit einem Mann gehabt …« Der Kommissar wusste nicht, ob er ihr das glauben konnte. Ihre Aufmachung und auch die Art, wie sie mit ihm trotz aller Aufgebrachtheit flirtete, sprach mit Sicherheit eine andere Sprache.

»Auf Ihren Sohn wollte ich auch noch zu sprechen kommen«, erinnerte er sich jetzt wieder des eigentlichen Grundes für sein Kommen. »Können Sie mir sagen, wo ich ihn erreichen kann? Ich müsste ihn noch zu einem Detail aus der Mordnacht befragen.«

Baby Rose sah ihn aus großen Kulleraugen an und schüttelte ihren Kopf. »Nein, leider. Wissen Sie, er hilft den Leuten immer mal wieder bei kleineren Handwerkstätigkeiten, aber wo er heute steckt, das weiß ich nicht, ehrlich!«

»Nun, vielleicht können Sie mir auch weiterhelfen, und ich muss gar nicht mit ihrem Sohn sprechen. Jedenfalls nicht so dringend. Können Sie mir denn vielleicht sagen, wann Konrad nach der Versammlung vorgestern Abend nach Hause kam?« fragte der Kommissar.

Baby Roses Augen wurden noch runder. »Wieso?«, fragte sie mit einem unschuldigen Augenaufschlag. »Mit mir zusam men natürlich!«, log sie und hatte vermutlich keine Ahnung, dass der Kommissar ihr das nicht nur ansah, sondern sogar kurz zuvor gegenteilige Aussagen gehört hatte.

*

Nach seiner Unterhaltung mit der etwas durchgeknallten Rosemarie Janda, wie er im Stillen urteilte, war Harald Linden mit dem Verlauf seiner bisherigen Arbeit an diesem Tag trotz der Tatsache, dass er Konrad Janda später noch würde aufsuchen müssen, und es wohl wieder einmal ein sehr langer Arbeitstag werden würde, vorerst überaus zufrieden.

Er hatte Erkenntnisse gewonnen, die ihn annehmen ließen, dass er Kornelia Lorenz nicht mehr zu einem Schmauchtest würde zitieren müssen. Nach den Gesprächen mit Arno Weensen und Rosemarie Janda war der Kommissar zu der Ansicht gelangt, dass das Motiv für den Mord an Olaf Petersen mit großer Wahrscheinlichkeit in dessen Privatleben zu suchen war. Die Ermittlungen, was das geplante Fachmarktzentrum betraf, würde er zu diesem frühen Zeitpunkt zwar nicht völlig aus den Augen verlieren wollen, aber er hielt sie schon jetzt für zweitrangig. Sein junger Kollege Brockmeyer würde sich darum kümmern können. Er selbst würde den Spuren folgen, die Petersens offenbar sehr ausschweifendes Liebesleben hinterlassen hatten.

Linden war gespannt, wie viele Frauen aus dem Leinebergland sich noch auf den smarten Geschäftsmann eingelassen hatten und meinte, dass ganz sicher Eifersucht ein starkes Tatmotiv sein könnte. Vielleicht sogar die Eifersucht eines älteren Sohnes wegen seiner Mutter? Die Jandas würde er mit Sicherheit im Auge behalten! Konrad Janda stand ganz oben auf seiner Liste der zu Befragenden. Denn wenn er sich richtig an die Aufzeichnungen seiner Kollegen erinnerte, war auch gestern noch niemand dazu gekommen, den Mann zu vernehmen. Doch bevor er versuchen würde, sich mit Sweet Jesus zu unterhalten, von dem ja noch nicht einmal seine

Mutter sagen konnte, wo er sich gerade aufhielt, hatte er sich ein Mittagessen redlich verdient!

Er erinnerte sich an ein ganz hervorragendes kleines Lokal, in dem er schon einmal vorzüglich gespeist hatte, als ihn seine Arbeit vor knapp einem Jahr nach Gronau geführt hatte. Wie hieß das doch gleich? Während er zu seinem Wagen ging, fiel ihm zumindest wieder ein, dass das Lokal direkt bei der Realschule lag. Er erinnerte sich, damals auf dem großen Schulhof geparkt zu haben. Er würde das Restaurant auch ohne dessen Namen zu wissen wiederfinden, da war er sich sicher. Voller Vorfreude auf ein leckeres Mittagessen startete er seinen Wagen.

18

Etwa zur gleichen Zeit, als Harald Linden das kleine, an einem Arm der Leine gelegene Restaurant betrat, kam Kornelia Lorenz wieder bei sich zu Hause an. Sie hatte, nachdem sie Sweet Jesus auf dem Hochsitz getroffen hatte, keine Lust mehr zu weiteren Nachforschungen im Alleingang gehabt. Irgendetwas an dem Verhalten des Jungen hatte ein ungutes Gefühl in ihr geweckt, und sie war froh gewesen, als sie sich wieder von ihm verabschiedet und den Rückzug angetreten hatte.

Der fast menschenleere Wald hatte ihr, obwohl der Nebel sich langsam zu lichten begonnen hatte, Angst gemacht, als sie allein wieder zurück nach Haus Escherde gelaufen war. Ihren nächsten Ausflug in den Hildesheimer Wald würde sie nur zusammen mit den drei Musketieren unternehmen. Sie schmunzelte ein bisschen, als sie an den gestrigen Eifer ihrer drei alten Freunde dachte, die mit ihr zusammen den Mordfall aufklären wollten. Nikolaus Schrader aber würde sie sich zur Brust nehmen! Wie konnte er nur Wetten darüber annehmen, wer den Täter zuerst finden würde, ohne ihr etwas davon zu sagen?

Fast die ganze Strecke ab der Klostermauer und bis nach Eddinghausen wollte sie im Dauerlauf zurücklegen. Die Fußpflegerin war stolz auf sich, dass sie das trotz der Seitenstiche, die zu Beginn verspürt hatte, tatsächlich schaffte.

Völlig außer Atem stieß sie nun die Tür zu ihrer Küche auf, nachdem sie sich ihrer Jacke und Stiefel im Flur entledigt hatte.

»Hey, Mum«, grüßte sie ihr jüngster Sohn, als sie die Küche betrat. »Wo warst du denn so lange? Das Telefon läutet schon Sturm! Tante Inge vom Gasthof hat bestimmt schon hundert Mal nach dir gefragt. Irgendein Notfall.« In der winzigen Ortschaft nannten alle Kinder und Jugendlichen die Erwachsenen Onkel oder Tante, ganz gleich, ob sie mit ihnen verwandt waren oder nicht. Eddinghausen verfügte über eine besonders intakte Dorfgemeinschaft, in der einer für den anderen da war. Wie eine Familie, dachte Kornelia manchmal nicht ohne Stolz.

»Hallo, mein Süßer«, grüßte die Fußpflegerin ihren Sohn, obwohl sie wusste, dass der solche Koseworte überhaupt nicht mehr mochte. Nur mit Mühe verkniff sie sich, ihm über die Haare zu wuscheln. »Hat Inge denn gar nicht gesagt, um was es geht?« Insgeheim hoffte Kornelia, ihr Jüngster möge übertreiben. Sie hatte großen Hunger und musste zunächst unbedingt etwas essen, ehe sie sich um Notfälle gleichgültig welcher Art würde kümmern können.

»Nee«, antwortete Mika. »Aber sie klang ziemlich verheult. Ich glaube nicht, dass es was mit ihren Füßen zu tun hat.« Mika schob sich ein letztes Stückchen Pizza von seinem Teller in den Mund. Wahrscheinlich hatte er sich aus der Kühltruhe im Keller bedient, weil seine Mutter wieder einmal nicht zu Hause war, als er von der Schule heimkam. Oft hatte Kornelia ein schlechtes Gewissen, weil ihr Beruf so viel Zeit einnahm. Ihr Beruf und ihr jüngstes Hobby: die Mörderjagd.

»Ist noch was von der Pizza da?«, fragte Kornelia jetzt hoffnungsfroh. »Ich habe totalen Kohldampf!« Ihr Magen rumorte dazu lautstark.

Aber Mika schüttelte den Kopf. »Nee«, brachte er ziemlich unverständlich hervor, während er noch kaute.

»Du hast eine ganze Pizza gegessen?« Kornelia Lorenz war fassungslos, schließlich kauften sie die italienischen Teiggerichte nur in Familiengröße.

»Klar«, antwortete ihr Sohn, nachdem er den letzten Bissen heruntergeschluckt hatte. »Bin schließlich noch im Wachstum.« Er grinste. »Aber vom Eis kannst du ein bisschen was abkriegen, das habe ich mir als Nachtisch hochgeholt.«

»Nein, danke«, lehnte Kornelia das großzügige Angebot ihres Sprösslings ab. »Ich mache mir nur schnell eine Stulle und laufe dann zur Gastwirtschaft. Muss doch sehen, was mit Inge los ist.«

*

Die Wirtin Inge Lampe sah wirklich furchtbar aus, dachte Kornelia, als sie nach ihrem äußerst hastig verschlungenem Imbiss und der kurzen Fußstrecke von ihrem Haus die Schankstube der einzigen Eddinghäuser Gastwirtschaft betrat. Der große Raum war bis auf einen einsamen Besucher leer. Das war um die Mittagszeit nur normal. Inges Geschäft lief vor allem am Abend und an den Wochenenden. Trotzdem wirtschaftete Inge Lampe mit gesenktem Kopf eifrig hinter ihrer Theke. Als Kornelia Lorenz die Tür zur Gaststube aufstieß, blickte die Gastwirtin kurz auf, aber außer einem unverständlichen Murmeln, das wohl ein Gruß sein sollte, sagte sie nichts weiter und senkte gleich darauf wieder ihren Kopf.

Als die Fußpflegerin jetzt dicht an die Theke trat, sah sie, dass es von Inges Nase tropfte. Entweder die Frau hatte eine dicke Erkältung oder sie weinte tatsächlich, wie Mika es schon angekündigt hatte. Kornelia bemerkte, wie die Schultern der Gastwirtin ab und zu bebten und schloss die Erkältung als mögliche Ursache gleich wieder aus.

»Inge?« Kornelia reichte mit ihrem Arm über die Theke und berührte die Frau leicht an der Schulter. »Mika sagte, du wolltest mich sprechen.«

»Ja.« Es war eher ein Flüstern. Als Inge jetzt ihren Kopf erneut hob, erschrak Konny. Die Wirtin sah noch schlimmer aus, als sie das auf den ersten Blick beim Betreten der Gaststube registriert hatte. Nicht nur verheult, Inge musste auch seit Tagen unter Schlafmangel leiden, glaubte Kornelia beim Anblick der dunklen Ringe unter den Augen der Wirtin.

Ewas unschlüssig blickte Inge Lampe nun zu Wilhelm Knackstedt, ihrem einzigen Gast, der sich an einem Fenstertisch ein kleines Bier schmecken ließ. Dann flüsterte sie: »Schön, dass du so schnell gekommen bist. Ich weiß ja, dass du jetzt viel zu tun hast, mit deiner Arbeit und nun auch noch mit dem Mordfall …« Die Wirtin machte eine kurze Pause. »Da bist du doch wieder dran, oder?«, raunte sie verschwörerisch.

Kornelia wusste nicht recht, was sie daraufhin sagen sollte. Die Menschen im Leinebergland wussten natürlich, wie gern sie ihre Nase in Dinge steckte, die eigentlich nur die Polizei etwas angingen. Aber sollte sie das so offen zugeben? Sie zog es vor zu schweigen, was Inge offenbar als Zustimmung nahm.

»Ich muss dir etwas über den Toten, über Olaf Petersen erzählen«, sagte sie. Inge sprach immer noch so leise, dass Kornelia sie kaum verstehen konnte. Immer wieder warf die Wirtin besorgte Blicke auf den alten Knackstedt, der sich aber nur für sein Bier zu interessieren schien. »Aber besser nicht hier«, raunte Inge und deutete vielsagend auf ihren Gast.

»Wilhelm, kann ich dich mal für einen Moment allein lassen?«, rief die Wirtin gleich darauf laut zu dem alten Mann. Der sah von seinem Bierglas auf und nickte.

»Klar«, antwortete er. »Geh du nur! Falls Kundschaft kommt, kann ich mich auch drum kümmern. Ein Bier krieg ich schon noch gezapft. Und Kaffee wird um diese Zeit sowieso noch niemand trinken wollen.«

»Danke!«, rief Inge zu Wilhelm Knackstedt und sagte dann etwas leiser zu Kornelia: »Komm, wir gehen ins Clubzimmer.«

Das Clubzimmer war ein kleines Hinterzimmer der Gaststube, das sehr gemütlich wie ein richtiges Wohnzimmer mit Couchtisch, Sesseln und Sofa eingerichtet war. Es wurde nur sehr selten benutzt und kaum geheizt. Die Luft war etwas abgestanden, so, als sei der Raum auch schon länger nicht mehr gelüftet worden. Inge wies mit ihrer Hand auf einen der alten Ohrensessel und sagte: »Setz dich doch.« Ihre Stimme klang noch immer belegt. Kornelia nahm Platz und schwieg, während sie beobachtete, wie die Wirtin in dem kleinen Zimmer unablässig auf und ab ging. Inge glich einem Raubtier hinter Gittern. Kornelia Lorenz bildete sich ein, geradezu hören zu können, wie es hinter der Stirn ihrer guten Bekannten arbeitete.

»Ich weiß gar nicht, wo ich anfangen soll«, gestand diese der Fußpflegerin, als sie endlich stehen blieb.

»Vielleicht setzt du dich auch erst einmal? Dann fällt das Sprechen leichter.«

Inge nickte und nahm auf dem Sofa Platz. Sie nagte an ihrer Unterlippe und sah so aus, als wolle sie jeden Moment erneut losheulen.

»Was ist denn so schlimm?« Abwartend blickte Kornelia Inge ins Gesicht. »Ich denke, du willst mir was von Petersen erzählen?«

Inge nickte wieder. »Ja«, brachte sie gepresst hervor. »Weißt du, ich habe ja gedacht, jetzt, da er tot ist, hört es endlich auf, aber heute Morgen hatte ich wieder so ein Ding im Briefkasten.« Inge Lampe machte sich etwas umständlich an ihrer Schürzentasche zu schaffen und zog endlich einen ziemlich verknitterten Zettel heraus, den sie Kornelia reichte. »Den muss jemand eingeworfen haben, als es noch dunkel war. So früh kommt die Post doch gar nicht.«

Mit gerunzelter Stirn nahm die Fußpflegerin das Stück Papier an sich und strich es auf dem vor ihr stehenden Couchtisch glatt. Dann studierte sie es genau. Verblüfft blickte sie von dem Zettel auf Inge und wieder zurück. »Aber, das ist ja …«, begann sie.

»Ja«, bestätigte Inge. »Erpressung! Und das ist nicht der erste Brief, den ich erhalten habe.« Die Wirtin schluchzte trocken auf, ehe die ganze Geschichte wie ein Wasserfall aus ihrem Mund floss. »Ich hatte ein Verhältnis mit Petersen. Naja, Verhältnis ist vielleicht zu viel gesagt. Es war ja nichts Ernstes. Genau genommen haben wir nur ein einziges Mal miteinander geschlafen. Dummerweise im Freien.« Inge guckte während sie sprach auf ihre Hände, wahrscheinlich schämte sie sich zu sehr, um Kornelia während ihrer Beichte ins Gesicht zu sehen. »Im

Frühling, in seinem Garten. Kurz danach bekam ich ein Foto, das mit einem Teleobjektiv gemacht worden sein musste. Es war zwar nur schwarz-weiß, aber glaub mir: Jedes Haar war darauf einzeln zu erkennen! Von anderen Körperteilen will ich lieber gar nicht erst sprechen.« Jetzt blickte Inge Kornelia doch in die Augen. Die Verzweiflung stand der Wirtin ins Gesicht geschrieben. »Wenn mein Vater das zu Gesicht bekommen würde, der würde sofort aufhören, mich zu unterstützen. Ich muss doch meinen Bruder immer noch auszahlen, und obwohl die Wirtschaft gut läuft, brauche ich Papas Hilfe. Schließlich war das hier früher auch ein großer Hof. Ich habe nicht nur das Haus mit der Wirtschaft bekommen, sondern auch das ganze Land, das dranhängt. Und obwohl sich mit der Landwirtschaft kaum noch was verdienen lässt, muss ich Hubert doch eine ganze Menge zahlen.« Inge seufzte. »Was soll ich denn machen, wenn ich die Gaststätte dicht machen muss? Und ohne Papas Hilfe muss ich das. Ich habe doch nichts anderes gelernt! Ganz zu schweigen davon, dass mein Ruf auf Jahrzehnte hinaus geschädigt wäre. Wer weiß, ob dann überhaupt noch jemand in meine Kneipe kommen würde. Wahrscheinlich würde ich sogar wegziehen müssen …« Jetzt kullerten doch wieder Tränen über das Gesicht der Wirtin.

»Na, na, jetzt sieh mal nicht so schwarz! Ganz so schlimm wird es schon nicht kommen«, versuchte Kornelia Lorenz die aufgebrachte Frau zu beruhigen.

Inge Lampe schwieg einen kurzen Augenblick, wischte sich die Tränen mit dem Handrücken fort und sprach dann etwas ruhiger weiter: »Das Foto war von einem ähnlich gemachten Erpresserbrief begleitet wie dieser.« Sie deutete auf das Blatt Papier, das vor Kornelia auf dem Couchtisch lag. »Der andere

Brief sagte mehr oder weniger, dass das Bild überall zu sehen sein würde, wenn ich nicht zahle.« Inge schluckte schwer. »Ich war blöd genug zu zahlen, es waren ja keine großen Beträge. Mal hier ein Hunderter, mal dort einer. Ich musste das Geld immer in Dosen an den unmöglichsten Stellen im Wald oder in der Feldmark deponieren.« Plötzlich stand Inge wieder auf. »Ich muss unbedingt etwas trinken«, sagte sie zu Kornelia. »Möchtest du auch etwas?«

Die Fußpflegerin nickte. »Aber bleib du besser hier, ich hole uns was aus der Wirtschaft.«

Kornelia stand ebenfalls auf und verschwand in der Gaststube. Kurz darauf kam sie mit zwei gut gefüllten Kognakschwenkern zurück in das kleine Clubzimmer. »Hier, das wird dir guttun.« Sie reichte Inge eines der Gläser.

Dankbar nahm die Wirtin das Getränk an und nahm einen langen Schluck. Dann setzte sie sich, atmete einmal tief durch und erzählte weiter: »Weißt du, so wie alles kam, dachte ich, der Olaf sei selbst der Erpresser. Er hatte es ja geradezu darauf angelegt, mich zu verführen. Und kaum hatten wir dieses eine Mal miteinander geschlafen, war er für mich nicht mehr zu erreichen. Ich dachte, der bessert sich so wahrscheinlich sein Konto auf. Finanziert womöglich mit unserem Geld dieses blöde Fachmarktzentrum ...« Sie lachte kurz trocken auf. »Die Frauen liegen, äh, lagen ihm ja geradezu zu Füßen. Wenn nur jede Zweite, mit der er was hatte, dumm genug war, zu zahlen, hatte er mit Sicherheit ein paar Tausend mehr im Monat.« Sie nahm noch einen kräftigen Schluck aus ihrem Schwenker. »Deshalb habe ich auch geglaubt, dass die Erpressung jetzt vorbei sei. Schließlich ist er ja tot! Aber heute früh lag dieser neue Brief im Briefkasten.« Sie deutete erneut mit zitternder Hand auf den zerknitterten Zettel.

»Glaub nicht, es sei vorbei!«, stand da geschrieben. Der Satz war aus Buchstaben zusammengesetzt, die der Erpresser aus der Zeitung ausgeschnitten haben musste. Kornelia erkannte die Schriftart der in Gronau ansässigen Leine Deister Zeitung. Jetzt ärgerte sie sich, dass sie den Brief zuvor ganz ohne Schutz angefasst hatte. Hoffentlich hatten sie und Inge nicht schon zu viele Fingerabdrücke oder andere Beweise auf dem Stück Papier verwischt. Wie dumm von ihr, nicht vorher daran gedacht zu haben. Schließlich sah sie in jedem Fernsehkrimi, dass man Beweismaterial am besten mit Handschuhen berührte – wenn überhaupt.

»Hast du den anderen Brief aufgehoben?«, fragte die Fußpflegerin.

Inge schüttelte heftig ihren Kopf. »Nein, den habe ich verbrannt. Zusammen mit dem Foto.« Beide Frauen schwiegen eine Weile.

»Den hier musst du aber der Polizei geben!«, sagte Kornelia schließlich zu Inge.

»Um Gottes Willen!« Die Wirtin guckte Kornelia erschreckt an. »Was denkst du eigentlich, warum ich so dringend mit dir sprechen wollte? Zu dir habe ich Vertrauen. Aber zur Polizei …« Inge Lampe sprach den Satz nicht zu Ende. Sie sah entsetzt und gar nicht so aus, als wolle sie sich mit ihren Nöten in absehbarer Zukunft der Polizei anvertrauen. Abwehrend hob sie jetzt sogar die Hände. »Die denken doch dann, ich hätte den umgebracht! Ich meine, wo ich doch bis heute früh geglaubt habe, der Petersen sei der Erpresser, da hätte ich doch ein handfestes Motiv gehabt! Nein, nein!« Inge

Lampe schüttelte energisch den Kopf. »Kannst du dich nicht darum kümmern?«, bat sie die Fußpflegerin. »Du hast doch schon mal bei einem Kriminalfall geholfen.« Flehend blickte sie in Kornelias Gesicht.

»Ja, schon, aber ich bin doch kein Profi!« Kornelia fühlte sich unwohl und war auch ehrlich erstaunt, was Inge ihr zutraute. »Außerdem habe ich wenig Zeit. Ich habe schließlich noch meine Arbeit und meine Familie!« Sie schüttelte den Kopf und sah in Inges verheultes Gesicht. »Und die Polizei hat doch auch ganz andere Mittel zur Verfügung«, fuhr sie dann fort. »Denk doch nur einmal an die Spurensicherung. Was die alles rausfinden können. Vielleicht sind an dem Zettel ja noch Fingerabdrücke auszumachen? Oder die finden irgendwelche Hautpartikel und kriegen darüber heraus, wer der Erpresser ist? Ich habe kürzlich irgendwo gelesen, dass man allein dadurch, dass jemand einem seine Hand gibt, neuerdings schon genug Material sammeln kann, um die DNA eines Menschen zu bestimmen. Glaub mir, Inge. Dieses Schreiben musst du der Polizei geben.« Kornelia Lorenz sah die Gastwirtin eindringlich an.

Inge Lampe wand sich unter dem Blick der Fußpflegerin. Ihr Unbehagen war überdeutlich zu erkennen. »Das ist mir alles so peinlich!«, murmelte sie und schniefte wieder. Schließlich sagte sie: »Wenn es schon sein muss, könntest du den Brief dann nicht irgendwie dem Kommissar zuspielen, ohne dass mein Name genannt wird?«

»Ich weiß nicht, Inge.«

»Bitte! Du könntest doch sagen, jemand hätte dir den Brief anonym zugeschickt. Vielleicht mit einem Begleitschreiben, dass er erpresst wurde und bisher geglaubt hätte, dass Petersen der Erpresser gewesen sei. Irgendwie so was. Bitte, Konny! Ich würde mich so schrecklich schämen, wenn ich der Polizei alles erzählen müsste, was du jetzt weißt!« Flehend blickte die Gastwirtin in Kornelia Lorenz' Augen.

Jetzt musste die Fußpflegerin erst einmal selbst einen Schluck von ihrem Kognak trinken. Sie fühlte sich bedrängt und konnte Inge Lampes Gefühle auch verstehen. In solch einer peinlichen Situation würde sie selbst wahrscheinlich auch als Letztes zur Polizei gehen wollen.

»Also gut«, willigte sie nach längerem Nachdenken schließlich ein. »Ich werde dem Kommissar diesen Brief geben. Und ich werde auch versuchen, deinen Namen zunächst nicht zu nennen. Aber dass das so bleibt, kann ich nicht versprechen.«

19

Das Handy klingelte, wie es diese lästigen, kleinen Apparate eigentlich immer zu tun pflegen, zur unpassendsten Zeit. Harald Linden hatte sich soeben eine gehäufte Gabel Bratkartoffeln von seinem Teller in den Mund befördert. Er hatte auf gut Glück in dem hübschen kleinen Restaurant, das am westlichen Ortsausgang Gronaus fast direkt an einem Leinearm lag, einen Niedersachsenteller bestellt. Der Niedersachsenteller war eine Erfindung des Gaststättenverbandes Niedersachsen, kostete immer und überall 11 Euro und die an der Initiative teilnehmenden Köche legten auf ihn, was immer die nach der Saison ausgerichtete Küche an ortstypischen Leckereien hergab. Als dem Kommissar in dem hübsch eingerichteten Lokal ein auf Kräutersenfsauce liegendes Schweinefilet mit Broccoliröschen und Bratkartoffeln nach einer Wartezeit, die auf frische Herstellung schließen ließ, serviert worden war, war ihm das Wasser im Mund zusammengelaufen, so appetitlich hatte das Gericht ausgesehen. Und wie gut es erst duftete! Der Kommissar hatte schnuppernd den Dampf eingesogen, ehe er mit dem Essen begonnen hatte. Das kleine Restaurant war wirklich eine ganz ausgezeichnete Adresse! In anderen Gasthöfen hatte Linden den Niedersachsenteller auch schon manchmal lieblos vor die Nase geknallt bekommen und nichts als ein paar armselige, in einer undefinierbaren Soße schwimmende Würstchen und Salzkartoffeln hatten darauf gelegen.

Ich sollte öfter hierher fahren und nicht nur, wenn ich durch meine Arbeit zufällig nach Gronau komme, hatte Linden genau in dem Moment gedacht, als die verlockend duftenden Bratkartoffeln endlich seine Zunge berührten. Genau in dem Moment auch, in dem das Handy den ersten Klingelton von sich gab. Ohne die leckeren Bratkartoffeln gebührend zu würdigen, und fast ohne sie ausreichend zu kauen, würgte der Kommissar den Bissen nun rasch hinunter, wobei er sich um ein Haar den Gaumen verbrannte. Dann fingerte er nach seinem tragbaren Telefon, und als er es endlich an sein Ohr hielt, brachte er sehr missgestimmt: »Linden!« hervor.

Seine Stimmung änderte sich schlagartig, als er hörte, wer ihn da bei seinem Mittagessen störte: die reizende Fußpflegerin Kornelia Lorenz, die er erst vor wenigen Stunden in Haus Escherde getroffen hatte. Anscheinend hatte sie irgend etwas in Erfahrung gebracht, das sie für sehr wichtig im Zusammenhang mit dem aktuellen Mordfall hielt. Sie sprach schnell und der Kommissar konnte die Aufregung der Frau sogar über das Telefon an ihrer leicht zittrigen Stimme feststellen. Er verstand nicht alles, was sie sagte, denn die Worte sprudelten viel zu schnell aus ihrem Mund. Während er sein Handy weiterhin mit einer Hand an sein Ohr hielt, griff er mit der anderen nach seinem Wasserglas, nahm einen Schluck und sagte dann: »Frau Lorenz, bitte, beruhigen Sie sich doch. Ich kann Sie ja kaum verstehen. Versuchen Sie doch bitte, etwas langsamer zu berichten.« Dann lauschte er wieder in den Hörer. Was er erzählt bekam, gefiel ihm nicht, es gefiel ihm ganz und gar nicht. Der Fall Petersen schien sich mit jeder neuen Erkenntnis zu verkomplizieren.

Hatte es ganz zu Anfang noch nach einer einfachen Lösung

ausgesehen, der nämlich, dass irgendeiner der Gronauer Geschäftsleute einen ungeliebten Konkurrenten aus dem Weg geschafft hatte, hatte der Kommissar im Laufe des Vormittags herausgefunden, dass es bei dem Mord wohl eher um Eifersucht oder ein ähnliches Gefühl gegangen sein musste. Jedenfalls sagte ihm das seine innere Stimme, auf die er sich zu verlassen pflegte. Denn damit war er in seiner gesamten bisherigen Berufslaufbahn sehr gut gefahren. Nun kam also auch noch Erpressung ins Spiel. Vielleicht hatte der Erpresser sogar etwas mit dem Mord zu tun? Was hieß hier vielleicht? Sehr wahrscheinlich war das so! Die Gedanken überschlugen sich geradezu in seinem Kopf, während er Kornelia Lorenz noch immer konzentriert zuhörte. Linden gehörte zu den Menschen, die durchaus in der Lage waren, zwei Dinge gleichzeitig zu tun. Oder drei, nahm man das Essen hinzu, das er sich hin und wieder in den Mund schob und genüsslich kaute.

Als die Fußpflegerin nach einer geraumen Weile in ihrem Wortfluss innehielt, war nur das Fleisch auf Lindens Teller kalt geworden, denn um das zu schneiden, hätte er beide Hände frei haben müssen. Nachdem er mit Kornelia Lorenz noch einen Treffpunkt für die Übergabe des Erpresserbriefes ausgemacht hatte, verabschiedete sich der Kommissar von ihr, legte das Telefon endlich beiseite und blickte voller Bedauern auf das Filetstück. Vielleicht würde man es ihm in der Küche aufwärmen können? Er gab der Bedienung ein Zeichen.

20

Der Magen von Sweet Jesus knurrte schon seit einiger Zeit in unregelmäßigen Abständen so lautstark, dass er glaubte, damit das scheue Wild zu verschrecken, auf das er wartete. Ein ganz bestimmtes Bild schwebte ihm vor Augen, bei dem der Nebel, den die Sonne langsam aufsog, eine wichtige Rolle spielte. Alles hätte so perfekt sein können, wenn die Fußpflegerin nicht plötzlich aufgetaucht wäre. Stapfte laut im Wald daher, als wäre sie allein. Sicher hatte sie die Rehe mit ihrer Anwesenheit verscheucht. Kaum jemand wusste sich so umsichtig in der freien Wildbahn zu bewegen wie er selbst.

Sweet Jesus hielt im Allgemeinen nicht besonders viel von den Fähigkeiten seiner Mitmenschen, vor allem, was deren Einfühlungsvermögen betraf. Die waren ja nicht einmal in der Lage, ihn selbst richtig einzuschätzen, obwohl er schon immer in ihrer Mitte lebte. Nur weil er schüchtern war und manchmal ins Stottern geriet, besonders wenn er direkt angesprochen wurde, hielten viele ihn für irgendwie zurückgeblieben. Einen Jungen nannten sie ihn noch immer, als sei er nie erwachsen geworden. Schlechte Beobachter waren sie beinahe alle. Da machten sie ihm nichts vor. Nicht, dass es ihn störte, dass sie ihn für dumm hielten. Im Gegenteil! Es war immer besser, unterschätzt als überschätzt zu werden. Aber diese Frau Lorenz, die hatte so einen Blick, der ging unter die Haut. Die konnte beobachten. Aber sich beinahe lautlos bewegen, wie er selbst, das hatte auch sie nicht drauf!

Nun würde er sicher lange warten müssen, ehe sich die scheuen Waldbewohner zeigten. Vermutlich zu lange, denn sehr wahrscheinlich wäre es bald zu spät für den Lichteffekt, der ihm schon am Morgen für seine Aufnahme vorgeschwebt hatte. Wenn das Wild endlich doch noch aus dem Wald treten würde, wäre sicher kein Nebel mehr da. Immer wieder blickte Sweet Jesus prüfend in die nur noch hier und da grau verhangene Landschaft. Der Nebel bildete längst keine einheitlich trübe Wand mehr, sondern waberte in Fetzen über den Acker, auf den man von dem Hochsitz aus einen wunderbar umfassenden Blick hatte.

Er musste erneut an Kornelia Lorenz denken und wie – ja! – wie erschreckt sie gegen Ende ihrer Unterhaltung gewirkt hatte. Was mochten ihre feinen Antennen da registriert haben? Warum sie ihm wohl nicht hatte sagen wollen, was sie auf dem Waldboden gefunden hatte. Er hatte sie genau dabei beobachtet, wie sie sich bückte, etwas aufhob, genau betrachtete und es dann in ihre Tasche steckte. Ob er sich wohl besser vor ihr in Acht nahm? Die Frau hatte schließlich schon früher bei der Aufklärung eines Mordfalls geholfen. Andererseits hatte er ja seiner Meinung nach nichts wirklich Böses getan und musste sich von daher wohl kaum Sorgen machen. Olaf Petersen hatte sein Schicksal ja geradezu herausgefordert …

Sweet Jesus schreckte aus seinen Gedanken hoch, als er plötzlich direkt unter sich im Gebüsch ein Rascheln vernahm. Waren die Rehe also doch noch gekommen! Schneller als gedacht, schienen sie sich wieder beruhigt zu haben. Voller Vorfreude grinste er und setzte sich in Position. Mit dem

Teleobjektiv suchte er den Acker ab, auf dem sich die grünen Halme des Winterweizens schon etwa zehn Zentimeter aus der Erde gewagt hatten. Merkwürdig, wie lange die Tiere heute brauchten, um die paar Meter zurückzulegen, bis er sie mit dem Objektiv einfangen konnte.

Ein leises Knacken ließ Sweet Jesus erneut zusammenzucken. Es war eindeutig von unterhalb des Hochsitzes gekommen, aber so knackte kein trockener Zweig. Nein! Es klang vielmehr wie das Knacken einer Sprosse. Ein Geräusch, als bewege sich jemand sehr, sehr vorsichtig auf der zum Hochsitz gehörenden Leiter nach oben. Angespannt lauschte Sweet Jesus nun in die Stille. War das etwa schweres Atmen, das er da ausmachen konnte? Wieder knarrte die Leiter, und nun konnte er das Atmen noch deutlicher hören. Sweet Jesus hielt die Luft an und legte seine Kamera vorsichtig ab. Dann trat er von dem Sehschlitz weg in die dunkelste Ecke des Hochsitzes. Nervös sah er sich um, wobei er sich bemühte, möglichst flach und lautlos zu atmen. Das war schwer, denn sein Herz hämmerte vor Aufregung hart gegen seinen Brustkorb. Wieder ein Knacken. Es klang noch näher. Gleich würde derjenige, der sich auf den Hochsitz zu bewegte, die Luke aufstoßen.

Sweet Jesus glaubte zu wissen, wer sich ihm näherte. Die Fußpflegerin war es sicher kein zweites Mal! Er hatte Angst. Gab es hier oben vielleicht irgendetwas, das er zu seiner Verteidigung benutzen könnte? Warum hatte er nur keinen Stock bei sich? Mit beiden Händen prüfte er eine lose scheinende Holzlatte an der schmalen Sitzbank, aber sie gab nicht nach. Es gab nichts, womit er sich würde wehren können. »Mist!«, schoss es ihm durch den Kopf. »Hier oben gibt es auch kein Entkommen. Ich sitze hier wie eine Maus in einer Falle!«

21

Nachdem sich der Polizist verabschiedet hatte, war Baby Rose innerlich sehr aufgewühlt. Irgendwie fühlte sie sich immer gleich schuldig, wenn man sie befragte und reagierte wie ein ertapptes Schulmädchen, indem sie rot wurde und schwitzte. Und dieses Herzstechen hatte sie auch schon wieder. Dabei hatte sie sich doch nun wirklich nichts vorzuwerfen! Naja, nichts weiter, als sich einmal mit dem Toten eingelassen zu haben. Aber wenn das allein ein Motiv sein sollte, ihn zu töten, dann käme ja wohl jede zweite Frau im Leinebergland als Mörderin in Frage. Überhaupt hatte das Opfer sie auf mehr als eine Weise an Sweet Jesus' Vater erinnert. Der gleiche ebenso verwegen wie anziehend wirkende Typ, dem die Gefühle der anderen völlig gleichgültig sind. Nur dass der Vater ihres Sohnes mit den Jahren gesetzter geworden war.

Während sie sich jetzt mit den Fingern durch die Haare ging und sich im Spiegel betrachtete, fragte sie sich, welchen Eindruck sie wohl bei dem bulligen Kommissar hinterlassen hatte. Nicht alle Männer standen ja auf die etwas gewagte Zusammenstellung ihrer Kleidung. Der Polizist hatte sie zum Schluss jedenfalls so merkwürdig gemustert, als hielte er sie entweder für eine Schlampe, die zu jedem ins Bett steigt, oder aber gleich für durchgeknallt. Schade! Sie selbst fand ihn nämlich durchaus attraktiv. Worüber sie sich selbst am meisten wunderte, denn eigentlich stand sie trotz ihres Alters eher auf den Typ des stets missverstandenen Rebellen. James Dean in »Denn sie wissen nicht, was sie tun« hatte es ihr schon als Jugendliche angetan, und irgendwie war sie von diesem Ideal nie richtig losgekommen.

»Vielleicht sollte ich doch endlich mal erwachsen werden?«, nahm Baby Rose sich nicht zum ersten Mal vor. »Ein kleines Techtelmechtel mit dem Kommissar, der einen richtig soliden Eindruck macht, könnte doch den Anfang dazu bedeuten …« Sie gab sich einem Tagtraum hin, in dem der kräftige Polizeibeamte sie auf Händen trug.

Dann drifteten ihre Gedanken zu Sweet Jesus. Wo der Junge sich heute nur herumtrieb? Es war doch schon Mittag! Sonst war zumindest auf Sweet Jesus' Hunger stets Verlass. Egal, wo er sich gerade befand, gegen Mittag trudelte er immer in Baby Roses kleinem Nagelstudio ein, um seine Mutter zum Essen abzuholen. Nicht, dass sie immer auswärts essen gingen, nein, das konnte sie sich nicht erlauben. Die meisten Tage wärmte Baby Rose eine Kleinigkeit zu Hause auf, die sie am Vorabend zubereitet hatte. Sie blickte auf die Uhr. Es beunruhigte sie, dass ihr Sohn noch immer nicht aufgetaucht war. Sie musste ihm doch auch noch sagen, dass der Kommissar ihn sprechen wollte. Hoffentlich benahm ihr Junge sich dann auch anständig.

Ich muss endlich aufhören, ihn wie ein Kind zu behandeln, schalt sie sich gleich darauf in Gedanken. Sonst wird auch er nie richtig erwachsen. Gleichzeitig tat ihr das Herz weh, wenn sie sich vorstellte, er könne sich irgendwann einmal wirklich von ihr lösen.

Sie stellte sich jetzt sein markantes Gesicht vor, das eigentlich gar nichts Jungenhaftes mehr an sich hatte. Sweet Jesus war auch so ein Rebell wie James Dean. Nur leider nicht ganz so hell im Kopf, wie Baby Rose das von dem toten Schauspieler annahm. Jedenfalls war Baby Rose davon überzeugt, denn irgendwie ließ ihr Sohn sich immer wieder zu Dummheiten hinreißen. Wie zum Beispiel sich beim Fahren ohne Führerschein schnappen zu lassen. Da ihr Sohn immer mal wieder mit dem Gesetz in Konflikt geriet, hatte sie sich angewöhnt, ihm auch ungefragt Alibis zu geben. Sie tat das ganz automatisch, wenn sie einmal nicht wusste, wo genau er sich herumgetrieben hatte. Nur deshalb hatte sie vorhin, während des Gesprächs mit Harald Linden, gelogen. Und gestern hatte sie schon der Fußpflegerin Kornelia Lorenz gesagt, Sweet Jesus habe die ganze Nacht über laut Musik gehört, fiel es ihr jetzt wieder ein. Das musste sie sich merken! Nicht, dass sie anderen Leuten noch etwas anderes sagen würde; er habe wieder einmal die Nacht in seiner Dunkelkammer verbracht zum Beispiel, wenn sie erneut darauf angesprochen werden sollte.

Wer lügt, braucht ein ausgezeichnetes Gedächtnis, hatte ihre Mutter immer gesagt, wenn sie Baby Rose beim Schwindeln ertappt hatte. Wie recht Mutter doch auch damit gehabt hatte! Es war wichtig, jetzt keine Fehler zu machen! Sie fühlte sich mit einem Mal sehr müde. Nichts Besonderes, dachte sie, denn schließlich hatte sie wieder die halbe Nacht wach gesessen und sich Sorgen gemacht. Wie schon in der Nacht, in der Olaf Petersen umgebracht worden war und sie so lange auf Sweet Jesus gewartet hatte. Ob ihr Junge etwas damit zu tun hatte? Baby Rose schüttelte den Kopf. »Nein«, beruhigte sie sich mit lauter Stimme. »So etwas würde mein Junge nicht machen!« Ihr Herz klopfte trotzdem noch schneller, als es das unter dem wachsamen Blick des Kommissars getan hatte.

22

Harald Linden fuhr nach seinem Mittagessen in Eddinghausen vorbei, um, wie zuvor telefonisch abgemacht, den Erpresserbrief bei Kornelia Lorenz abzuholen. Auf das wiederholte Bitten der Fußpflegerin hin erklärte er sich zunächst bereit, den Brief von der Spurensicherung untersuchen zu lassen, ohne den Namen der Erpressten zu kennen. Kornelia hatte ihm zum Vergleich noch ein anderes Blatt Papier mit einem Fingerabdruck von ihr selbst und einem der anonymen Dame mitgegeben, damit diese Abdrücke von der Spurensicherung ausgeschlossen werden konnten. Sie hatte dem Kommissar gebeichtet, dass sowohl sie selbst als auch die betreffende Dame das Schreiben mehrfach angefasst hatten. Dem Polizeibeamten war ganz offensichtlich nicht wohl in seiner Haut, als er sich auf den Deal einließ. Ebenso offensichtlich war es aber auch, dass er Kornelia Lorenz keinen Wunsch abzuschlagen vermochte.

»Sie ist wirklich sehr zuverlässig«, hatte die Fußpflegerin immer wieder gesagt und Linden eindringlich bittend angeschaut. »Sollte es nötig werden, wird sie sicher nichts gegen eine Vernehmung haben. Wirklich! Es wäre nur schön, wenn sie das fürs Erste nicht tun müsste. Vielleicht hilft der Brief Ihnen ja auch so weiter? Und Sie finden Spuren, die zu dem Erpresser führen. Bitte! Ich kenne sie. Sie läuft bestimmt nicht weg!« Linden hatte wohl dem flehenden Blick aus ihren veilchenblauen Augen nicht widerstehen können, denn er hatte schließlich etwas gezwungen gelächelt und genickt.

»Aber nur vorerst!«, hatte er zum Abschied gesagt, und Kornelia atmete auf, als der Kommissar nun endlich mit dem Schreiben von ihrem Hof fuhr, ohne, dass sie Inge Lampe hatte verraten müssen.

»Puh!«, machte sie. »Das wäre schon mal geschafft! Und nun zu Amalie!« Die Fußpflegerin hatte vor, mit ihrer alten Freundin ein sehr ernstes Wort zu sprechen, denn mittlerweile war ihr klar geworden, dass die zahlreichen Absagen ihrer Kunden einen anderen Grund haben mussten als die Grippewelle, die gerade im Leinebergland grassierte. Während sie auf den Kommissar gewartet hatte, hatte es nämlich erneut Absagen und Verschiebungswünsche seitens ihrer Kunden gehagelt. Das konnte kein Zufall mehr sein! Sämtliche Termine, die sie diese Woche noch gehabt hätte, waren auf die eine oder andere Weise verschoben oder gänzlich aufgekündigt worden.

Als die Fußpflegerin eine langjährige Kundin schließlich nach dem Grund dafür gefragt hatte, hatte diese zunächst so merkwürdig herumgedruckst, dass Kornelia Lorenz sie ganz direkt gefragt hatte, ob sie sie etwa als mögliche Mörderin in Betracht ziehe. Es konnte ja sein, dass noch anderen Menschen dieser abwegige Gedanke gekommen war, sie könne sich durch das geplante Fachmarktzentrum in ihrer Existenz bedroht gesehen haben. Aber die Kundin hatte ihr versichert, dass dem nicht so sei.

»Um Gottes willen, Frau Lorenz! So etwas würde doch niemand von Ihnen denken!«, hatte die ältere Frau ganz erschreckt durch den Hörer gerufen. »Sie gehören doch sozusagen ins Lager der Guten! Wie der Herr Kommissar! Solch ein feiner Mensch! Der strahlt so etwas Warmherziges aus. Würde man gar nicht bei einem Polizeibeamten vermuten. Ich habe ihn gerade noch bei Jupp sitzen sehen. Er …«

Noch ehe die Kundin sich weiter über die sympathische Ausstrahlung Harald Lindens hatte auslassen können, hatte Kornelia Lorenz sie energisch unterbrochen: »Seien Sie mir nicht böse, Frau Kruse, wenn ich Sie jetzt noch einmal ganz direkt frage: Wer oder was steckt denn dann hinter diesen Terminabsagen? Sie sind heute nämlich bei Weitem nicht die einzige, der ganz überraschend etwas dazwischengekommen ist!«

Daraufhin hatte Anna Kruse wieder herumgedruckst und schließlich gesagt: »Nun, äh, wir wissen doch alle, dass Sie Ihre Zeit jetzt besser mit anderen Dingen verbringen. Sie müssen den netten Kommissar doch unterstützen. Ich, äh, ich habe übrigens auch auf Sie gesetzt.« Hatte Frau Kruse noch schnell vor dem Auflegen gestanden und dabei immer wieder leicht nervös gekichert. Da war bei Kornelia Lorenz endlich der Groschen gefallen. Am liebsten wäre sie sofort nach Gronau gebraust, um Amalie Pfingsten und den beiden anderen selbst ernannten Musketieren ganz gehörig den Marsch zu blasen, aber sie hatte zuvor ja noch das Kommen des Kommissars abwarten müssen.

Nun allerdings war es an der Zeit! Vor Wut schnaubend ging Kornelia auf ihre Garage zu, setzte sich in ihren kleinen Flitzer, startete mit heulendem Motor und brach auf ihrer Fahrt ins Altenheim sämtliche Höchstgeschwindigkeitsbegrenzungen auf der gut vier Kilometer langen Strecke.

23

»Hallo Sabine, wie geht's? Weißt du vielleicht, wo Frau Pfingsten sich herumtreibt? In den Gemeinschaftsräumen habe ich schon nachgesehen und auf ihrem Zimmer kann ich sie auch nicht finden.« Kornelia Lorenz duzte fast das gesamte Altenheimpersonal, denn schließlich ging sie in dem Seniorenzentrum beinahe täglich ein und aus. Viele ihrer Patienten lebten hier.

Sabine Willems sah von ihrer Schreibarbeit auf. Die junge Frau arbeitete erst seit Kurzem und nur nachmittags als Aushilfs-Pflegekraft in dem Altenheim. Sie blickte etwas überrascht in Kornelias Gesicht, ehe sich ihr Mund zu einem breiten Lächeln verzog. »Ach, Kornelia, nicht wahr? Die Fußpflegerin! Du musst entschuldigen, dass ich dich nicht gleich erkannt habe, aber zusammen mit den Bewohnern und dem Personal habe ich in letzter Zeit so viele neue Leute kennengelernt, dass ich manchmal nicht gleich auf den Namen komme«, erklärte sie. »Hat Frau Pfingsten denn schon wieder einen Termin? Du warst doch erst vor ein paar Tagen bei ihr, oder nicht?« Sie blickte auf die vor ihr liegenden Papiere, die wie ein Stapel Abrechnungen aussahen. »Doch, hier steht es sogar, vor zwei Tagen am Vormittag. Ich bin ja immer erst ab zwölf Uhr hier.«

Kornelia nickte. »Ja, das stimmt.« Die Fußpflegerin wunderte sich ein bisschen, warum Sabine Willems als Pflegekraft auch die Abrechnungen durchsehen musste. Normalerweise tat das jemand von der Heimleitung. Litt man im Altenheim etwa so an Personalmangel? »Ich will Frau Pfingsten heute auch rein privat aufsuchen«, fügte sie hinzu.

»Hm, lass mich mal nachdenken«, Sabine Willems legte ihre hohe Stirn in Falten und glich dadurch ihrem Großvater, Fritz Willems, noch mehr. Natürlich wusste Kornelia Lorenz, dass die junge Frau erst kürzlich und eigens, um ihrem Großvater den Haushalt zu führen, ins Leinebergland gezogen war. Fritz Willems war über lange Jahre der evangelische Pastor in Eddinghausen gewesen. Nun war er in den wohlverdienten Ruhestand getreten und hatte dadurch natürlich nicht nur das Wohnrecht in dem großen Gemeindehaus, sondern auch andere Annehmlichkeiten seines Berufslebens wie zum Beispiel die täglich für ihn sorgende Aufwartefrau verloren.

Pastor Willems, wie ihn die Eddinghäuser weiterhin nannten, war in ein kleines Haus am Eddinghäuser Bach gezogen, das er schon Jahre zuvor gekauft hatte. Die gesamte Dorfgemeinschaft hatte sich gewundert, als seine Enkelin zu ihm gezogen war. So viel Fürsorge seitens der jungen Generation war ja leider schon lange nicht mehr an der Tagesordnung. Es gab vor allem an den Stammtischen immer noch viele Spekulationen darüber, was Sabine Willems wohl tatsächlich veranlasst haben mochte, sich so jung, wie sie war, in ein unscheinbares Dorf im Leinebergland zurückzuziehen. Dass sie das tat, nur um ihren Großvater zu betütteln, wollte niemand so richtig glauben. Die junge Frau hatte sich zu in diese Richtung zielenden Fragen aber noch nie anders als durch ein freundliches Lächeln geäußert. Auch Kornelia Lorenz juckte selbstverständlich die Neugier, aber heute hatte sie Wichtigeres vor, als

Sabines wahre Beweggründe für deren Umzug auszuloten. Sie musste Amalie Pfingsten die Leviten lesen. Und zwar schleunigst! Sonst würde sie am Ende des Monats womöglich mit einem Konto in den roten Zahlen dastehen.

»Den Vormittag über war Frau Pfingsten, glaube ich, mit zwei anderen Bewohnern im Park. Sie haben sogar auf das Mittagessen verzichtet und sich Stullen schmieren lassen. Vielleicht sind sie immer noch dort? Ich meine sogar, die Stationsleiterin hat vorhin irgendwie so was erzählt, dass die alten Herrschaften eifrig Spenden einsammeln. Aber frag mich nicht, wofür!« Sabine Willems lächelte entschuldigend. »Weißt du, manchmal ist das hier wie einen Sack Flöhe hüten. Wusstest du, dass einer unserer Bewohner sich zur Teilnahme an der Hirschrufmeisterschaft in Sankt Andreasberg angemeldet hat? Ich hätte nie geglaubt, wie unternehmungslustig die alten Leute noch sind!«

Kornelia Lorenz schmunzelte. »Doch, ja, das habe ich schon gehört«, sagte sie. »Ich hatte sogar das Vergnügen, einer seiner Übungsstunden lauschen zu dürfen.«

»Du Arme!«, meinte daraufhin Sabine Willems mitleidig. »Ich habe gehört, das soll ganz schrecklich klingen. So, als habe jemand Brechreiz.«

Kornelia tat, als müsse sie überlegen und sagte dann: »Hm? Ja, doch! Da könnte was dran sein.« Sie grinste Sabine Willems an.

»Ich selbst habe es ja nur deshalb noch nicht zu Ohren bekommen, weil Herr Schrader hier im Heim bisher immer nur am Morgen geübt hat, wenn ich keinen Dienst habe«, erklärte die Pflegekraft. Dann schwieg sie einen Moment, so, als müsse sie ihre nächsten Worte erst noch überlegen. In verschwörerischem Tonfall sprach sie schließlich weiter: »Wusstest du eigentlich, dass es Herr Schrader war, der beim Üben für die Hirschrufmeisterschaft den Mord im Wald beobachtet hat?«

Die Fußpflegerin nickte wieder. »Ja, das wusste ich auch schon«, gab sie zu.

»Ein echter Mordfall! Hier im Leinebergland! Krass!«, urteilte Sabine Willems. »Als ich zu meinem Opa gezogen bin, habe ich geglaubt, dass hier nie etwas passiert. Und bestimmt hätte ich nicht mit einem Mord gerechnet. Es wirkt doch immer alles so friedlich hier. Ganz anders als in der Großstadt. Wie im Märchen.«

»Na, ich weiß nicht«, antwortete Kornelia Lorenz. »Gerade im Märchen geht es doch oft recht blutrünstig zu.« Sie blickte kurz auf die große Uhr, die an der Wand des Stationszimmers hing und erschrak. »Entschuldige bitte, Sabine, aber ich kann jetzt leider nicht weiterklönen. Vielleicht trinken wir mal einen Kaffee zusammen?«, bot sie an. »Aber jetzt muss ich unbedingt mit Amalie Pfingsten sprechen!« Mit einem entschuldigenden Lächeln huschte die Fußpflegerin aus dem Raum.

Wenigstens hat der kurze Schwatz meine Laune verbessert, dachte sie, während sie die Stufen im Treppenhaus des Altenheims hinablief. Sie war längst nicht mehr so wütend auf Amalie wie noch vor Kurzem, als sie von zu Hause losgefahren war. »Trotzdem muss ich mit ihr ein Hühnchen rupfen, sonst glaubt sie noch, sie dürfe sich alles herausnehmen«, murmelte die Fußpflegerin zu sich selbst, während sie die Treppen weiter hinunter eilte und dann in den weitläufigen Park lief, der sich an das Gebäude des Altenheims anschloss.

*

Der Pavillon, in dem Sabine Willems die drei Musketiere vermutet hatte, und zu dem Kornelia Lorenz nun gelaufen war, lag verwaist da. Nirgendwo ein Hinweis darauf, wo ihre drei alten Freunde sich aufhalten mochten. Die Fußpflegerin sah sich um. In dem Inneren des Gartenpavillons sah alles so aus, als kämen die drei bald wieder. Ein langer Tisch war sogar mit drei Tassen gedeckt. Weit würden sie nicht weg sein. Kornelia blickte an die eine Wand und entdeckte nun die Tafel, auf der lange Zahlenreihen standen. »Der Hannoveraner« und »D'Artagnan« stand über diesen Reihen. Ihre Begegnung mit Sweet Jesus auf dem Hochsitz fiel ihr ein, und was der über Schraders Wettbüro erzählt hatte. »Na, wartet!«, entfuhr es der Fußpflegerin. »Wenn ich euch erwische!« Sie konnte sich ein Schmunzeln trotzdem nicht verkneifen.

»Wenn du wen erwischst?«, fragte plötzlich eine gut gelaunte Stimme direkt hinter ihr. Verblüfft drehte Kornelia sich um.

»Amalie, du schleichst dich ja an wie ein Indianer!«, rief sie aus.

»Tja, lange Übung macht den Meister«, grinste Amalie Pfingsten. Die alte Frau balancierte ein Päckchen mit Kuchen, wie Konny dem Aufdruck einer Bäckerei auf dem Einschlagpapier entnahm. Hinter ihr standen Nikolaus Schrader und Gottfried Schuster. Schrader hielt zwei Pappbecher mit Kaffee in den Händen und Schuster einen.

»Hätten wir gewusst, dass Sie, äh, dass du kommst, hätten wir dir natürlich einen mitgebracht«, sagte Gottfried Schuster sofort.

»Wir können die drei ja auf vier aufteilen«, schlug Amalie vor, während sie Nikolaus Schrader einen der beiden Kaffeebecher abnahm, diesen dann vorsichtig von seinem Deckel befreite und seinen dampfenden Inhalt in eine der bereit stehenden Tassen umgoss. »Ich kann meinen Kaffee nur aus echtem Porzellan genießen. Diese Pappgeschirrkultur – nein! Das ist nichts für mich. Dafür bin ich schon zu lange auf der Welt«, sagte sie und schüttelte sich. »Was ist mit dir, Kindchen?«, wandte sie sich dann an Kornelia. »Möchtest du?«

Die Fußpflegerin nickte. »Aber mir macht der Pappbecher nichts aus«, sagte sie. »Nehmt ihr nur die Tassen.«

Kurze Zeit später saßen die vier vereint um den Tisch und genossen heißen Kaffee, zu dem es Hefestückchen gab. »Zum Glück haben wir gleich ein paar mehr davon gekauft«, freute Amalie sich, dass sie zumindest von ihrem Puddingstück nichts abgeben musste. »Warum hast du eigentlich so irritiert gewirkt, als wir vom Bäcker kamen?«, fragte die ehemalige Gutsfrau, bevor sie erneut von ihrem Hefeteilchen abbiss.

Kornelia, die sich einen Berliner genommen hatte, kaute den wunderbar leichten Teig, schluckte, leckte sich den Puderzucker von den Lippen und antwortete: »Das fragst du noch? Ich bin ganz schön sauer auf dich!« Sie bemühte sich, möglichst grimmig auszusehen, was ihr aber scheinbar nicht gelang, denn Amalie Pfingsten ließ es sich weiterhin gut schmecken.

»Wer hat denn meine Kunden angehalten, sämtliche Termine dieser Woche abzusagen? Das warst doch du!«

Amalies Augen wurden groß, während Schuster und Schrader sich vorsichtshalber etwas duckten.

»Hab' ich doch gleich gesagt, dass das eine Schnapsidee ist«, murmelte der ehemalige Polizist dabei. »Aber du wolltest ja nicht auf mich hören.«

Amalie Pfingsten beachtete seinen Einwurf gar nicht. »Wer

hat mich verraten?«, wollte sie wissen. »Das war doch bestimmt wieder die Kruse. Dieses Plappermaul! Dass die aber auch kein Geheimnis für sich behalten kann! Dabei hatte ich ihr sogar noch ein Fläschchen von meinem Aufgesetzten versprochen, wenn sie dicht hält. Aber es gibt Menschen, die können gar nicht anders, die quasseln, ehe sie ihr Gehirn einschalten!« Amalie Pfingsten schnaubte verächtlich. Dann fuhr sie etwas ruhiger fort: »Aber es stimmt, ich gebe es gern zu! Ja, ich habe dafür gesorgt, dass dir der Rücken frei bleibt für andere, wichtigere Dinge!«

»Die da wären?«

»Na die Ermittlung natürlich! Was denkst du denn? Es ist schon fast zu viel Zeit verstrichen.«

»Stimmt. Die meisten Morde werden innerhalb von achtundvierzig Stunden aufgeklärt«, wusste Nikolaus Schrader. Der ehemalige Polizist nahm mit ernstem Gesichtsausdruck einen Schluck von seinem Kaffee.

»Aber, dann, dann haben wir ja kaum mehr …« Gottfried Schuster sah auf seine Armbanduhr. »… kaum mehr sieben Stunden Zeit!«

»Eben«, meinte Amalie Pfingsten, »und deshalb muss Konny ihre Arbeit als Fußpflegerin vorerst ruhen lassen. Deine Patienten haben sich übrigens durch die Bank weg als äußerst kooperativ gezeigt«, sagte sie grinsend. »Hut ab! Super Kundenstamm!«

»Und was sage ich meiner Bank, wenn mir am Ende des Monats das Geld hinten und vorne fehlt?«

»Dass du jetzt an Geld denken kannst! Tststs!« Die ehemalige Gutsfrau schaute pikiert. »Dieter ist doch auch noch da, der verdient als Malermeister doch nicht schlecht, oder?«

Nikolaus Schrader, der die Sorge der Fußpflegerin um das Finanzielle offenbar besser verstand als die ehemalige Gutsfrau, beugte sich jetzt vor und tätschelte beruhigend Kornelias Hand. »Das wird schon, Konny«, meinte er zuversichtlich. »Wir haben vorgesorgt.«

»Ja, äh, wir haben ja unsere Einnahmen von heute früh. Also, wenn ich das jetzt einfach mal so vorschlagen dürfte: Wir könnten der lieben Kornelia ja etwas von unseren Wetteinnahmen abgeben? Wir haben doch schon so viel Geld im Topf!«, schlug Gottfried Schuster nun freundlich vor.

»Autsch!« Erschrocken guckte der pensionierte Lehrer gleich darauf zu Nikolaus Schrader. »Habe ich etwa was Falsches gesagt?« Anscheinend hatte Schrader ihn unter dem Tisch getreten. Der ehemalige Polizist warf einen verzweifelten Blick gegen die Decke des Pavillons. Er sah aus wie einer, der Angst hatte, sein bestgehütetes Geheimnis würde gleich an die große Glocke gehängt.

»Und das ist nun mein A-Team!«, seufzte er. Dann schüttelte er seinen Kopf und meinte: »Dumas würde sich im Grabe umdrehen, wenn er wüsste, wer sich heutzutage alles als Musketier ausgibt.«

»Dümah!«, korrigierte ihn Schuster, »Dümahhh!«, wiederhole er, denn Nikolaus Schrader hatte den französischen Nachnamen wieder einmal falsch mit hinten klingendem »S« gesprochen.

»Lass nur, Klaus.« Nun war es an Kornelia, die Hand des alten Mannes zu tätscheln. »Das ist natürlich längst an meine Ohren gedrungen, dass ihr hier Wetten auf mich annehmt. Du hast doch nicht im Ernst angenommen, dass das lange vor mir geheim bleiben würde? Wir leben hier schließlich nicht irgendwo, sondern im Leinebergland.«

»Wahr gesprochen«, konnte sich Amalie Pfingsten nicht verkneifen. »Jetzt aber Schluss mit dem Geplänkel«, befahl sie dann. Ihre Stimme hatte einen resoluten Ton angenommen, wie sie ihn früher den Bediensteten ihres Hofes gegenüber angeschlagen hatte.

»Wir sollten eine Lagebesprechung abhalten«, schlug die alte Frau vor und sah den anderen Dreien der Reihe nach in die Augen. »Gottfried, Nikolaus, Konny, was wisst ihr bisher? Was habt ihr gesehen oder gehört? Denkt nach! Was ist euch aufgefallen? Wo seid ihr stutzig geworden? Was glaubt ihr, sollte unser nächster Schritt sein? Ich möchte, dass wir jetzt alle unser ganzes Wissen zu dem Toten und zu dem Mordfall auf den Tisch legen. Jedes noch so kleine Detail könnte von größter Wichtigkeit sein!« Sie blickte auffordernd in den Kreis der Versammelten. »Also, wer möchte beginnen?« Zunächst blieb alles still.

»Die Leiche«, murmelte Schrader nach einer Weile nachdenklich in die Stille hinein. »Uns fehlt die Leiche!«

»Warte mal, Amalie!«, rief die Fußpflegerin plötzlich aufgebracht. »Was hast du eben gesagt?«

»Äh, dass jedes Detail …«

»Nein! Davor, du hast etwas von stutzig werden gesagt, und ich bin gestern tatsächlich stutzig geworden!« Kornelias Wangen verfärbten sich, so aufgeregt fühlte sie sich nun. »Es war bei meiner Kundin in Haus Escherde, die hat etwas gesagt, das irgendwie nicht passte. Aber dann habt ihr ja gleich aus Hildesheim angerufen, und dann habe ich das wieder vergessen. Bis jetzt! Es passt nicht! Es passt wirklich nicht! Denn

Baby Rose hatte mir doch erzählt, Sweet Jesus habe die ganze Nacht Musik gehört. Das kann aber nicht sein, wenn er angeblich, wie Trude Reckstadt behauptet, in der gleichen Nacht den Hof von Bauer Dreyfuß gepflastert hat!«

»Ja, und? Ich verstehe nicht, was daran so wichtig ist. Was soll denn Sweet Jesus nun wieder mit dem Mord zu tun haben? Mal abgesehen von seinem dummen Hobby, jedem mit der Kamera aufzulauern, ist der doch harmlos.« Gottfried Schuster blinzelte verwirrt. »Schießt zwar auf alles und jeden mit seinem dämlichen Knipser, aber von einem Fotoapparat zu einem Gewehr, das ist doch ein zu weiter Schritt!« Der pensionierte Lehrer schwieg einen Moment nachdenklich, in dem auch die anderen nichts sagten. »Für manche seiner Bilder allerdings könnte man ihn durchaus verklagen.«

»Nur weil er damals diesen Schnappschuss von dir gemacht hat, bedeutet das noch nicht, dass seine Bilder dämlich sind. Schließlich hat er damit sogar einen Preis von der Zahnärztekammer gewonnen«, widersprach Amalie vehement, von der, wie wirklich jeder im Leinebergland wusste, Sweet Jesus einmal ein sehr schmeichelndes Porträt gemacht hatte.

»Ja, und alle haben sich auf meine Kosten ganz großartig amüsiert.« Gottfried Schuster blickte peinlich berührt drein, so als erinnere er sich genau in diesem Moment an sein zahnlos grinsendes Konterfei, das vor etwa einem Jahr die Titelseite der Lokalzeitung geziert hatte. Damals hatte er sich gerade ein neues Gebiss anfertigen lassen. Er wischte die ihm offensichtlich sehr unliebsame Erinnerung mit einer Handbewegung weg. »Nun, denn. Vergangenes lässt man am besten ruhen. Nur wer lieber an die Vergangenheit denkt als an die Zukunft, ist wirklich alt.« Zitierte er einen Kalenderspruch, ehe er weitersprach: »Allein aufgrund seines störendes Hobbys kann man Sweet Jesus leider nicht festsetzen. Und dass er den Hof von, wie heißt der Bauer noch gleich? Dreybein?«

»Dreyfuß«, sagte Schrader, der bisher nur aufmerksam zugehört hatte.

»Gut«, nickte Schuster. »Also, dass er den Hof von Bauer Dreyfuß gepflastert hat, macht ihn in meinen Augen nicht verdächtig. Selbst, wenn er das mitten in der Nacht tat. Der Junge hat doch sowieso keinen geregelten Tagesablauf.« Gottfried Schuster schüttelte den Kopf. »Nein, nein, also ich halte Sweet Jesus abgesehen von seiner Knipserei für ungefährlich. Glaubt mir: Der sitzt nur mit seiner Kamera an.« Kornelia nickte dazu nachdenklich, schließlich hatte sie noch am Morgen Sweet Jesus mit dem Fotoapparat um den Hals auf dem Hochsitz getroffen.

»Ich sage ja auch nicht, dass er der Mörder ist.« Die Fußpflegerin konnte sich ebenfalls nicht vorstellen, dass der nette, etwas zurückgebliebene Konrad Janda jemanden töten könnte. »Aber es ist doch merkwürdig, dass Baby Rose offenbar geschwindelt hat.« Sie dachte einen Moment nach. »Vielleicht hat Sweet Jesus die Leiche weggeschafft? Oder wenigstens dabei geholfen? Ihr wisst doch auch, wie hilfsbereit er ist und sich dabei immer wieder auch zu Dummheiten überreden lässt. Und irgendwie ist es doch auch sehr sonderbar, dass er den Dreyfuß'schen Hof mitten in der Nacht gepflastert hat …«

»Wie soll er das Wegschleppen denn bewerkstelligt haben? Der Mann ist stark, ja, aber eine Leiche wiegt doch einiges. Habe ich Recht?« Schuster wandte sich an den immer noch stummen Schrader, denn der war für ihn als ehemaliger Polizist der einzige in ihrem kleinen Kreis, der sich mit Leichen auskannte. Dass Schrader als Beamter bei der Autobahnpolizei höchstens mit Verkehrstoten zu tun gehabt hatte, spielte für den pensionierten Lehrer dabei offensichtlich keine Rolle.

Nikolaus Schrader räusperte sich. »Naja, so, wie Sweet Jesus gebaut ist, denke ich, dass er den Toten durchaus hätte tragen können. Allerdings keine weite Strecke, ein paar hundert Meter höchstens«, überlegte er. »Soweit ich weiß, hat er keine Fahrerlaubnis.«

»Das hat ihn aber noch nie am Fahren gehindert«, warf Amalie Pfingsten sofort ein.

»Richtig«, murmelten Nikolaus Schrader und Kornelia Lorenz gleichzeitig.

»Vor allen Dingen aber«, fuhr Gottfried Schuster nun mit seinen Überlegungen fort, »wo soll Sweet Jesus die Leiche denn hingeschafft haben?« Er schien heute etwas langsam zu denken.

»Na, das ist doch wohl klar«, antwortete ihm Amalie Pfingsten auch sofort. »Der hat den Petersen unter Dreyfuß' Hof verscharrt!«

24

Baby Rose saß noch immer vor ihrem gedeckten Mittagstisch und starrte blicklos in den Raum. Bilder aus der Vergangenheit zogen vor ihrem geistigen Auge vorbei. Aus fernen Zeiten, als Sweet Jesus noch klein gewesen war.

Der Eintopf auf ihrem Teller war längst kalt geworden, sie hatte ihn nicht angerührt. Schon als sie von dem Toten im Wald gehört hatte, hatte eine innere Unruhe von ihr Besitz ergriffen, die ihr erst heute, durch den Besuch des Kommissars, so richtig bewusst geworden war und die sich durch seine Fragen noch verstärkt hatte. Auch ihr Herzstechen war wieder schlimmer geworden. Sie fragte sich, was sie überhaupt noch von ihrem Sohn wusste. Wer war dieser mittlerweile erwachsene Mann, der bei ihr in der Wohnung lebte? Dass ihr Sohn längst erwachsen war, war eine Tatsache, die sie sich nur sehr ungern ins Gedächtnis rief. Aber heute war es notwendig. Kam und ging, wann es ihm passte, erzählte kaum noch etwas. Zunächst hatte sie geglaubt, er habe vielleicht ein Mädchen kennengelernt. Das hatte ihr Angst gemacht. Was sollte denn dann aus ihr werden, wenn ihr Sohn möglicherweise auszog und sie allein zurückließ? Mittlerweile aber glaubte sie, dass etwas anderes als eine Frauenbekanntschaft hinter Sweet Jesus' merkwürdigem Verhalten stecken musste. Etwas weitaus Gefährlicheres!

Seit ihr Sohn auf die Welt gekommen war, hatte sie sich für

ihn aufgeopfert. Das lag sicher mit an ihrem schlechten Gewissen, denn ihr erster Gedanke, als sie von ihrer Schwangerschaft erfuhr, war es, nach Holland zu fahren. Damals war das für eine Abtreibung noch nötig gewesen. Als er dann auf der Welt war, hatte sie immer versucht, ihn zu beschützen. Vielleicht war sie dabei etwas übereifrig gewesen? Denn so gut Sweet Jesus sich mit technischen Dingen auskannte, so schlecht konnte er mit Menschen umgehen. Soziale Beziehungen waren einfach nicht sein Ding. Er wusste manchmal vor lauter Verlegenheit nicht, was er sagen sollte, wenn er angesprochen wurde. Nur selten fasste er Vertrauen zu Menschen. Er versteckte sich hinter seiner Kamera, wirkte zurückgeblieben, weil er sich nicht richtig zu verhalten wusste. Baby Rose machte sich nichts vor: Viele hielten ihren Sohn für einen Trottel.

Sie hatte es immer nur gut gemeint, wenn sie sich schützend vor ihn gestellt hatte. Schon damals, im Kindergarten, wenn die anderen ihn gehänselt hatten, weil er zu Hause keinen Vater hatte. Wie oft war er weinend nach Hause gekommen. Bei der Erinnerung an den kleinen, verheulten Konrad, der sich mit Rotznase in ihre Arme gestürzt und Trost gesucht hatte, krampfte sich Baby Roses Herz heftig zusammen.

Und nun war ihr Sohn ein Fremder für sie geworden! Baby Rose stand mühsam auf, so, als täte ihr der ganze Körper weh, und begann, den Tisch abzuräumen. Schon vor einer Weile hatten die Glocken zur dritten Stunde geschlagen. So lange hatte Sweet Jesus sie noch nie warten gelassen.

Als sie die Küche aufgeräumt, das Geschirr abgewaschen und zum Trocknen auf ein kleines Holzgestell abgelegt hatte, atmete sie tief ein, als müsse sie sich in dem Entschluss bestärken, den sie während der Hausarbeit gefasst hatte. »Ja«, sagte sie laut, um sich selbst Mut zu machen. »Ich muss es tun! Ich werde es tun!«

Vor der Tür mit dem nicht zu übersehenden, knallgelben »Zutritt verboten« Schild zögerte sie noch einmal. Bislang war es ein absolutes Tabu für sie gewesen, die Dunkelkammer ihres Sohnes zu betreten. So sehr sie sich auch sonst in alles, was Sweet Jesus betraf, einmischte, das hier war sein eigenes kleines Reich. Das hatte sie bisher respektiert. Eine Zuflucht brauchte jeder Mensch! Sogar ein Sohn vor seiner Mutter.

Vorsichtig legte Baby Rose jetzt dennoch ihre Hand auf die Klinke. Ein kurzes Klicken war zu hören und die Tür bewegte sich tatsächlich. Nicht einmal abgeschlossen hatte er. So sehr vertraute er ihr. Baby Roses schlechtes Gewissen wuchs. Ihr Herz klopfte bis in den Hals, als sie die Tür jetzt langsam aufschob.

Der Raum lag da wie eine düstere Höhle, vorsichtig tastete sie an der Wand nach dem Lichtschalter. Eine von der Decke hängende Glühbirne tauchte das Zimmer in rötliches Licht. Es war ein kleiner Raum, dessen zwei Fenster schon seit Jahren vollkommen mit schwarzer Folie abgeklebt waren. Trotz der geringen Größe des Zimmers hatte Sweet Jesus sogar einen Liegeplatz an einer Wand stehen. War das etwa sein altes Kinderbett? Hier schlief er also manchmal, wenn sie morgens das Bett in seinem Zimmer völlig unberührt vorgefunden hatte! Neugierig sah Baby Rose sich weiter um.

Auf einem langen, an der Wand stehenden Tisch befand sich ein Vergrößerer und gleich daneben drei Schalen. Kreuz und quer im Raum waren Wäscheleinen gespannt, an denen Schwarz-Weiß-Aufnahmen mit Plastikklammern befestigt waren.

Baby Rose trat näher an eine der Leinen heran und betrachtete die Fotos. Schöne Fotografien von Wildtieren waren darauf zu sehen. Auf manchen erkannte Baby Rose, dass sie nachts gemacht worden sein mussten. War er deshalb so oft zu den unmöglichsten Zeiten unterwegs? Wie lange Sweet Jesus wohl auf solche Schnappschüsse hatte warten müssen? Eine Eule im Anflug gefiel Baby Rose ganz besonders. Sie lächelte. Ihr Sohn war ja ein richtiger Künstler!

Als sie sich der nächsten Leine zuwandte, gefror ihr Lächeln. Richtig obszöne Bilder waren das! Paare, die es in allen möglichen Stellungen miteinander trieben. Angewidert drehte Baby Rose ihren Kopf weg. Ihr erster Impuls war es, die Dunkelkammer sofort wieder zu verlassen, aber ihre Neugier war doch zu groß. Sie drehte sich erneut den Aufnahmen zu. Als sie die Fotografien jetzt näher betrachtete fiel ihr auf, dass immer der gleiche Mann auf ihnen zu sehen war. Sie kannte ihn. Es war Olaf Petersen.

Die Frauen dagegen wechselten. Baby Rose wurde schlecht. Sie verspürte wieder ein heftiges Herzstechen. In ihren Ohren sauste das Blut. Aufgewühlt schritt sie die Fotografien ab. Und dann entdeckte sie das Bild tatsächlich, vor dem sie sich fürchtete. Wie überaus peinlich! Da hing die Aufnahme und kein anderer als ihr Sohn hatte sie gemacht. Eine Fotografie, auf der sie selbst zusammen mit Petersen zu erkennen war. Eine heiße Welle der Scham überlief ihren Körper. Ihre Wangen glühten.

Ob ihr Sohn etwa eifersüchtig auf Olaf Petersen gewesen war? Warum hatte sie sich nur mit dem smarten Geschäftsmann eingelassen? Sie hatte doch gleich gedacht, dass es zu nichts Gutem führen konnte! Aber dann hatten ihr seine

Aufmerksamkeiten zu sehr gefallen. Ja, sie hatte sich überaus geschmeichelt gefühlt, dass ein zwanzig Jahre jüngerer Mann ihr so den Hof machte. »Dumme Kuh!«, schalt sie sich nicht zum ersten Mal.

Ihr Blick wanderte weiter. Traf auf eine Fotografie, die etwas abseits baumelte. Baby Rose trat näher an die Aufnahme heran. Was sie darauf sah, ließ ihr das Blut in den Adern gefrieren. »Um Gottes willen!«, rief sie aus. Ihr Herz klopfte erneut so heftig, dass sie glaubte, es müsse jeden Moment zerspringen. Hastig lief sie aus dem Zimmer und in den Flur, um sich etwas überzuziehen. Sie musste dringend telefonieren. Ihr Handy ging schon lange nicht mehr und einen Festnetzanschluss hatte sie nur in ihrem kleinen Laden. Wie gehetzt stolperte sie schließlich auf die Straße, rannte die Burgstrasse entlang, überquerte die Hauptstrasse und schloss mit zitternden Händen ihr Nagelstudio auf. Immer wieder blickte sie dabei über ihre Schulter, als rechne sie damit, verfolgt zu werden.

Endlich hatte Baby Rose es geschafft. Sie stürzte zum Telefon, drückte so zittrig auf die Tasten, dass sie sich zunächst verwählte. Sie kannte die Nummer auswendig. Der geile Bock hatte sie oft genug von seinem Büro aus angerufen und sie um ein Treffen angefleht. Als sie hörte, wie am anderen Ende abgenommen wurde, sagte sie, plötzlich ganz ruhig geworden: »Wir müssen reden!«

25

Es war nicht leicht gewesen, die Polizei von einem Einsatz auf dem Dreyfuß-Hof in Haus Escherde zu überzeugen. Kornelia Lorenz hatte ihre ganze Überredungskunst einsetzen müssen. Aber dann, nachdem sie noch einmal sämtliche Überlegungen der drei alten »Musketiere« und ihren eigenen Bericht von dem, was Trude Reckstadt ihr erst gestern erzählt hatte, vorgebracht hatte, hatte Harald Linden schließlich mit einem ziemlich knurrigen »Okay« seine Zustimmung gegeben. Ja, er würde sich darum kümmern, dass der frisch gepflasterte Hof von Bauer Dreyfuß wieder aufgerissen würde. Er hoffe nur, dass damit keine Steuergelder unnötig vergeudet würden. Irgendwie schien der Kommissar schlecht gelaunt gewesen zu sein. So mies drauf hatte die Fußpflegerin ihn noch nie erlebt. Ob er ihr übel nahm, dass sie die Empfängerin des Erpresserbriefes nicht hatte verraten wollen? »Ja, noch heute!«, hatte er beinahe in den Hörer gebellt, als Kornelia angefragt hatte, ob das denn auch so schnell wie möglich passieren würde.

Nun war es später Nachmittag und eine beachtliche Menge von Schaulustigen hatte sich trotz des Nieselregens, der ganz plötzlich eingesetzt hatte, in Haus Escherde versammelt. Der Herbst war längst nicht mehr so sonnig wie noch vor ein paar Tagen. Das Wetter glich heute eher einem typischen Tag im April. Nach vormittäglichem Nebel war es für kurze Zeit wunderbar sonnig und warm geworden, ehe neue Wolken herangezogen waren, und der feine Regen eingesetzt hatte. Mit dem Niederschlag war auch die Temperatur gefallen. Trotzdem harrten die Menschen neugierig auf ihren Plätzen aus. Sie wurden durch Absperrband vom eigentlichen Geschehen auf dem Hof ausgegrenzt.

Dort stand außer einem Mann, der mit einem Presslufthammer das neu verlegte Pflaster lockerte, noch eine Gruppe von Polizisten abwartend herum. Sie hatten tatsächlich weiße Schutzanzüge an, wie Kornelia das aus Fernsehkrimis kannte. Auch der Kommissar befand sich auf dem Hof. Er unterhielt sich etwas abseits mit einer sehr hübschen jungen Frau, die Kornelia noch nie gesehen hatte. Vielleicht war es die Gerichtsmedizinerin?, überlegte die Fußpflegerin, denn unter dem Regenmantel der Frau blitzte der Saum eines weißen Kittels hervor.

Der nervtötende Lärm des Drucklufthammers machte fast jede Unterhaltung unmöglich. »Haben die ihn schon entdeckt?«, schrie Gottfried Schuster jetzt über das ohrenbetäubende Hämmern hinweg zu der Fußpflegerin hinüber, die einen Platz in erster Reihe hatte ergattern können. Sie hatte die drei »Musketiere« selbstverständlich aus Gronau mitgebracht, denn das Schauspiel hatte sich keiner von ihnen entgehen lassen wollen. Selbst Nikolaus Schrader nicht, der seit der Nacht der grausamen Entdeckung im Wald hin und wieder über ein schmerzhaftes Ziehen im Rücken klagte.

Bei der Platzwahl am Einsatzort waren ihre drei alten Freunde leider zu höflich gewesen und hatten sich von den Einheimischen immer weiter von ihren Plätzen in der ersten Reihe abdrängen lassen. Dicht an dicht stand fast die gesamte

Bevölkerung des kleinen Dorfes und beobachtete mit Argusaugen, was auf dem Hof vonstatten ging.

Die Fußpflegerin streckte ihren Kopf nach vorn, um besser sehen zu können. Sie schüttelte den Kopf, als sie sich wieder Gottfried Schuster zudrehte. »Nein, sieht schlecht aus!«, rief sie zurück.

»Was?« Schuster hatte wohl nicht richtig verstanden. Er legte eine Hand hinter sein Ohr.

Ehe Kornelia ihre Erkenntnis noch einmal über die Köpfe der Schaulustigen hinwegschreien konnte, mischte sich Amalie Pfingsten lauthals ein: »Der sieht schlecht aus? Na, wie soll er auch aussehen, wenn er tot ist und schon begraben war?« Die ehemalige Gutsfrau stand zwischen Gottfried Schuster und Nikolaus Schrader und blickte mit einem wissenden Gesichtsausdruck in die Runde der Versammelten.

Schon bei ihrer Ankunft hatte sie stolz jedem erzählt, es sei ihrer Initiative zu verdanken, dass der Tote nun endlich gefunden würde. Kornelia hatte dem nicht widersprechen wollen. Ihre alte Freundin sah zu glücklich aus, wenn sie sich wichtig fühlte. Aber nun musste sie Amalie Pfingsten doch enttäuschen.

»Nein!«, verbesserte sie die ehemalige Gutsfrau, denn sie hatte Amalies Worte auch verstanden. Sie schüttelte noch einmal demonstrativ den Kopf. »Es sieht schlecht aus! Noch haben sie nichts gefunden!«

»Was wird denn überhaupt gesucht?« Hubert Reckstadt kam offenbar gerade vom Pilzesuchen aus dem Wald zurück und hatte anscheinend noch nichts von der für Haus Escherder Verhältnisse überaus spektakulären Polizeiaktion mitbekommen. Er quetschte sich bis in die vorderste Linie der Schaulustigen. In der rechten Hand hielt er einen Korb, in dem Kornelia neben anderen Waldpilzen die dottergelben Hüte von Pfifferlingen ausmachen konnte. Reckstadt musste in der kleinen Fichtenschonung unterwegs gewesen sein.

»Olaf Petersen!«, antwortete Amalie Pfingsten ihm. »Ich habe das veranlasst!« Sie reckte stolz ihren Brustkorb in die Höhe. Kornelia widersprach ihr auch diesmal nicht, denn irgendwie war es ja wirklich Amalies Idee gewesen, dass sie alle vier ihr Wissen über den Todesfall noch einmal durchgingen, und nur deshalb hatte die Fußpflegerin sich überhaupt an ihre Unterhaltung mit Trude Reckstadt erinnert.

»Petersen?« Reckstadt blickte verwundert drein. »Ich dachte, der sei tot?«

»Eben«, knurrte Nikolaus Schrader, dem deutlich anzusehen war, dass ihn ein Zipperlein plagte. Die plötzliche Kälte tat seinem Rücken sicher nicht gut. »Deshalb buddelt man ihn ja auch gerade aus.« Der ehemalige Polizist stand nun leicht gebeugt, als seien seine Kreuzschmerzen wieder schlimmer geworden. »Lebend wurde noch keiner aus seinem Grab geholt.«

»Grab? Auf Dreyfuß' Hof?« Jetzt sah Hubert Reckstadt noch verblüffter aus. »Hat euch das etwa meine Trude eingeflüstert?«

Bei diesen Worten sank Amalie Pfingstens Brustkorb sichtbar in sich zusammen. Sie ahnte wohl bereits, dass der Ruhm für den eventuellen Fund von Petersens Leiche einer anderen gebühren würde. Trude Reckstadt würde noch Jahre jedem auf die Nase binden, dass der Fund der Leiche nur ihrer nächtlichen Aufmerksamkeit zu verdanken gewesen sei. Wenn es denn wirklich eine Leiche zu finden gab. Kornelia

Lorenz jedenfalls begann langsam, aber sicher daran zu zweifeln.

»Mensch! Jetzt seid doch mal still. Ich glaube die haben was!« Gottfried Schuster stellte sich auf die Zehenspitzen. Sofort drehten sich die Fußpflegerin wie auch alle anderen Schaulustigen wieder dem Geschehen auf dem Hof zu. Tatsächlich! Der Presslufthammer hatte vor einer kleinen Weile aufgehört zu hämmern, und nun gingen zwei Beamte neben der frisch ausgehobenen Kuhle in die Hocke. Gemeinsam schienen sie an etwas zu zerren.

»Gott im Himmel!«, stieß einer der Zuschauer einen heiser klingenden Schrei aus, als die beiden Polizisten mit vereinten Kräften nun ein längliches, verschnürtes Paket ans Tageslicht beförderten.

»Das gibt's doch nicht!«, rief ein anderer beinahe ebenso laut. Den meisten Schaulustigen aber schien der makabere Fund für den Augenblick die Sprache verschlagen zu haben.

26

Es war so früh am Morgen, dass es draußen noch völlig dunkel war. Noch war kein himbeerrot schimmernder Streifen am östlichen Horizont auszumachen. Nur die langsam von dunkelblau in türkis übergehende Farbe des Himmels deutete den nahenden Sonnenaufgang an. Je mehr Türkis zu sehen sein würde, umso mehr würde sich das Himbeerrot zu einem kräftigen Orange entwickeln.

Harald Linden saß trotz der frühen Stunde schon vor seiner dritten Tasse Kaffee in seinem Büro und dachte angestrengt nach. Er hatte nicht schlafen können. Olaf Petersens Leiche war endlich gefunden worden, und sein Vorgesetzter hatte den Fall für geklärt angesehen. Etwas voreilig, wie Linden fand. Noch am Abend war eine Pressekonferenz abgehalten worden, an der Linden hatte teilnehmen müssen. Der Kommissar hatte wortlos zugehört, wie sein Vorgesetzter ohne Zögern Konrad Janda als Täter benannt hatte und die rasche Aufklärung durch seinen fähigsten Mitarbeiter, Hauptkommissar Harald Linden, ein ums andere Mal gerühmt hatte. Sein Chef hatte ihm dabei jovial auf die Schulter geklopft, bis Linden ihm einen mehr als grimmigen Blick von der Seite zugeworfen hatte.

Janda war mittlerweile zur Fahndung ausgeschrieben, denn man hatte weder ihn noch seine Mutter in der Wohnung der Familie in Gronau angetroffen, als man Sweet Jesus am Abend hatte festnehmen wollen. Die Wohnung war verschlossen gewesen und niemand hatte auf das wiederholte Klopfen und Klingeln der Polizei geöffnet. Da genau in dem Moment, in dem die Beamten bereits mit dem Gedanken gespielt hatten, die Tür einzutreten, eine Nachbarin durch das Treppenhaus gegangen war und sehr glaubwürdig behauptet hatte, sie habe genau gesehen, wie beide Jandas das Haus verlassen hatten, Konrad schon am frühen Morgen und Rosemarie am Nachmittag, hatte man davon abgesehen, die Wohnungstür zu beschädigen. Eine Durchsuchung konnte, falls nötig, auch später noch erfolgen. Vorrangig war die Festnahme des verschwundenen Konrad Janda. Dass Sweet Jesus flüchtig war, sahen viele von Harald Lindens Kollegen als weiteres Indiz für dessen Täterschaft.

Nur Linden selbst nicht. Irgendetwas an der Lösung des Falles störte den Kommissar. Er konnte es nicht wirklich benennen, es war eher ein diffuses Gefühl, das ihn auf dem Bauernhof befallen hatte, als man Olaf Petersens Leiche geborgen hatte. Ja, Trude Reckstadt hatte danach noch einmal ganz offiziell zu Protokoll gegeben, dass sie Konrad Janda dabei beobachtet hatte, wie er den Hof von Bauer Dreyfuß mitten in der Nacht gepflastert hatte. In der Nacht, in der auch der Mord geschehen war. Janda musste also gewusst haben, dass er sich mit seinem Handeln zumindest wegen Mithilfe strafbar machte. Doch machte ihn die Tatsache, dass er offensichtlich die Leiche versteckt hatte, auch zum Mörder? Linden schüttelte den Kopf. Er konnte sich nicht helfen, er glaubte einfach nicht, dass Sweet Jesus auch der Täter war. Irgendetwas hinderte ihn daran, dabei hatte er den Mann noch nicht einmal persönlich kennengelernt.

Während er gestern neben Dr. Iris Keller gewartet hatte, der hübschen Gerichtsmedizinerin, die eigens aus Hannover angefahren war, um der Bergung beizuwohnen, hatte er eine dieser Eingebungen gehabt, wie sie ihn manchmal überfielen. Meistens passierte ihm das an Orten, an denen ein Mord geschehen oder ein Opfer gefunden worden war. »Der mit den Wänden spricht« nannten ihn seine Kollegen deshalb gern hinter seinem Rücken. Natürlich wusste Linden von diesem Spitznamen, den er schmeichelnd fand, und auf den er sogar heimlich stolz war. Nun, diesmal waren es keine Wände gewesen, die mit ihm gesprochen hatten, aber trotzdem hatte ihn diese Überzeugung gepackt. Er fühlte, dass es noch einen anderen Menschen geben musste, der in die Tat verwickelt war. Ein Mensch, den Harald Linden für den wahren Mörder hielt, obwohl er dessen Identität noch nicht kannte. Er hatte sogar das Gefühl, der Person bereits begegnet zu sein, konnte aber beim besten Willen nicht sagen, um wen es sich dabei handeln könnte.

Gern würde er jetzt sofort noch einmal nach Gronau fahren und erneut Befragungen durchführen, aber zum einen war es dafür noch viel zu früh am Tag, und zum anderen waren ihm vorerst die Hände gebunden. Sein Chef hatte sehr deutlich gemacht, dass er keine weitere Untersuchung in dem Fall wünschte. Nach Meinung seines Vorgesetzten gab es Wichtigeres für die Hildesheimer Polizei zu tun, als in einem abgeschlossenen Fall herumzustochern. Das sah Linden genauso, nur dass er diesen Fall noch nicht für abgeschlossen hielt!

27

»Als ob ich es nicht geahnt hätte! Diese verdammte Wichtigtuerin! Selbst hat sie es nicht fertig gebracht, mit ihrem Wissen zur Polizei zu gehen, aber jetzt beansprucht sie allen Ruhm für sich! Als ob andere rein gar nichts dazu beigetragen hätten, dass die Leiche gefunden wurde! Blöde Kuh!« Die Alte Krähe sah mehr als sauer aus.

Schon als Nikolaus Schrader ihr beim Frühstück die aktuelle Ausgabe der Leine Deister Zeitung unter die Nase gehalten hatte, war sie nach einem kurzen Blick auf das Titelblatt vor Wut rot angelaufen. Nun war auch noch Schuster mit der neuesten Ausgabe der Hildesheimer Allgemeinen angekommen, auf der ebenfalls ein Bild von Trude Reckstadt die Titelseite zierte. »Aufmerksame Rentnerin löst Mordfall!« stand darüber in fetten Buchstaben. Amalie Pfingsten schnaubte. Als jetzt auch noch Annegret Müller nach der letzten Cervelatwurstscheibe griff, war es um die Kontenance der ehemaligen Gutsfrau gänzlich geschehen. Sie gab ihrer langjährigen Rivalin im Kampf um die Wurst einen festen Klapps auf die Hand.

»Aua!«, schrie Annegret Müller auf und ließ vor lauter Schreck die bereits ergatterte Wurstscheibe fallen, die, den Gesetzen von Murphy folgend, direkt in Schraders Kaffeetasse landete.

»Mensch, passt doch auf!«, schimpfte der. »Das ist ja der

reinste Kindergarten hier!« Schon schwammen Fettaugen auf seinem leckeren Kaffee, den er sich gerade exakt so gesüßt hatte, wie er ihm schmeckte. Nun würde er sich einen neuen Kaffee holen müssen. Ein paar dicke Tropfen waren außerdem rund um die Tasse auf die Tischdecke gespritzt. »Wie sieht denn mein Platz jetzt aus? Als wäre ich ein Kleinkind, das noch nicht ordentlich essen und trinken gelernt hat.« Der ehemalige Polizist blickte entrüstet in die Runde, aber weder Amalie Pfingsten noch Annegret Müller schenkten ihm auch nur die geringste Beachtung.

»Dumme Gans!«, entfuhr es Amalie Pfingsten. »Hättest du die Scheibe Wurst nicht wenigstens auf Schraders oder besser noch auf mein Brötchen fallen lassen können? Jetzt kann sie keine von uns beiden mehr genießen.«

»Was wirst du auch gleich handgreiflich, du, du … du alte Krähe!«, stand Annegret Müller Schraders Zimmernachbarin in nichts nach. Während sie das Wort »Krähe« aussprach, zwinkerte sie Schrader vertraulich zu. Der zuckte kurz zusammen. Woher mochte die Müller wohl den Spitznamen kennen, den er selbst Amalie gern im Stillen gab? Laut verständlich würde er ihn doch in Gegenwart anderer nie aussprechen! Dafür schätzte er Amalie Pfingsten viel zu sehr. Ob er vielleicht mal wieder, ohne sich dessen bewusst zu sein, mit sich selbst gesprochen und dabei den Spitznamen gebraucht hatte? Grimmig verzog er seine buschigen Augenbrauen.

»Der reinste Kindergarten!«, meckerte er erneut und erhob sich, um sich der in brauner Brühe schwimmenden Cervelatwurstscheibe zu entledigen und sich eine neue Tasse frischen Kaffees einzuschenken.

»Ich hätte nicht schlecht Lust, bei diesen Pressefritzen anzurufen, um ihnen zu erzählen, wem es tatsächlich zu verdanken ist, dass die Polizei benachrichtigt wurde.« Amalies Augen blitzten unternehmungslustig. »Außerdem glaube ich nicht, was da in dem Artikel steht«, sagte sie dann und tippte mit dem Zeigefinger immer wieder auf den Text, der unter Trude Reckstadts Konterfei gedruckt stand. »Sweet Jesus hat doch nie und nimmer jemanden umgebracht. Dazu ist der Junge gar nicht in der Lage.«

»Nun, Frau Reckstadt hat ihn doch wohl aber genau dabei beobachtet, wie er den Toten beerdigte«, gab Gottfried Schuster zu bedenken. »Und wenn ich mich nicht täusche, hatten wir selbst doch auch bereits begonnen, Sweet Jesus zu verdächtigen … Außerdem müsst ihr es mal unter dem wirtschaftlichen Aspekt betrachten: Wenn der Fall tatsächlich durch Trude Reckstadts Aufmerksamkeit gelöst wurde, dann können wir eine schöne Summe an Geld einstreichen. Die meisten Wetter haben doch auf Kornelia Lorenz gesetzt. Und jetzt haben wir es sogar schwarz auf weiß, dass es diesmal nicht unsere liebe Kornelia war!« Zufrieden lächelnd rührte der pensionierte Lehrer in seiner Tasse.

Schrader legte seine Stirn in Falten. Unter diesem Gesichtspunkt hatte er den Zeitungsartikel noch gar nicht betrachtet. Nur die Alte Krähe schien sich ihrem Gesichtsausdruck nach zu urteilen nicht so leicht kaufen lassen zu wollen, deshalb sagte Nikolaus Schrader, der einer raschen Gewinneinstreichung keine Argumente entgegensetzen wollte, jetzt schnell: »Eine Beerdigung würde ich das zwar nicht gerade nennen, aber, Gottfried, in einem hast du Recht, und da gibt es auch nichts dran zu rütteln: Sweet Jesus wurde beobachtet, während er etwas Verbotenes tat. Eine Leiche verschwinden zu lassen, ist nun einmal kein Kavaliersdelikt. Und schon gar nicht, wenn es sich um eine menschliche Leiche handelt, die noch dazu durch den Einsatz von Gewalt ins Jenseits befördert wurde und sich nicht etwa freiwillig auf den Weg dorthin machte. Dass die Reckstadt sich den Täter ausgedacht hat, kann auch nicht sein. Erstens traue ich ihr so viel Phantasie nicht zu …« Amalie nickte heftig zu diesen Worten ihres Zimmernachbarn. »… und zweitens wurde der Tote ja genau dort gefunden, wo Trude Reckstadt Sweet Jesus beim Pflastern beobachtet haben will. Nein, also wenn ihr mich fragt: Es sieht nicht gut aus für den Jungen.« Nikolaus Schrader hatte sehr laut gesprochen, während er an einem langen Seitentisch mit einer Thermoskanne und einer Tasse hantiert hatte. Nun setzte er sich mit seinem frischen Kaffee wieder zurück an den Frühstückstisch.

»Er könnte aber überredet worden sein, den Toten beiseitezuschaffen«, gab Amalie zu bedenken. Auch wenn es keinen geringen finanziellen Verlust für sie bedeuten würde, sie schien weder glauben zu wollen, dass Trude Reckstadt den Fall gelöst hatte, noch, dass Sweet Jesus ein Mörder war. Und wenn Nikolaus Schrader ehrlich zu sich selber war, glaubte er das trotz aller erdrückender Indizien und der verlockenden Gewinnsumme auch nicht so recht. Der ehemalige Polizist hielt Konrad Janda eher für einen Kleinkriminellen. Einer, der ohne Führerschein fuhr und auch sonst mal Dummheiten machte, die ihn mit dem Gesetz in die Quere brachten. Nikolaus Schrader erinnerte sich an eine versuchte Erpressung, als Sweet Jesus im Teenageralter gewesen war. Schon damals hatte der Junge gern fotografiert und hatte eine Mitschülerin mit einer kompromittierenden Aufnahme erpressen wollen.

Aber einen Mord, noch dazu einen so kaltblütigen, wie er ihn zusammen mit der Alten Krähe und dem Sesselpupser im Wald beobachtet hatte, traute er dem Mann nicht zu. Schrader glaubte, dass der Mörder Olaf Petersen hinterhältig mit einer Flinte angesessen hatte wie ein Jäger einem Zwölfender. Das passte einfach nicht zu Sweet Jesus. Nachdenklich kratzte er sich am Hinterkopf.

»An die Presse zu gehen nutzt gar nichts«, sagte er nun laut. »Die schreiben sowieso, was sie wollen. Und wenn jetzt Trude Reckstadt ihre Heldin ist, lass die doch ihre fünf Minuten Rampenlicht genießen.«

Amalie hörte ihm schweigend zu, sah aber nicht so aus, als gönne sie der Frau aus Haus Escherde die Aufmerksamkeit. »Wenn wir jetzt schnell gemeinsam den wahren Mörder finden, dann steht am Ende nicht nur Trude dumm da sondern ...«, wollte Schrader fortfahren, als er unterbrochen wurde.

»Sondern auch wir, weil wir den schönen Gewinn wieder verlieren werden. Vor allem, wenn wir Kornelia mit in die neuen Untersuchungen einbeziehen. Also, ich weiß nicht, ich weiß nicht ...«, hörte Schrader jemanden neben sich murmeln. Das war ja klar, dass der Sesselpupser im entscheidenden Augenblick wieder einmal Bedenken anmelden würde. »Und was wird aus unseren Proben für die Hirschrufmeisterschaft? Du hast unsere Anmeldung doch schon abgeschickt. Ohne Proben kann ich mein Startgeld gleich in die Leine werfen.« Gottfried Schuster guckte etwas verzweifelt aus der Wäsche. Wahrscheinlich ahnte er längst, dass auch dieser neue Einwand von ihm die anderen beiden nicht hindern würde, erneut zur Mörderjagd zu blasen. »Ich dachte, wir hätten jetzt endlich wieder Zeit dafür. In den letzten beiden Tagen haben wir gar nicht mehr geübt, dabei habe ich mir ein aus einer getrockneten Luftröhre eines Hirschen angefertigtes Spezialinstrument eigens für diese Meisterschaft bestellt.«

»Ach, so einer bist du? Dich hinter meinem Rücken mit besseren Instrumenten eindecken, als es mein Papprohr ist?« Jetzt war Nikolaus Schrader mindestens so böse geworden, wie es noch vor wenigen Momenten Amalie Pfingsten aufgrund der letzten, an Annegret Müller gegangenen Cervelatwurstscheibe gewesen war. Schusters bisher geheim gehaltene Bestellung schien ihm mindestens ebenso hinterhältig wie es Annegret Müllers Griff nach der Wurst in den Augen der Alten Krähe war. Wenn nicht noch mehr. Annegret Müller hatte schließlich noch nie ein Geheimnis daraus gemacht, die letzte Scheibe ergattern zu wollen. Grimmig blickte Nikolaus Schrader auf den pensionierten Lehrer an seiner Seite. »Hast wohl unser Motto schon vergessen, was? Einer für alle, alle für einen!«

Gottfried Schuster hob beide Hände hoch, als würde er bedroht. »Ist ja schon gut, ich mache ja mit. Und wenn wir uns ein bisschen beeilen mit der Mördersuche, dann können wir später vielleicht doch noch üben. Die Meisterschaft ist ja erst in ein paar Tagen.« Schrader sah trotzdem immer noch verärgert aus. »Und wenn es dich beruhigt: Für dich habe ich auch so ein Spezialinstrument mitbestellt. Das sollte eigentlich eine Überraschung werden.« Gottfried Schuster lächelte dem ehemaligen Polizisten versöhnlich zu.

Verblüffung zeigte sich auf Schraders Gesicht. Ein Geschenk? Für ihn? Vom Sesselpupser? Vielleicht war der Mann doch nicht so verkehrt.

»Ganz meine Meinung!«, tönte Amalie Pfingsten da laut.

»Wir sollten uns beeilen. Schließlich sind die ersten achtundvierzig Stunden schon vorbei. Der Mörder hat also einen gewaltigen Vorsprung.«

Beide Männer nickten dazu. Amalie grinste. Sie wirkte zufrieden, ihre Mitstreiter einmal einer Meinung zu sehen, in diesen Genuss kam sie selten, wie Nikolaus Schrader sich schlechten Gewissens eingestand. Vielleicht sollte er sein Bild von dem Sesselpupser gründlich überdenken?

»Also abgemacht! Lagebesprechung im Pavillon in …« Amalie hob ihren linken Arm ans Gesicht und blickte auf ihre Armbanduhr. »Fünfzehn Minuten. Reicht euch das?« Schrader und Schuster nickten erneut gemeinsam. Dann verließen die drei Musketiere den Frühstücksraum, in dem mittlerweile mit lautem Geschirrgeklapper abgeräumt wurde. Sie hatten endlich wieder zu ihrer Mission zurückgefunden!

28

»Na klasse«, dachte Kornelia Lorenz, nachdem sie bei sich zu Hause die Leine Deister Zeitung aus dem Briefkasten gefischt und einen Blick auf die Schlagzeilen geworfen hatte. »Ich stehe da mit lauter verschobenen Terminen und jeder Menge Freizeit und der Mörder ist gefasst. Was mache ich denn jetzt?« Die Fußpflegerin konnte sich nicht erinnern, wann sie das letzte Mal eine ganze Woche nicht gearbeitet hatte, ohne krank oder im Urlaub zu sein. Natürlich fielen ihr auf die Schnelle hunderttausend Dinge ein, die dringend im Haus oder im Garten gemacht werden müssten, aber damit wollte sie diese kostbare Zeit nicht vergeuden. Das waren Alltagsdinge, diese freie Zeit aber war etwas ganz Besonderes.

Sie hatte sich gerade einen leckeren Milchkaffee an ihrer neuen Espressomaschine zubereitet – ein Geschenk von Dieter, weil er in letzter Zeit wieder einmal zu viele Überstunden machte und eigentlich nur noch zum Schlafen zu Hause war – als ihr Handy auf der Anrichte einen Vibrationstanz aufführte. »Och, nö!«, seufzte Kornelia, griff aber trotzdem nach dem kleinen Apparat.

Sie hatte noch nicht einmal »Lorenz« zu Ende sagen können, als sie von Amalie Pfingstens resoluter Stimme unterbrochen wurde: »Lagebesprechung im Pavillon! In exakt dreizehn Minuten!« Danach klickte es, die alte Dame hatte aufgelegt. Verwundert schüttelte Kornelia den Kopf. Was mochten die alten Leutchen denn jetzt schon wieder ausgeheckt haben? Der Mord schien doch gelöst? Voller Bedauern warf sie einen Blick auf ihren Milchkaffee und wollte schon losstürzen. Doch dann überlegte sie es sich anders. »Nein, Konny!«, sagte sie sich sehr bestimmt. »Carpe diem!« Das geflügelte lateinische Wort, das so viel wie das Beste aus dem Tag zu machen bedeutete, lag in letzter Zeit in jedermanns Mund. So auch in dem von Kornelia Lorenz. Sie beschloss, den Rat diesmal nicht nur auszusprechen, sondern ihm auch zu folgen. Sie würde zunächst ihren Kaffee genießen. Ihre drei »Musketiere« würden ihr schon nicht weglaufen!

*

Als Kornelia Lorenz bei dem großen Pavillon im Park des Altenheimes ankam, lag dieser verwaist da. Ihr genüssliches Kaffeetrinken hatte wohl doch etwas zu lange für die Geduld der alten Herrschaften gedauert. Vor allem Amalie duldete keinen Aufschub, wenn ihr etwas sehr am Herzen lag. Dreizehn Minuten hatte sie Kornelia gegeben und dreißig hatte die Fußpflegerin gebraucht. Wo mochten die drei Alten nur stecken?

Der Pavillon sah noch immer ein bisschen wie ein Wettbüro aus, allerdings stand hier niemand mehr Schlange, denn der Fall schien ja gelöst. Viele, die ihren Einsatz hier abgegeben und auf die Fußpflegerin gesetzt hatten, hatten ihr Geld längst als verloren abgeschrieben. Manche der älteren Wetter erinnerten sich aber auch höchst wahrscheinlich gar nicht mehr daran, überhaupt gewettet zu haben. Die Zeitungen hatten jedenfalls nur von Trude Reckstadts Beihilfe zur Aufklärung des Mordes berichtet. Außer ihren drei alten Freunden und natürlich Harald Linden wusste niemand, dass es im Grunde genommen ihre Initiative gewesen war, der die Polizei den entscheidenden Hinweis zu verdanken hatte. Aber egal. Trude war es gewesen, die Sweet Jesus beobachtet hatte, und ihr gebührte somit der Ruhm.

Kornelia Lorenz sah sich in dem verlassenen Gartengebäude um. Vielleicht entdeckte sie ja irgendetwas, das ihr Aufschluss über den Verbleib der drei selbsterkorenen Musketiere gab? Sie blätterte in den Papieren, die auf dem Tisch verstreut lagen, lüftete Stapel von Zettelchen, die wie Wettscheine aussahen, bückte sich sogar, um unter den Tisch zu schauen, aber sie konnte nichts finden, das auch nur in geringster Weise darauf hinwies, wo Amalie, Nikolaus und Gottfried stecken mochten. Nur ein Exemplar der Hildesheimer Zeitung von heute war offensichtlich zu Boden gerutscht. Kornelia hob es auf und legte es auf den Tisch. Merkwürdig, dachte sie. Sonst machte Nikolaus Schrader sich doch so gern Notizen, wenn er Pläne schmiedete. Die drei wussten doch, dass ich noch kommen würde. Da werden sie mir doch wohl eine Nachricht hinterlassen haben! Sie bückte sich noch einmal, und scannte den Fußboden des Pavillons mit ihrem Blick. Tatsächlich: In eine Ecke lag etwas, das wie ein kleiner, zusammengeknüllter Zettel aussah.

»Na bitte!«, freute sich Konny, als sie das winzige Stück Papier geglättet hatte. Mit Kuli zigmal umkringelt stand da Sweet Jesus gefolgt von mehreren Ausrufezeichen auf dem Zettel. Nun wusste die Fußpflegerin aus dem Zeitungsartikel, dass die Polizei Sweet Jesus schon gestern Abend vergeblich gesucht hatte. Was konnte Schraders Kritzelei also bedeuten? Sie hatte die leicht krakelige Handschrift des ehemaligen Polizisten gleich erkannt. Nachdenklich knüllte Kornelia den Zettel nun wieder zusammen und steckte ihn in ihre Hosentasche. Wollten ihre drei alten Freunde Konrad Janda auf eigene Faust ausfindig machen? »Ganz sicher wollen sie das!«, gab Kornelia sich selbst gleich darauf laut die Antwort auf diese Frage. Wo würden sie wohl damit beginnen? »Zu Hause bei Baby Rose natürlich!« Das war es! Amalie, Nikolaus und Gottfried mussten zu Jandas gegangen sein. Deren Wohnung lag ja in der Burgstraße, genau der Auffahrt des Atenheims gegenüber. Dass Baby Rose heute ihr Nagelstudio geöffnet hätte, nahm Kornelia Lorenz nicht an.

Gerade, als sie sich umdrehte, um so schnell wie möglich ebenfalls zu Baby Roses Wohnung zu eilen, prallte sie gegen jemanden, der in genau diesem Moment den Pavillon betrat. Kornelia sah auf. »Ach, guten Tag, Herr Weensen«, grüßte sie, als sie das Gesicht des Mannes erkannte. »Wenn Sie auch zu den drei alten Herrschaften möchten, die scheinen unterwegs zu sein.«

»Tatsächlich?« Arno Weensen sah verärgert aus, er vergaß sogar, Kornelias Gruß zu erwiedern. »Die Heimleitung hat mich doch eigens hierher geschickt. Haben die ihre Leute denn nicht unter Kontrolle?«

»Das ist hier kein Gefängnis!«, entfuhr es Kornelia patziger, als sie gewollt hatte. Irgendwie mochte sie Arno Weensen trotz dessen verblüffender Ähnlichkeit mit einem von ihr hoch geschätzten Schauspieler nicht besonders.

»Ach, nein?« Der Delikatesswarenhändler hob eine Augenbraue und verzog spöttisch seinen Mund, als mache er sich über Kornelias Empörung lustig. Dann schien er sich aber zu besinnen und fragte freundlicher: »Sie wissen nicht vielleicht, wo die drei stecken?«

»Tut mir leid, keine Ahnung.«

»Das ist allerdings merkwürdig«, meinte Weensen. »Man sieht Sie doch sonst so oft mit den alten Leuten zusammen.«

Kornelia Lorenz war nicht wenig verblüfft darüber, wie gut der Mann über ihre Gepflogenheiten Bescheid zu wissen schien. Arno Weensen schien sich ja doch für seine Mitmenschen zu interessieren, dachte sie beifällig. Die Fußpflegerin hatte ihn eigentlich als jemanden in Erinnerung, der sich gern etwas abseits hielt und hatte den Grund dafür immer in einem, wie sie fand, völlig unbegründeten Standesdünkel gefunden.

Die Familie Weensen war in Gronau ansässig, seit Bischof Siegfried der Zweite die Gründung der Stadt in den Leineauen im dreizehnten Jahrhundert veranlasst hatte. Die Fußpflegerin wusste nicht recht, warum manche Menschen sich etwas darauf einbildeten, einen weit in die Vergangenheit reichenden Stammbaum nachweisen zu können. Schließlich mussten doch alle Menschen, die heute auf der Welt waren, Vorfahren bis zum Ursprung der Menschheit zurück haben, sonst gäbe es sie ja nicht. Dass einige wenige wussten, wie manche dieser Vorfahren geheißen und von wann bis wann sie gelebt hatten, machte sie in den Augen von Kornelia Lorenz nicht automatisch zu besseren Menschen.

»Ich suche Amalie ja selbst«, sagte die Fußpflegerin jetzt dennoch etwas milder gestimmt. »Wir hatten uns eigentlich hier verabredet.«

»Tja, schade, dass Sie mir nicht weiterhelfen konnten. Dann will ich Sie mal nicht länger aufhalten. Sie haben es ja sicher, wie so oft, besonders eilig.« Kornelia Lorenz war so verdattert, dass der Geschäftsmann sogar ihre chronische Zeitknappheit kannte, dass sie ihm sprachlos die Hand zum Abschied reichte.

»Richten Sie Amalie Pfingsten bitte aus, dass ich sie dringend zu sprechen wünsche«, sagte Arno Weensen. Wie einer, der seine Untergebene zur Audienz zitiert, schoss es Konny durch den Kopf, als sie dem Mann hinterherstarrte. Weensen schritt in aufrechter Haltung an den dicken, alten Baumstämmen des Parks vorbei. Als die Fußpflegerin daran dachte, wie genau der Mann sie zu beobachten schien, lief ihr ein kalter Schauder über den Rücken.

29

Baby Rose kam nur sehr langsam zu sich. Sie wusste nicht, wo sie war und hatte auch keine Ahnung, wie sie hierher gekommen sein konnte. Sie stöhnte, denn ihr Kopf dröhnte, als sei ein ganzes Panzerregiment darüber gefahren. Sie blinzelte, konnte aber außer den Umrissen eines länglichen Pakets, das etwa eine Armlänge von ihr entfernt auf dem Boden lag, nicht viel mehr erkennen. Das Paket sah aus wie ein zusammengerollter Teppich.

Wo war sie nur gelandet, und was war das für ein Raum? Es war dunkel und roch modrig, wie in einem dieser alten Keller, deren Fußboden einfach nur aus festgetretenem Erdreich besteht. Das bisschen Licht, das es ihr ermöglichte, zumindest einige Silhouetten zu erkennen, schien aus einem Fensterschacht in den Raum zu fallen. Sie hob ihren Oberkörper etwas an und stützte sich dabei auf ihren Ellenbogen ab. Sie stöhnte wieder, denn hinter ihrer Stirn hämmerte es bei jeder Bewegung. »Scheiße«, fluchte sie leise, während sie versuchte, sich an irgendetwas zu erinnern.

Die Fotos fielen ihr ein. Ja, richtig! Besonders das eine. Eine Nachtaufnahme, auf der, wenn sie sich nicht irrte, der Mord an Olaf Petersen festgehalten war. Sogar das Mündungsfeuer aus dem Lauf des Gewehres war auf dem Bild zu erkennen gewesen. Das Opfer war nur als Schatten zu sehen gewesen, der auf drei weitere menschenähnliche Gestalten zugelaufen war. Der

Fotograf musste seitlich von dem Geschehen gestanden haben, um die ganze Szene auf einem Bild festzuhalten. Das Gesicht des Täters war durch das Mündungsfeuer etwas erhellt gewesen. Genug, dass Baby Rose den Mann sofort erkannt hatte.

»Stimmt ja«, murmelte Baby Rose jetzt, als sie sich erinnerte, dass sie den Mörder angerufen und um ein Treffen gebeten hatte. Wie dumm sie gewesen war! Was hatte sie sich eigentlich dabei gedacht? Dass der Täter sofort sagen würde: »Ja, du hast Recht, Baby Rose, ich war es! Lass uns lieber gleich zur Polizei gehen, damit ich mich stellen kann!«? Oder dass er ihr, wie sie, wenn sie ehrlich zu sich selbst war, heimlich gehofft hatte, Geld für ihr Schweigen anbieten würde? Für einen kurzen Moment schien es ja sogar genau danach ausgesehen zu haben.

»Ich blöde Kuh!«, schalt Baby Rose sich nun laut. »Vor lauter Eile habe ich mir noch nicht einmal Rückendeckung verschafft und jemanden von meinem Vorhaben in Kenntnis gesetzt.« Wie leicht wäre es gewesen, zuvor bei irgendeiner oder besser noch bei mehreren Bekannten anzurufen und wie nebenbei zu erwähnen: Du, ich gehe später noch in die Eisdiele. Dann hätte die Polizei jetzt wenigstens einen Anhaltspunkt, um nach ihr zu suchen. Andererseits würde das wohl auch wenig genutzt haben, denn Elke Voßhagen hatte ihr Treffen zwar, wie Baby Rose gehofft hatte, ganz genau beobachtet, aber die Kellnerin musste auch gesehen haben, wie sie wieder ging - und zwar allein. Baby Rose stöhnte erneut. Nur aufgrund von Elkes Neugier hatte sie die Eisdiele überhaupt als Treffpunkt vorgeschlagen. Sie hatte außerdem geglaubt, besonders schlau zu handeln, wenn sie um ein Treffen an einem öffentlichen Ort bat, da konnte ihr nichts geschehen, hatte sie gemeint. Wie blöd sie gewesen war!

Der Mann musste ihr schon in der Eisdiele etwas in ihr Getränk gegeben haben. Irgendwelche K.O.-Tropfen, deren Wirkung erst später einsetzte. Sie hatten sich noch in der Eisdiele getrennt. Sie hatte sich gewundert, wie laut er sich von ihr verabschiedet hatte. Eine richtige Szene hatte er daraus gemacht. Sie hatte sich im Stillen gefragt, warum er nicht gleich laut zu allen anderen Gästen rief: »Seht her, ich verabschiede mich in gutem Einvernehmen von Baby Rose.« Wahrscheinlich hatte er das Theater nur gespielt, um später aussagen zu können, er habe sie nach dem Treffen in der Eisdiele nicht mehr gesehen. Elke Voßhagen würde das jedenfalls bezeugen, dass sie allein gegangen war. Wie hatte sie nur so dumm sein können, anzunehmen, er habe tatsächlich vor, ihr die Summe später zu übergeben? Dass ich aber auch immer wieder auf sein hübsches Männergesicht reinfalle, schimpfte sich Baby Rose. Tränen liefen ihr dabei über die Wangen. Sie fing einen der salzigen Tropfen mit der Zunge auf, die sich dick anfühlte und pelzig. Erst jetzt spürte Baby Rose, wie durstig sie war.

Der Mann musste ihr schon bald nach der Abschiedsszene gefolgt sein und sie irgendwie abgepasst haben, als die Wirkung der Tropfen einsetzte, überlegte sie nun. Und dann hatte er sie wahrscheinlich in dieses Verließ geschleppt. Baby Rose konnte sich beim besten Willen nicht daran erinnern, wie sie hierher gekommen war. Sie wimmerte jetzt leise wie ein Kleinkind. Zum einen weinte sie über ihre eigene Dummheit, zum anderen, weil ihr Kopf immer noch so stark dröhnte, dass sie meinte, er müsse jeden Moment zerspringen. Dazu kam dieser furchtbare Durst! Vor Verzweiflung heulte sie jetzt laut auf.

Ob man sie überhaupt schon suchte? Schoss es ihr plötzlich durch den Kopf. Wie lange befand sie sich wohl schon in diesem modrigen Loch? So sehr sie sich auch anstrengte, die Zeit irgendwie abzuschätzen, es gelang ihr nicht. Sie hatte keine Vorstellung davon, wie lange es her sein mochte, dass sie hier abgelegt worden war. Ebenso wenig wusste sie, wie lange ihr Aufenthalt hier noch dauern sollte, oder ob der Mörder überhaupt vorhatte, wieder hierher zu kommen. Vielleicht wollte er sie hier einfach liegen lassen, bis sie erbärmlich verdurstete?

Ihre Unterhaltung mit dem Mörder kam ihr in den Sinn. Natürlich hatte der Mann zunächst so getan, als wisse er nicht, wovon sie spreche. Bei ihrem Treffen hatte sie ja das Foto nicht dabei, das hatte sie vor lauter Aufregung da baumeln lassen, wo sie es entdeckt hatte: in Sweet Jesus' Dunkelkammer. Aber als sie ihm die Aufnahme bis ins kleinste Detail beschrieben hatte, hatte er zunächst lange geschwiegen und dann schließlich angeboten, ihr später eine stattliche Summe zu überbringen. Im Austausch mit dem Abzug und dem Negativ. Das war überhaupt der einzige Augenblick während ihrer Unterhaltung gewesen, in dem sie Geistesgegenwart bewiesen hatte. Zumindest hatte sie das in dem Moment noch geglaubt. Plötzlich war sie sich aber nicht mehr so sicher, dass das eine gute Idee gewesen war. Sie hatte nämlich einer Eingebung folgend behauptet, das Negativ ihrer Nachbarin Amalie Pfingsten zur Aufbewahrung gegeben zu haben. Es war ja allgemein bekannt, dass Amalie ihre Nase gern in ungeklärte Mordfälle steckte. Jetzt befürchtete Baby Rose mit einem Mal, dass sie die alte Dame mit ihrer dummen Behauptung unnötig in Gefahr gebracht hatte.

30

Schnell hatte Kornelia Lorenz das unangenehme Gefühl, das die kurze Begegnung mit Arno Weensen in ihr ausgelöst hatte, wieder vergessen. Zu viele andere Gedanken wirbelten in ihrem Kopf herum. Sie eilte quer durch den Park und dann über den großen Hof vor dem Altersheim. In der Burgstraße blieb sie vor dem Haus stehen, in dem die Wohnung der Jandas lag. Sie blickte einmal an der Fassade hoch, ehe sie entschlossen auf den Klingelknopf mit der Aufschrift »R. und K. Janda« drückte. Irgendwie hatte sie erwartet, dass ihr gleich geöffnet würde, aber es gab keine Reaktion auf ihr Klingeln. Sie drückte den kleinen Knopf erneut. Aber auch diesmal blieb alles still in dem Wohnhaus in der Burgstraße.

»Merkwürdig«, murmelte Kornelia zu sich selbst. »Ich hätte gewettet, dass Baby Rose ihren Laden heute nicht öffnet und zu Hause ist.« Sie versuchte es noch einmal. Anstatt ihren Zeigefinger wieder eine Weile auf den vom vielen Gebrauch blank polierten Knopf zu drücken, klingelte sie diesmal ganz oft kurz hintereinander. Gespannt wartete sie ab. Doch das Ergebnis war das gleiche wie zuvor: keine Reaktion.

»Komisch«, urteilte die Fußpflegerin. Gerade, als sie sich umdrehte, um doch die kurze Entfernung bis zu Baby Roses Nagelstudio zu laufen, hörte sie, wie über ihr ein Fenster geöffnet wurde.

»Wer ist denn da?«, rief eine sehr verärgert klingende Stimme. »Wie oft muss man denn noch sagen, dass bei Jandas niemand zu Hause ist?«

Kornelia Lorenz legte ihren Kopf in den Nacken, blickte hoch und entdeckte Elvira Holzkamp, die zu einem Fenster hinauslehnte. Elvira war ein Jahr älter als sie, hatte das letzte Schuljahr aber wiederholen müssen und so den Realschulabschluss mit Kornelia Lorenz zusammen gemacht.

»Entschuldige, Elvira, ich wollte eigentlich zu Baby Rose.« Kornelia lächelte etwas schief zu ihrer ehemaligen Klassenkameradin hinauf.

»Habe ich mir schon gedacht, sonst würdest du ja nicht an ihrer Tür Sturm klingeln. Dass andere Menschen gerade ihren Mittagsschlaf halten, ist dir wohl nicht in den Sinn gekommen?« Elvira blickte finster auf die Fußpflegerin hinab. »Meine Wohnung liegt direkt über der von Jandas. Du hast mich geweckt!«

»Das tut mir leid!« Kornelia bemühte sich um einen möglichst reuevoll-zerknitterten Gesichtsausdruck. »Weißt du denn nicht, wo Baby Rose stecken könnte?«, schrie sie zu Elvira hoch.

»Warte, ich mache dir auf«, antwortete die. »Jetzt, da ich eh schon mal wach bin, müssen wir uns ja nicht so lautstark auf der Straße unterhalten.« Elviras Kopf verschwand und kurz darauf hörte Kornelia den Summer an der Haustür. Sie drückte die Tür auf und lief rasch die Treppen bis zu Elviras kleiner Wohnung im zweiten Stock hoch.

»Wenn ich ehrlich bin, hatte ich geglaubt, Amalie Pfingsten, Nikolaus Schrader und Gottfried Schuster bei Baby Rose anzutreffen«, erklärte Kornelia, als die beiden Frauen in Elviras Küche Platz genommen hatten.

Elvira hatte der Fußpflegerin soeben das Gleiche erzählt, was sie gestern Abend schon der Polizei gesagt hatte, dass nämlich sowohl Konrad als auch Rosemarie Janda nicht zu Hause waren. »Sie haben auch nicht hier geschlafen. Sweet Jesus ist schon seit gestern am frühen Morgen verschwunden. Und Baby Rose hat irgendwann gestern Nachmittag fluchtartig das Haus verlassen. Ich habe sie die Treppe runterrennen hören. Sie trug wieder diese unmöglich hohen Absätze, die so laut klappern«, hatte Elvira berichtet, während sie einen Tee für sich und ihre Besucherin aufgesetzt hatte.

Kornelia Lorenz hatte erst abwehren wollen, denn eigentlich hatte sie gar keine Zeit für eine lange Teestunde, aber Elvira hatte davon nichts wissen wollen. »Keine Zeit gibt es nicht. Du hetzt sowieso immer viel zu schnell durch den Tag«, hatte sie der Fußpflegerin gesagt und diese regelrecht dazu gezwungen, in ihrer Küche Platz zu nehmen. Zum zweiten Mal an diesem Tag wunderte sich Kornelia, wie viel manche Menschen, mit denen sie eigentlich kaum etwas zu tun hatte, über sie wussten. Ihr chronischer Zeitmangel schien jedenfalls überall im Leinebergland bestens bekannt zu sein.

»Die drei Alten?«, fragte Elvira nun auf Kornelias Erklärung. »Was willst du denn so dringend von denen, ich denke der Mordfall ist gelöst? Stand doch heute fett in der Zeitung.« Die Fußpflegerin zog es vor, darauf zu schweigen.

Die kleine Küchenuhr, die Elvira zuvor auf drei Minuten eingestellt hatte, klingelte. »Ah, der Tee!« Elvira Holzkamp stand auf und zog das Sieb aus der Teekanne. »Das ist eine ganz leckere Mischung mit Zimt und Vanille«, sagte sie, als sie zuerst Konny und dann sich selbst einschenkte. »Der schmeckt am besten ohne alles. Aber wenn du Zucker willst …«

Kornelia schüttelte den Kopf. »Nein, danke, ich probiere ihn gern so.« Die beiden Frauen nippten schweigend an ihren Teetassen. Elvira wirkte nachdenklich. »Jetzt hab ich es!«, rief sie mit einem Mal so laut aus, dass Kornelia beinahe vor Schreck etwas von ihrem heißen Getränk verschüttet hätte. »Ihr glaubt nicht, dass es Sweet Jesus war!« Neugierig-prüfend guckte sie ihrer ehemaligen Schulkameradin dabei ins Gesicht.

Kornelia Lorenz spürte, wie sich ihre Wangen mit Röte überzogen. Sie fühlte sich ertappt. Leugnen wäre zwecklos gewesen, denn Elvira hatte schon, als sie noch Krüger mit Nachnamen hieß, ein ganz besonders feines Gespür für Lügen gehabt. Deshalb nickte die Fußpflegerin jetzt. »Ja, stimmt«, sagte sie leise. »Also ich zumindest habe starke Zweifel«, gab sie zu.

»Deshalb habe ich aus der Wohnung, schon bevor du geklingelt hast, so ein Getrappel gehört«, sagte Elvira. »Ich habe mich schon gefragt, wer das wohl sein könnte. Vielleicht die Polizei? Aber dann müsste ja ein Polizeiwagen in unserer Straße stehen. Weißt du was? Ich glaube, die drei alten Leutchen haben sich heimlich in die Janda-Wohnung geschlichen! Wenn du mich fragst, dann sind die immer noch da drin und durchsuchen gerade in aller Ruhe jedes Zimmer.«

»Meinst du?« Kornelia fühlte sich noch nicht so recht von Elviras Aussage überzeugt. Die drei selbst ernannten Musketiere würden doch wohl keinen Einbruch wagen. Oder doch? Noch ehe sie den Gedanken zu Ende gedacht hatte, gab sie sich selbst die Antwort: Natürlich würden sie! Und erst recht, wenn es ihrer Meinung nach um einen ungeklärten Mord ging.

»Aber, Baby Rose wird doch, ich meine, die Wohnungstür muss doch abgeschlossen gewesen sein!«, warf die Fußpflegerin trotzdem ein. Mit großen Augen blickte sie auf Elvira: »Wie sollen die drei denn da reingekommen sein?«

31

»Berufsgeheimnis«, antwortete Nikolaus Schrader mit einem Gesicht, das verriet, dass er dieses Geheimnis selbst unter Folter nicht verraten würde. Hinter ihm deutete Amalie immer wieder mit dem Zeigefinger auf ihren Dutt, der Kornelia Lorenz nicht ganz so akkurat gesteckt erschien, wie er das normalerweise war. Die Fußpflegerin schloss daher schließlich darauf, dass Schrader die Tür zu Jandas Wohnung mit einer von Amalies Haarklammern geöffnet hatte.

»Ach so«, sagte sie und grinste ihre alte Freundin wissend an.

Elvira Holzkamp und sie hatten sich trotz der Geräusche, die in Elviras Küche aus der Janda-Wohnung zu hören waren, gewundert, als sie Rose Babys Wohnungstür unverschlossen vorgefunden hatten. Kornelia hatte eigentlich nur probehalber die Klinke gedrückt, und beide Frauen waren sogar etwas erschrocken gewesen, als die Tür tatsächlich aufging. Irgendwie hatte Kornelia angenommen, dass, wer immer sich in Jandas Wohnung aufhielt, sicher dafür gesorgt hatte, dass er das ungestört tun konnte. Einmal im Flur waren sie dann einfach nur den Stimmen gefolgt und hatten die drei alten Herrschaften in einem Raum vorgefunden, der allem Augenschein nach das Zimmer von Konrad Janda war. Obwohl der mittlerweile ein Mann in den besten Jahren war, wirkte sein Zimmer noch immer wie das eines Jugendlichen. Sweet Jesus schien Tiere zu mögen. Die Wände hingen voller Bilder, auf denen heimische Wildtiere zu sehen waren.

»Warum habt ihr denn nicht auf mich gewartet?«, fragte Kornelia Lorenz jetzt und guckte dabei vorwurfsvoll von einem zum anderen. Zu gern wäre sie dabei gewesen, als Schrader die Tür mit der Haarklammer geöffnet hatte. Dabei hätte sie sicher noch etwas lernen können! Sie selbst brachte es nur fertig, eine ins Schloss gefallene Tür mit einer Kreditkarte zu öffnen, aber war der Schlüssel herumgedreht, hatte sie nicht die geringste Ahnung, wie sie es würde anstellen müssen, um solch eine Tür zu öffnen.

»Weil die Zeit drängt!«, antwortete Amalie Pfingsten. Sie schien keineswegs ein schlechtes Gewissen zu haben, die Fußpflegerin im Pavillon versetzt zu haben, obwohl sie Kornelia doch eigens aus Eddinghausen hatte anfahren lassen. »Die ersten achtundvierzig Stunden sind auschlaggebend bei den Ermittlungen zu Mordfällen«, sagte sie. »Und die sind seit letzter Nacht um!«

»Ich hatte dir doch extra ein Zettelchen geschrieben«, beeilte sich Nikolaus Schrader zu sagen. »Hast du das nicht gefunden?«

Kornelia Lorenz langte in ihre Hosentasche. »Wenn du das hier meinst, war das eine etwas sehr knappe Nachricht.« Sie entknüllte den Zettel, auf dem mehrmals umkringelt nichts weiter als Sweet Jesus stand. Der ehemalige Polizist grinste.

»Ich bin stolz auf dich!«, erklärte er. »Wusst' ich es doch, dass du gut kombinieren kannst!«

»Ja«, mischte sich nun Gottfried Schuster ein. »Das kannst du wirklich! Ich bin beeindruckt! Ich war übrigens der einzige, der dir eine richtige Nachricht hinterlassen wollte, aber die beiden hier …«, er deute auf Schrader und Amalie, »haben mich daran gehindert.«

»Wäre ja auch zu gefährlich gewesen«, warf Schrader sogleich ein. »Den hätte ja jeder finden können.«

»Klar«, Kornelia klang etwas sarkastisch. »Jeder, der sich bückt und auf dem Fußboden nach zerknülltem Papier sucht.«

»Vorsicht ist die Mutter der Porzellankiste.« So leicht ließ Nikolaus Schrader sich nicht von seiner Einschätzung abbringen.

Kornelia Lorenz lenkte schließlich ein: »Habt ihr denn wenigstens was gefunden, wenn ihr euch schon des Einbruchs strafbar macht?«

»Bisher noch nicht«, bekannte Amalie. »Aber so lange sind wir auch noch gar nicht hier.«

»Vielleicht wäre es gut, wir teilten uns auf?«, schlug Kornelia vor.

Schrader nickte. »Gute Idee!«

»Was suchen wir eigentlich?«, fragte nun Elvira Holzkamp, die bisher ziemlich sprachlos in Sweet Jesus' Zimmer herumgestanden und dem Gespräch zugehört hatte.

»Na, alles, was uns hilft, den Aufenthaltsort von Konrad Janda zu bestimmen«, antwortete Gottfried Schuster im Ton eines Oberlehrers, der er ja tatsächlich einmal gewesen war. »Flugquittungen, Hotelbuchungen, Reiseunterlagen oder ähnliches.«

»Dazu wäre es aber angebracht, den Computer hochzufahren, oder? Die wenigsten Reisen werden heutzutage doch noch in einem Reisebüro gekauft.« Es erwies sich einmal mehr von Vorteil, dass Kornelia Mutter zweier Söhne war, von denen besonders der jüngere, Mika, seine halbe Freizeit vor seinem Rechner verbrachte. Sonst wäre ihr dieser Gedanke auch nicht so schnell gekommen, gestand Kornelia sich selbst im Stillen. Sie würde ihre Tickets nach wie vor in einem Geschäft kaufen, wenn sie ihre Männer nicht hätte.

»Gut, wenn wir uns aufteilen, dann gehe ich mal in ein anderes Zimmer, von Computern verstehe ich nichts«, sagte Elvira und verließ den Raum.

*

»Wahnsinn! Hey! Kommt mal her! Das müsst ihr euch angucken! Das gibt es ja nicht!« Elvira Holzkamps Stimme hallte plötzlich schrill durch die gesamte Wohnung. Kornelia ließ vor Schreck die Schublade fallen, die sie gerade aus dem Wohnzimmerschrank der Jandas gezogen hatte, und deren Inhalt sie sich genauer hatte ansehen wollen. Es war eine dieser typischen Kramschubladen, in der einfach alles, was irgendwann mal wieder gebraucht werden könnte, gehortet wurde. Meistens brauchte man allerdings nie wieder etwas von diesen Dingen, oder man hatte vergessen, wo man sie abgelegt hatte, und auf die Schublade kam man als Letztes. Kornelias eigene Lade für ein Sammelsurium unnützer Dinge befand sich in ihrer Küche.

Gerade bückte die Fußpflegerin sich nach einer schlecht verschlossenen Tube voller eingetrocknetem Klebstoff, als sie Elviras Stimme erneut hörte: »Damit könnte er glatt zum Playboy gehen!«

»Interessant!« Gottfried Schusters Stimme drang nun längst nicht so laut wie Elviras an Kornelias Ohren. Der alte Mann klang irgendwie heiser. Kornelia konnte genau hören, wie der ehemalige Lehrer sich jetzt räusperte, als habe er einen Frosch im Hals.

»Unerhört!«, meldete sich schließlich auch Amalie gut verständlich zu Wort. Sie hatte anders als Schuster und Schrader in einem entfernter liegenden Raum geschnüffelt und war wohl erst jetzt zu den anderen gestoßen. Was immer es sein mochte, was Elvira entdeckt hatte, es schien recht brisant zu sein. Dem ehemaligen Polizisten Nikolaus Schrader schien es sogar die Sprache verschlagen zu haben, er hatte sich als einziger noch nicht geäußert. Was seltsam war, denn Klaus, wie die Fußpflegerin ihn nennen durfte, war sonst keineswegs auf den Mund gefallen.

Mit einem Mal hörte Kornelia Lorenz einen lauten Rums, so, als sei ein großer Sack Kartoffeln umgekippt. Sie beeilte sich, nun auch die letzten auf dem Teppichboden verstreut liegenden Kleinigkeiten aufzuklauben, um dann endlich zu Elvira und den anderen zu eilen und mit eigenen Augen sehen zu können, was ihre vier Verschwörer so aufbrachte.

»Autsch!«, schrie Kornelia auf, als sie jetzt beim hastigen Aufsammeln in eine Reißzwecke gegriffen hatte. Nun reichte es ihr! Sie würde den Krimskrams schon noch früh genug zurück in die Lade legen können. Entschlossen richtete sie sich auf, steckte ihren Finger, an dem ein winziger Tropfen Blut perlte, in den Mund, und lief zu den vier anderen.

»Ein Riechfläschchen, wir brauchen ein Riechfläschchen!«, rief Amalie Pfingsten aufgeregt, gerade, als Kornelia den Raum erreichte, der eine Dunkelkammer zu sein schien. Jede Menge Fotos hingen an dünnen Leinen von der Decke, die kreuz und quer durch das Zimmer gezogen waren. Noch ehe

Kornelia Lorenz die Bilder einer genaueren Betrachtung unterziehen konnte, wandte Amalie sich an sie. »Konny, Kindchen, könntest du bitte meine Handtasche holen? Da müssten Erfrischungstüchlein drin sein. Ich glaube, ich habe sie in Baby Roses Schlafzimmer stehen gelassen.«

Kornelias Blick senkte sich zu Amalie hinab, und sie registrierte erst jetzt, dass die Gutsfrau neben Schrader kniete, der offenbar ohnmächtig auf dem Boden lag.

»Der Sack Kartoffeln«, murmelte die Fußpflegerin.

»Was hast du gesagt?«, fragte Amalie.

»Nicht wichtig«, antwortete Kornelia und beeilte sich, Amalies Handtasche zu holen.

Als sie zurück in die Dunkelkammer kam, hatte sie bereits ein Erfrischungstüchlein ausgepackt. »Du musst es ihm unter die Nase halten«, sagte Amalie Pfingsten. Ihre Stimme zitterte leicht. Ob die Mörderjagd doch etwas zu viel für die alte Freundin wurde? Oder machte sie sich etwa solch große Sorgen um das Wohlergehen ihres Zimmernachbarn, von dem sie normalerweise so tat, als störten sie seine Annäherungsversuche?

Forschend blickte die Fußpflegerin in Amalies runzliges Gesicht als sie ihr das ausgepackte Tuch reichte. »Das kannst du sicher besser«, meinte sie dabei sehr bestimmt.

Sicher war es jetzt gut für die sonst so resolute alte Dame, wenn man ihr etwas zu tun gab, dachte Kornelia. Außerdem war in ihr selbst die Neugier entflammt. Sie musste unbedingt herausfinden, was Schrader einen solchen Schock versetzt haben konnte, dass er bewusstlos zu Boden gegangen war wie ein Boxer, der soeben k.o. geschlagen wurde.

»Höchst interessant!« Gottfried Schuster klang noch ein

wenig heiserer als zuvor, als Kornelia sich nun neben ihn stellte, um besser sehen zu können, was dem ehemaligen Lehrer so betrachtenswert erschien.

»Unglaublich!«, entfuhr es ihr nun, als sie die Fotografie näher betrachtete. Es war eine Schwarz-weiß-Aufnahme, die aus großer Entfernung gemacht worden sein musste, trotzdem waren zwei Menschen darauf zu erkennen. Das Foto war wohl in den Leineauen gemacht worden. Kornelia erkannte die dicken Weiden, deren lange, herabhängende Zweige oft auf der Wasseroberfläche trieben. Sehr wahrscheinlich stammte es aus einem früheren Sommer als dem vergangenen, denn so schönen Sonnenschein hatte es in diesem Jahr nicht gegeben. Licht und Schatten hoben sich hart voneinander ab. Beide Menschen waren mehr als leicht bekleidet, um nicht zu sagen halbnackt. Das Gesicht der Frau war nicht gut zu erkennen, dafür aber das des Mannes umso besser: Es war Nikolaus Schrader.

Kein Wunder, dass ihm das einen Schreck versetzt hat, dachte Kornelia und drehte sich zu dem immer noch auf dem Boden liegenden Mann um. Amalie Pfingsten tätschelte ihm gerade liebevoll die Wangen, und Schrader schien langsam wieder zu sich zu kommen. Er blinzelte, guckte sich benommen im Raum um, und als er erkannte, wo Kornelia stand, stöhnte er auf.

Kurzentschlossen nahm Kornelia Lorenz das Foto von der Leine und schob es sich unter ihren Pulli. Sie zwinkerte Nikolaus verschwörerisch zu. War ja nicht nötig, dass auch Amalie sich aufregte, dachte sie. Dann wandte sie sich wieder den anderen Aufnahmen zu, die Gottfried Schuster noch immer mit großem Interesse betrachtete.

»Ob der Janda es doch war? Eifersucht ist, wenn mich nicht alles täuscht, ein starkes Motiv.« Der ehemalige Lehrer tippte auf eine Fotografie, auf der Rosemarie Janda in eindeutiger Pose mit Olaf Petersen zu sehen war.

»Stimmt«, meinte Konny. »Baby Rose und Sweet Jesus haben sowieso ein etwas merkwürdiges Mutter-Sohn-Verhältnis«, überlegte sie. »Da könnte es gut sein, dass Sweet Jesus auf den Petersen eifersüchtig war. Ich kann mich jedenfalls nicht erinnern, dass Rosemarie zuvor mal eine Männerbekanntschaft gehabt hätte …« Sie dachte noch einmal nach, ehe sie fortfuhr: »Außer natürlich mit Sweet Jesus' Vater. Sie war eigentlich immer zu hundert Prozent für ihren Sohn da.«

»Wenn ihr mich fragt, haben die beiden eine ziemlich merkwürdige Beziehung«, mischte sich nun Nikolaus Schrader vom Fußboden her ein. Seit Kornelia das kompromittierende Foto hatte verschwinden lassen, erholte er sich sekündlich. »Die Rosemarie gluckt doch geradezu über Sweet Jesus.«

»Ja«, stimmte Gottfried Schuster zu. »Umso schlimmer musste es für ihn sein, seine Mutter in einer solch, nun ja, pikanten Situation zu erwischen, wie sie hier auf dem Foto zu sehen ist.« Der ehemalige Lehrer warf noch einen interessierten Blick auf das Bild.

»Gute Figur«, meinte Amalie plötzlich. Die alte Dame war mittlerweile von Schraders Seite aufgestanden, hatte Schuster von seinem Platz in der ersten Reihe verdrängt und studierte jetzt die betreffende Aufnahme. Anerkennend nickte sie, wobei ihre Nasenspitze beinahe das Foto berührte, so dicht stand sie davor. »Wie alt ist Rose Baby eigentlich genau?«, wollte sie dann wissen.

Fragend schaute sie zu Konny. »Weiß nicht«, meinte die

Fußpflegerin etwas zögernd. »Aber auf alle Fälle älter als ich!« Kornelia Lorenz' Stimme klang leicht bedrückt. Auch sie hatte beim näheren Betrachten gedacht, dass Baby Rose ganz ohne Hüllen eine super Figur machte. Die ältere Frau schien jedenfalls keine Probleme mit Orangenhaut zu haben, wie sie selbst.

»Ob Konrad doch unser Mörder ist?« Amalie Pfingsten schienen plötzlich doch Zweifel an Sweet Jesus' Unschuld zu kommen. Fragend blickte sie in die Runde.

»Der Sweet Jesus doch nicht!« Elvira Holzkamp wirkte sehr sicher. Sie stemmte ihre Hände in ihre Taille und schüttelte den Kopf. »Nein!«, urteilte sie. »Das glaube ich einfach nicht!«

»Ich auch nicht!«, sagte Gottfried Schuster plötzlich sehr laut aus einer anderen Ecke des Raumes. Er hatte mittlerweile noch mehr Fotografien unter die Lupe genommen. »Schaut mal her! Wenn das kein Beweis ist!« Vorsichtig löste er eine Fotografie aus den beiden Wäscheklammern, mit denen sie an der Leine festgemacht war und trat zu den vier anderen. »Das hier ist unser Mörder!«

32

»Das gibt es doch nicht! Dem bin ich eben noch begegnet!« Kornelia Lorenz starrte auf die Fotografie, die Gottfried Schuster in seinen Händen hielt. »Amalie, der hat dich gesucht«, wandte sie sich dann an die ehemalige Gutsfrau.

»Mich, wieso das denn?«

Kornelia zuckte als Antwort mit ihren Schultern. »Ganz schön aufgebracht schien er mir auch zu sein«, erinnerte sich die Fußpflegerin jetzt.

»Der Weensen? Das glaube ich nicht!« Elvira Holzkamp entriss Schuster die Aufnahme und studierte sie genau. »Tatsächlich«, flüsterte sie dann und sah danach die anderen vier mit offenem Mund an.

»Das müssen wir gleich der Polizei melden!« Gottfried Schuster sah aus, als wolle er sofort loslaufen, um Meldung zu machen. »Wo gibt es denn hier ein Telefon?«

»Baby Rose hat schon lange keinen Anschluss mehr«, wusste Elvira Holzkamp. »Konny, hast du vielleicht ein Handy dabei?«, fragte sie.

Die Fußpflegerin angelte bereits in ihrer Hosentasche nach ihrem Mobiltelefon. »Handy ja, Anschluss nein«, sagte sie mit einem bedauernden Blick auf das Display. »Mein Akku ist wieder mal leer.«

»Na, kommt, dann müssen wir wohl schnell zu mir laufen.« Elvira Holzkamp drehte sich um und ging den anderen voraus auf den Flur. Plötzlich stieß sie ein Quieken wie ein erschrecktes Ferkel aus. Gleich darauf stolperte sie rückwärts in die Dunkelkammer zurück. Mit vor Furcht weit aufgerissenen Augen beobachtete Kornelia Lorenz, die den Raum hinter Elvira hatte verlassen wollen, wie Arno Weensen ihre ehemalige Klassenkameradin mit dem Lauf eines Gewehrs vor sich herschob. Die Mündung der Waffe drückte dabei auf Elviras Bauchmitte. Gleichzeitig bemerkte die Fußpflegerin aus den Augenwinkeln, wie der immer noch auf dem Fußboden liegende Nikolaus Schrader sich geistesgegenwärtig in die hinterste Ecke der Dunkelkammer rollte. Irgendwie müssen wir es hinkriegen, dass der Weensen ihn nicht entdeckt, schoss es ihr durch den Kopf.

»Sie«, riss Weensens Stimme Kornelia aus ihren Gedanken. »Fassen Sie mir mal in die Jackentasche!« Er hatte zu Elvira gesprochen, deren Gesicht vor Angst verzerrt war. »Na los, wird's bald!« Arno Weensen drückte die Gewehrmündung noch tiefer in Elviras Bauch.

»Aua!«, schrie Elvira Holzkamp auf. »Das tut weh!«

»Wenn Sie nicht gleich in meine Tasche fassen, wird Ihnen bald gar nichts mehr weh tun«, antwortete Weensen mit einem bösen Grinsen. Gehorsam ließ Elvira ihre Hand in Weensens Jackentasche gleiten und zog gleich darauf eine Tüte mit Kabelbindern daraus hervor.

Kornelia überlegte unterdessen fieberhaft, wie sie Weensen am besten würden überrumpeln können, schließlich waren sie ohne den auf Tauchstation gegangenen Nikolaus immer noch zu viert. Na gut, zu dritt, denn Elvira konnte in ihrer misslichen Lage kaum mitgezählt werden. Amalie schien Ähnliches durch den Kopf zu gehen. Die stets so resolute ehemalige Gutsfrau stand mit gerunzelter Stirn im Raum und blickte fragend zu Kornelia. Die war ratlos, denn Elvira stand einfach zu dicht vor dem Geschäftsmann, der noch dazu aussah wie einer, der genau wusste, dass er nichts mehr zu verlieren hatte.

Die Fußpflegerin war sich sicher, dass Weensen nicht zögern würde, Elvira zu erschießen, wenn auch nur einer von ihnen eine falsche Bewegung machte. Beinahe unmerklich antwortete sie jetzt auf Amalies stumme Frage mit einem Kopfschütteln.

»Was soll das?«, schrie Weensen sofort zu ihr herüber. Er wirkte wie einer, der gleich explodiert.

»Entschuldigung, mich hat nur ein Haar gekitzelt«, versuchte Kornelia mit etwas zittriger Stimme, den Mann zu beruhigen. Gleich darauf verspürte sie einen harten Stoß im Gesicht und ging benommen zu Boden. Weensen musste ihr mit einer ruckartigen Bewegung den Hinterschaft seiner Waffe ins Gesicht gestoßen haben. Die Fußpflegerin glaubte, ihr Nasenbein sei gebrochen, so weh tat es. Vorsichtig tastete sie ihr Gesicht ab. Aus ihrer schmerzenden Nase lief eine klebrige Flüssigkeit über ihre Hände. Blut.

»Noch einer, der seine Klappe ungefragt aufmachen will?«, hörte sie Weensen fragen. Gleich darauf schien er sich wieder an Elvira zu richten, die wie ein verschrecktes Kaninchen dastand und nur zitterte. »So«, wies Arno Weensen die völlig verängstigte Frau an. »Damit fesseln Sie unsere Hobbydetektive jetzt schön langsam, einen nach dem anderen. Mit der da fangen Sie an.«

Kornelia spürte, wie Elvira an ihrer Seite in die Hocke ging und ihre Hände, die immer noch vor ihrem Gesicht lagen, mit einem Kabelbinder fesselte. »Tut mir leid«, schniefte ihre ehemalige Klassenkameradin.

»Klappe!«, schrie Weensen aufgebracht.

Kurze Zeit später lagen Kornelia Lorenz, Gottfried Schuster und Elvira Holzkamp gefesselt am Boden. Arno Weensen hatte Elvira zunächst die Fußpflegerin und den pensionierten Lehrer an Händen und Füßen fesseln lassen, ehe er Amalie Pfingsten dazu angehalten hatte, Elvira Holzkamps Hand- und Fußgelenke mit Kabelbindern zu fesseln. »Wo steckt eigentlich Ihr Freund, Herr Schrader?«, hatte er die ehemalige Gutsfrau gefragt, als Elvira gefesselt war. »Der weicht doch sonst nie von Ihrer Seite.«

»Arzttermin«, hatte Amalie geistesgegenwärtig und mit fester Stimme gelogen. Kornelia bewunderte sie dafür. Sie wusste nicht, ob sie in Amalies Situation solche Kaltblütigkeit besessen hätte.

»Ach so«, hatte Weensen geantwortet und Amalie plötzlich hart mit dem Gewehrschaft in die Seite gestoßen. »Sie kommen mit!«, hatte er dazu geblafft. Der verzweifelte Blick, den Amalie ihr beim Gehen zuwarf, brannte sich in Kornelias Gedächtnis.

Die Fußpflegerin hörte jetzt, wie die Tür zur Dunkelkammer von außen zweimal mit einem Schlüssel verschlossen wurde. Dann lauschte sie mit angehaltenem Atem dem im Flur verhallenden Getrippel ihrer alten Freundin Amalie und den festen Schritten Arno Weensens. Erst als auch die Wohnungstür klappte, holte sie tief Luft durch den Mund. Ihre Nase war mittlerweile so angeschwollen, dass Kornelia glaubte, sie müsse mindestens so groß wie eine Männerfaust sein. Atmen konnte sie schon lange nicht mehr dadurch.

Nur gut, dass er uns nicht auch noch geknebelt hat, dachte Kornelia. Dann wäre ich schon längst erstickt. Gleichzeitig war ihr klar, dass Weensen sie keineswegs hatte schonen wollen, er wusste ganz einfach, dass sie alle in Sweet Jesus' Dunkelkammer so laut rufen konnten, wie sie wollten. Hier würde sie niemand hören. Die einzige Nachbarin, die ihre Schreie sehr wahrscheinlich hätte hören können, war Elvira Holzkamp, und die lag gefesselt neben Kornelia.

»Klaus«, flüsterte die Fußpflegerin heiser in die Richtung, in die Schrader bei Weensens Auftauchen weggerollt war. »Die Luft ist rein, du kannst rauskommen.«

»Wurde auch Zeit«, brummelte Schrader, der bis unter ein altes Bettgestell gerollt war, das an einer Wand der Dunkelkammer stand. »Mein Gott!«, stöhnte der ehemalige Polizist, als er sich jetzt langsam aufrappelte. »Da drunter tummeln sich die Wollmäuse, dass ich Angst hatte, mir das Niesen nicht länger verkneifen zu können.« Demonstrativ klopfte er sich jetzt den Staub von seiner Hose.

»Wie wäre es, wenn du uns die Fesseln löst, ehe du dich weiterhin salonfähig machst?« Gottfried Schuster schaute böse auf Schrader, der bei seiner Säuberungsaktion mittlerweile bei seinen Jackenärmeln angelangt war.

»Wer meckert, wird als Letzter befreit«, antwortete Nikolaus Schrader, beeilte sich aber augenscheinlich, nach einer Schere oder einem Messer zu suchen. »Na bitte!«, rief er gleich darauf triumphierend und schwenkte eine kleine Nagelschere in der Hand.

»Mein Gott, Konny, was hat der denn mit dir gemacht?« Nikolaus Schrader beugte sich über das angeschwollene Gesicht der Fußpflegerin und verzog seinen Mund, als habe er selbst Schmerzen. »Das sieht aber böse aus«, meinte er, ehe er Kornelias Fesseln durchtrennte. Dann befreite er Elvira Holzkamp und Gottfried Schuster.

»Und nun?«, fragte der pensionierte Lehrer, als sie alle vier wieder auf den Beinen standen. »Wie kommen wir jetzt hier raus?«

»Ich denke, Herr Schrader kennt sich mit so etwas aus?« Elvira Holzkamp blickte erwartungsfroh auf den alten Mann.

»Ohne Amalies Haarnadeln?« Nikolaus Schrader sah aus, als zweifele er an seinen eigenen Fähigkeiten. »Das könnte schwierig werden.«

33

»Typisch«, brummelte Amalie Pfingsten leise vor sich hin, als sie von Arno Weensen im Klammergriff gehalten die Eingangshalle des Altenheims betrat.

»Klappe!«, zischte Weensen ihr sofort drohend ins Ohr. Sein Gewehr hatte er zuvor im Geräteschuppen des Altenheims versteckt, wo er sich allerdings mit einem spitzen Schraubenzieher bewaffnet hatte, den er Amalie schmerzhaft in die Seite drückte. Immer, wenn man wen braucht, ist keiner da, dachte die Gutsfrau, sprach ihren Gedanken aber nicht wieder aus, denn Arno Weensen machte auf sie den Eindruck, als stoße er keine leeren Drohungen aus.

Die große Halle, die eigentlich ein begehrter Aufenthaltsraum für alle wissbegierigen Altenheimbewohner war, lag ausnahmsweise einmal verwaist da. Nirgendwo sonst erzählte einem das ständige Kommen und Gehen so viel über beinahe alles, was in Gronau und Umgebung geschah. Zumeist waren das allerdings Neuigkeiten, die nach Amalie Pfingstens Urteil kaum der Rede wert waren. Nur, wenn einmal etwas wirklich Aufregendes passiert, sitzen sie alle beim Abendbrot, dachte Amalie jetzt bitter, während Weensen sie in den mittlerweile geöffneten Fahrstuhl drängte.

»Ich weiß wirklich nicht, was Sie von mir wollen«, versuchte Amalie erneut, eine Erklärung dafür zu bekommen, warum Weensen ihre Freunde in Sweet Jesus' Dunkelkammer festgesetzt hatte, sie selbst aber zwang, ihn bis in ihre eigenen Räume im Altenheim zu begleiten.

»Tun Sie doch nicht so blöd!«, fuhr Weensen sie an. »Das wissen Sie genau!« Seine Augen funkelten dabei so irre, dass Amalie ein kalter Schauder über den Rücken fuhr. Was wollte dieser offensichtlich völlig verrückte Delikatesswarenhändler nur von ihr? Fieberhaft suchte die alte Frau nach einer Erklärung. Und plötzlich ging ihr ein Licht auf.

»Das Foto!«, entfuhr es ihr. Aber warum in aller Welt, hatte Weensen die Aufnahme nicht gleich in der Dunkelkammer an sich genommen? Oder hatte er das kompromittierende Bild dort gar nicht entdeckt? Sie versuchte sich an die Situation in der Dunkelkammer zu erinnern. Viel Aufmerksamkeit hatte der Geschäftsmann den Fotografien ja wirklich nicht geschenkt. Warum war er bloß mit ihr bis hierher gegangen? Konnte es sein, dass er glaubte, das Foto, auf dem deutlich zu sehen war, wie er auf Olaf Petersen schoss, befände sich in ihren Händen? Wie mochte er nur auf diese Schnapsidee gekommen sein? Vielleicht, weil überall bekannt war, dass sie gern in ungelösten Mordfällen herumstocherte? Aber warum sollte er annehmen, sie wisse von einem Mord und behalte ihr Wissen für sich? Amalie wurde nicht schlau aus den Motiven ihres Entführers.

»Genau! Das Foto und das Negativ, das Baby Rose Ihnen anvertraut hat«, erklärte Arno Weensen da auch endlich.

Sie waren mittlerweile in Amalies Stockwerk angekommen, und Arno Weensen drängte die alte Dame durch den Flur bis vor ihre Zimmertür. »Aufmachen«, befahl er. Mit zitternden Händen schloss Amalie Pfingsten ihre Tür auf. Der Feinkosthändler nahm ihr den Schlüssel ab, und stieß sie vor sich her in den Raum. Dann schnauzte er: »Also, los ein bisschen dalli! Wo sind die Bilder?«

»Ach, Gott«, antwortete Amalie blitzschnell. »Wenn ich nur wüsste, wo ich die hingelegt habe. Wissen Sie, das Kurzzeitgedächtnis ist bei uns Alten ja nicht mehr das Beste.« Sie versuchte, Arno Weensen durch ein schiefes Lächeln milder zu stimmen. Gleichzeitig ratterte es in ihrem Kopf. Die ehemalige Gutsfrau suchte nach Fluchtmöglichkeiten. Noch war Weensen ihr zu nah, als dass sie es wagen würde, zu schreien, außerdem hatte der Mann die Zugangstür zu ihrer Wohneinheit von innen abgeschlossen, nachdem er sie in den Raum geschubst hatte. Ehe das Personal des Altenheims von ihren Schreien alarmiert die Tür aufgebrochen hätte, wäre sie längst über den Jordan gegangen, das war Amalie Pfingsten klar.

Arno Weensen hatte sich mittlerweile in der kleinen Küche, die zu Amalies Räumen gehörte, des Schraubenziehers entledigt und sich dafür mit einem scharfen Fleischmesser bewaffnet. Amalie schob er dabei immer vor sich her. Es war das erste Mal, dass die ehemalige Gutsbesitzerin ihre eigene verdammte Dickköpfigkeit verfluchte. Denn sie hatte darauf bestanden, eine kleine Küche in ihren Räumen zu haben, obwohl sie die selten benutzte und die meisten Mahlzeiten in den Gemeinschaftsräumen einnahm.

Endlich stieß Weensen sie in ihr Wohnzimmer. Während Amalie nun so tat, als wühle sie in Schubladen und Schränken nach dem Foto und seinem Negativ, warf sie Arno Weensen immer wieder kurze prüfende Blicke zu. Er stand jetzt breitbeinig mitten im Raum und schien sie nicht aus den Augen zu lassen. Amalie lächelte unsicher. Sie war sich im Klaren darüber, dass ihr Leben nur so lange in relativer Sicherheit war, wie der Mann glaubte, sie habe die Bilder tatsächlich irgendwo versteckt. Sie musste ihn einfach irgendwie hinhalten bis ihr doch noch eine Rettungsmöglichkeit einfiel.

Nervös flatterten ihre Hände, als sie jetzt versuchte, eine schmale Seitentür der Vitrine, in der sie ihr gutes Meißner aufbewahrte, aufzuschließen. Der kleine Schlüssel saß sehr lose und entglitt ihrer Hand. »Entschuldigung«, stammelte sie zu Weensen gerichtet und ging dann in die Hocke. Der Schlüssel war unter die Anrichte gerutscht, über der die Vitrine hing. Amalie atmete schwer, während sie sich auf ihre Knie niederließ, um an den Schlüssel zu gelangen. Tastend schob sie ihre Hand unter das Möbelstück und spürte tatsächlich etwas auf. Es fühlte sich an wie ein Plastikstreifen mit Tabletten. Da waren sie also gelandet! Amalie lächelte ganz kurz. Zuversicht erfüllte sie. Sie glaubte, allen Grund zu haben, sich Hoffnung auf ein glückliches Ende dieser gefährlichen Situation machen zu dürfen. Trotzdem tastete sie weiter, bis ihre Finger auch den Schlüssel erspürten. Er lag zu weit hinten, sie kam nicht nah genug an ihn heran.

Schnaufend richtete sie sich auf und hielt dabei den Plastikstreifen mit dem starken Schlafmittel fest in ihrer rechten Hand. Es war ein gefährliches Barbiturat, das der Arzt ihr kurz nach der Trennung von ihrem Ehemann verschrieben hatte. In Verbindung mit Alkohol konnte es sogar tödlich wirken, erinnerte sich Amalie Pfingsten nun an die Warnung des Allgemeinmediziners, ehe er ihr das Rezept überreicht hatte. Ob solche Mittel wohl auch nach ein paar Jahren noch wirkten?

»Was ist jetzt?«, schnauzte Arno Weensen plötzlich. Er schien keine Geduld mehr zu haben und fuchtelte drohend mit dem scharfen Messer herum. »Haben Sie das Negativ?«

Amalie schüttelte als Antwort stumm den Kopf. »Sind Sie so blöd, oder tun Sie nur so?« Arno Weensen trat jetzt dicht an Amalie Pfingsten heran. Kalt blickte er auf die alte Frau hinab und drückte ihr mit einer plötzlichen Bewegung die Spitze der kalten Klinge gegen den Hals. »Vielleicht möchten Sie schon einmal einen kleinen Vorgeschmack auf das, was später noch kommen wird?«

»Au!«, entfuhr es Amalie.

Weensen hatte ihr tatsächlich eine Wunde am Hals zugefügt. Es war wohl nur ein oberflächlicher Ritz, denn sonst würde das Blut ja bereits über ihren Ausschnitt strömen, glaubte Amalie, aber es brannte wie Feuer. Urplötzlich verschwand die kalte Angst, die sie bislang gelähmt hatte. Seit Weensen sie aus der Dunkelkammer vor sich hergetrieben hatte, hatte sie innerlich und äußerlich gezittert. Aber mit einem Mal verwandelte sich ihre Furcht in heiße Wut.

»Sie Flegel!«, entfuhr es ihr. Arno Weensen zuckte zusammen. Schon wollte Amalie sich auf die Lippen beißen, weil sie meinte, vielleicht doch zu weit gegangen zu sein, als eine weitere Welle der Empörung durch die alte Dame fuhr. Was nahm sich dieser Arno eigentlich heraus? Wusste er nicht, wen er vor sich hatte? Die Familie Pfingsten hatte einen mindestens so langen Stammbaum vorzuweisen wie die Weensens. Amalie streckte ihre Schultern und hob dabei demonstrativ ihr Kinn.

Obwohl sie kleiner als Arno Weensen war, wirkte es, als blicke sie auf ihn herab. »Trotz des Altersunterschiedes war ich mit Ihrer lieben Frau Großmutter mütterlicherseits, Gott hab sie selig, gut bekannt. Falls Sie es nicht mehr wissen: Sie haben als Kind auf meinem Schoß reiten dürfen!« Während sie sprach, stupste sie Weensen immer wieder hart mit dem Zeigefinger gegen die Brust. »Wenn Sie das Negativ unbedingt haben müssen, gehen Sie doch gefälligst selbst in die Hocke!«, sagte sie grimmig. »Der Schlüssel zu dem Versteck ist mir leider unter die Anrichte gerutscht.« Zum Abschluss schnaubte Amalie laut und hoffte, damit die ganze Verachtung auszudrücken, die sie für den verrückten Delikatesswarenhändler empfand. Sie zitterte dabei wieder etwas, aber diesmal keineswegs aus Angst.

Arno Weensen schien tatsächlich beeindruckt von Amalie Pfingstens Wutausbruch. Verblüfft blickte er ihr ins Gesicht. Amalie erwiderte seinen Blick ohne mit der Wimper zu zucken. Und tatsächlich ging der stattliche Mann vor ihr auf die Knie und beugte seinen Kopf nach unten und zur Seite, um besser unter das Möbelstück schauen zu können. Das scharfe Messer hielt er dabei fest umklammert in der linken Hand.

Jetzt oder nie, sagte sich Amalie Pfingsten im Stillen. Die Tabletten würde sie gar nicht brauchen, denn schon griff sie mit beiden Händen nach dem Erstbesten, das sich ihr bot: die fast volle Flasche Black Pearl, die seit dem Abend ihres Ausflugs in den Hildesheimer Wald auf der Anrichte stand und zog sie Arno Weensen mit aller Kraft, zu der sie in der Lage war, über den Schädel. Die geballte Wucht ihres Hiebes traf den Geschäftsmann am Hinterkopf.

Weensen machte einen Laut wie ein Blasebalg, der heftig zusammengepresst wird, und sackte zu Boden. Die ehemalige Gutsfrau beugte sich über ihn. Ihr Mund verzog sich zu einem zufriedenen Lächeln. Der würde sie so schnell sicher nicht mehr bedrohen. Dankbar registrierte sie jetzt auch, dass die schwere, dickwandige Kognakflasche bei dem Schlag keinerlei Schaden genommen hatte. »Wunderbar!«, freute sie sich. Es hätte sie doch sehr geärgert, wenn sie den edlen Tropfen so sinnlos verschüttet hätte. Allein aus Weensens Mund sickerte ein dünnes Rinnsal Blut auf das blank polierte Parkett.

34

»Was machen wir denn jetzt bloß?«, Elvira Holzkamps Stimme klang weinerlich. Mit ihrem Gejammer ging sie Nikolaus Schrader schon seit einer Weile auf die Nerven. Da lobte er sich seine liebe Konny, die trotz ihrer Verletzung nicht müde wurde, in der Dunkelkammer nach einem Werkzeug zu suchen, das sich als Dietrich gebrauchen ließ. Der dünne Bindedraht, den sie in einer Schachtel aufgerollt entdeckt hatte, hatte sich leider als untauglich erwiesen. Er war viel zu weich und verbog zu leicht, um damit ein Schloss zu öffnen. Auch nachdem Schrader mehrere Stücke zunächst zu einer Art Kordel verdreht hatte, wollte es mit dem Türaufschließen nicht klappen.

Nachdenklich kratzte Nikolaus Schrader sich jetzt am Hinterkopf. Ein Draht wäre theoretisch schon zu gebrauchen, aber er müsste sehr viel stabiler sein. Sein Blick fiel auf einen kleinen Eimer unter dem Tisch, auf dem die Schüsseln zum Entwickeln von Fotografien standen. Der Henkel! Schoss es ihm durch den Kopf. »Gottfried«, sagte Schrader sofort, während er sich an den an eine Wand gelehnt hockenden pensionierten Lehrer wandte. »Versuch doch mal, den Henkel von dem Eimer dort unten abzumachen, vielleicht klappt es damit.« Wird Zeit, dass der Sesselpupser auch etwas zu unserer Befreiung beiträgt, fand Schrader. Seit sie in der Dunkelkammer eingeschlossen waren, tat der nämlich nichts anderes als Trübsal blasen.

»Ja, klar.« Gottfried Schuster ließ sich nicht zweimal bitten und erhob sich sofort. Dann bückte er sich etwas umständlich unter den Tisch und nahm den kleinen Behälter in die Hand, auf den Nikolaus Schrader gedeutet hatte. Innerhalb kürzester Zeit hatte der alte Mann den Henkel aus seiner Halterung gelöst und überreichte ihn an Schrader.

»Danke.« Nikolaus Schrader grinste zuversichtlich. »Jetzt sind wir hier bald raus!«, versprach er.

Es dauerte dann doch etwas länger, ehe ein vielversprechendes Klicken aus dem Türschloss den vier Gefangenen ihre Freiheit verkündete.

»Endlich!« Kornelia Lorenz' Stimme klang verschnupft. Ihre Nase war so geschwollen, dass die Fußpflegerin nur noch durch den Mund atmen konnte. »Damit musst du sofort zur Notaufnahme«, meinte Schrader, als er nun bei Tageslicht einen genaueren Blick auf Kornelias Gesicht warf. »Oder besser: Du gehst gleich ins Altenheim und lässt dich dort verarzten. Für solche Notfälle sind die bestens ausgerüstet. Es gibt ja leider viel zu viele Alte, die leicht mal das Gleichgewicht verlieren und auf die Nase fallen. Gottfried, du begleitest Kornelia«, wandte er sich dann wieder an den pensionierten Lehrer. Ganz selbstverständlich hatte Nikolaus Schrader die Führung der kleinen Gruppe übernommen.

»Und Amalie?«, warf Kornelia trotz der Schmerzen ein, die ihr geschundenes Gesicht zeichneten. »Sollten wir die nicht sofort suchen? Wo mag Weensen sie nur hingeschleppt haben?«

»Darum werde ich mich kümmern. Du musst jetzt erst einmal etwas dafür tun, dass deine Nase keinen bleibenden Schaden davonträgt«, bestimmte der ehemalige Polizist. »Und

Sie, Frau Holzkamp, benachrichtigen umgehend die Polizei. Lassen Sie sich mit Kommissar Linden verbinden. Sagen Sie ihm, dass er alles stehen und liegen lassen soll und sofort ins Altenheim von Gronau fahren muss.«

»Und, äh, wenn er nicht auf mich hört?« Elvira Holzkamp sah etwas überfordert mit ihrer Aufgabe aus. Einem Kommissar hatte sie wahrscheinlich noch nie etwas befehlen müssen.

»Dann sagen Sie ihm, es gehe um Leben und Tod!« Nikolaus Schrader blickte so ernst, dass jeder wusste, der ehemalige Polizist übertrieb nicht. Sie alle machten sich große Sorgen um das Wohlergehen von Schraders Zimmernachbarin Amalie Pfingsten.

35

Amalie Pfingsten hatte sich zu früh in Sicherheit gewogen. Das merkte sie jetzt, als sie versuchte, an den Schlüssel zu ihrer Wohneinheit zu gelangen, der in Arno Weensens Hosentasche steckte. Der Delikatesswarenhändler hatte gar keinen Schädelbasisbruch erlitten, wie sie im ersten schrecklichen Moment nach dem Schlag geglaubt hatte. Der feine Faden Blut, der ihm aus dem Mund lief, war sehr wahrscheinlich auf den ausgeschlagenen Schneidezahn zurückzuführen, den ihre Finger soeben unter Weensens Kopf ertastet hatten. Angeekelt zog sie ihre Hand zurück. Weensen musste im Fallen gegen die Kante der Anrichte gestoßen sein, und sie hatte das in der großen Aufregung gar nicht richtig mitbekommen.

Nach der ersten Erleichterung darüber, nun doch nicht zur unfreiwilligen Totschlägerin aus Notwehr geworden zu sein, kehrte die Angst zurück. So schnell wie gehofft, würde sie dem Mann wohl nicht entkommen können. Weensen stöhnte und versuchte bereits, sich vom Boden aufzurappeln.

»Wo bin ich?«, fragte er. Er wirkte benommen. »Frau Pfingsten?« Erstaunt blickte er in Amalies Gesicht. »Was …, wie bin ich denn hierher gelangt?«

»Sie haben sich gestoßen.« Amalie versuchte, ganz ruhig zu sprechen, während sich in ihrem Kopf die Gedanken überschlugen. Der Mann musste durch den heftigen Schlag mit der Kognakflasche die Erinnerung verloren haben. Jedenfalls das Kurzzeitgedächtnis, denn er erkannte sie ja noch. Vielleicht konnte er sich wie manche Unfallopfer nur nicht an alles, was direkt mit dem Schlag zu tun hatte, erinnern? Manchmal waren Tage oder sogar Wochen in den Hirnen der Betroffenen ausgelöscht.

»Kommen Sie, ich helfe Ihnen auf.« Die ehemalige Gutsfrau geleitete Arno Weensen zu einem Sessel. »Einen kleinen Kognak auf den Schreck?«, bot sie an und hob dabei die Flasche Black Pearl in die Höhe.

Arno Weensen nickte etwas abwesend. Er wirkte, als denke er angestrengt nach. »Ich kann mich gar nicht erinnern, wie ich zu Ihnen gekommen bin. Was wollte ich denn nur um alles in der Welt von Ihnen?«, fragte er nun die alte Dame.

Amalie Pfingsten runzelte die Stirn. So schnell wollte ihr kein plausibler Grund einfallen. Normalerweise hatte sie mit Arno Weensen, seit dessen Großmutter mütterlicherseits im stattlichen Alter von hundertdrei Jahren gestorben war, kaum noch etwas zu tun. »Ich glaube, es ging um den Grabschmuck für die letzte Ruhestätte Ihrer Frau Großmutter«, sagte sie das Erstbeste, das ihr in den Sinn kam. »Aber jetzt trinken wir beide erst einmal einen kräftigenden Schluck, damit Sie wieder richtig auf die Beine kommen. Danach sehen wir weiter«, meinte sie zuversichtlich lächelnd. Gerade waren ihr die Schlaftabletten wieder eingefallen, die sie unter der Anrichte gefunden hatte. »Ich hole nur rasch zwei Gläser aus der Küche.« Sie nahm die Flasche mit dem Kognak mit, um das Getränk bereits in der Küche einzuschenken.

*

Während Amalie Pfingsten darauf wartete, dass die Wirkung der explosiven Mischung aus Schlaftabletten und Alkohol endlich bei Arno Weensen einsetzte, versuchte sie, den Mann in ein Gespräch zu verwickeln. Da sie keine Ahnung hatte, wie lange solch ein plötzlicher Gedächtnisverlust andauern würde, wollte sie lieber mit den Barbituraten auf Nummer sicher gehen. Aus Vorsicht hatte sie aber nur zwei Tabletten benutzt. Umbringen wollte sie Weensen nicht.

Die Neugier brannte ihr unter den Nägeln. Sie wollte unbedingt wissen, warum der Einzelhändler Olaf Petersen erschossen hatte. Die Konkurrenz durch das geplante Fachmarktzentrum konnte doch wohl kaum der einzige Grund gewesen sein. Sie würde allerdings vorsichtig vorgehen müssen, damit der Mann keinen Verdacht schöpfte. Es konnte ja sein, dass er sich nicht einmal mehr an den Mord erinnern konnte. Nur dann wäre sie wirklich sicher, bis er weggedämmert wäre.

Amalie Pfingsten hatte keine Ahnung, wie weit zurück in die Vergangenheit der plötzliche Gedächtnisverlust Weensens reichte. Sie war sich zwar ganz sicher, erst kürzlich eine Dokumentation im Fernsehen angeschaut zu haben, in der davon gesprochen worden war, dass durch einen schlimmen Unfall durchaus ein paar Wochen in den grauen Zellen der betreffenden Personen gestrichen worden sein konnten, aber niemand wusste zu sagen, wie lange solche Amnesien andauern konnten. Manchmal waren diese Zustände zeitlich begrenzter geistiger Umnachtung überraschend schnell wieder vorbei, manchmal kam die Erinnerung aber auch nie zurück.

Vorsichtig tastete sie sich nun an das Thema: »Sagen Sie

mal, Arno, wie stehen Sie eigentlich zu diesem Investor, der in Gronau ein Fachmarktzentrum plant? Ist Ihr Feinkostladen eigentlich auch davon betroffen?«

Überrascht blickte Weensen von seinem Kognakschwenker auf, den er, wie Amalie äußerst befriedigt feststellte, bereits halb leer getrunken hatte. »Wie kommen Sie denn jetzt auf dieses leidige Thema?«, fragte er.

»Ach«, Amalie wusste nicht recht, was sie antworten sollte. »Ich dachte nur so, weil doch alle Welt über ihn aufgebracht zu sein scheint. Sogar die Menschen, die keine geschäftlichen Rückschläge durch das Zentrum zu erwarten haben.«

»Wundert Sie das?« Weensen schien aufgewühlt.

Als Antwort schüttelte Amalie den Kopf und meinte: »Nein, natürlich nicht. Wenn ich ehrlich bin, finde ich ihn auch nicht sehr sympathisch.« Aufmerksam beobachtete die alte Dame weiterhin Arno Weensens Gesichtsausdruck. Sie hatte absichtlich in der Gegenwart von Olaf Petersen gesprochen, so, als lebe der Mann noch, und war mehr als gespannt auf Arno Weensens Reaktion.

Das Gesicht des Delikatesswarenhändlers hatte sich mit einer leichten Röte überzogen. Er sah aus, als ärgere er sich ungemein über etwas. »Ein Aufreißertyp der übelsten Sorte ist das!«, spuckte er plötzlich aus.

Amalie Pfingsten konnte sich ein kleines zuversichtliches Lächeln nicht verkneifen. Sie wusste nun, dass sie im Moment bestimmt nichts von Arno Weensen zu befürchten hatte. Der Geschäftsmann schien sich noch nicht daran erinnern zu können, dass er selbst Olaf Petersen vor ein paar Tagen erschossen hatte.

»Nun ja, der Mann ist noch jung«, gab sie beschwichtigend

zu bedenken. »Vielleicht hat er nur noch nicht die Richtige getroffen?«

»Ach was«, Arno Weensen war so erbost, dass er jetzt seinen Kognakschwenker an den Mund setzte und ihn in einem langen Zug leerte.

»Nun, ich kann mich erinnern, dass Sie in früheren Jahren einen ganz ähnlichen Ruf hatten«, wagte Amalie Pfingsten einzuwerfen. »Weiberheld war noch das Netteste, was die anderen damals über Sie verbreiteten.«

»Ach was«, sagte Weensen erneut und machte dabei eine wegwerfende Handbewegung. Er wirkte aber durchaus geschmeichelt. »Das waren doch Jugendsünden. Petersen dagegen ist ein gestandener Mann, der sich an gutgläubigen Frauen wie unserer Baby Rose vergreift.«

Amalie Pfingsten spitzte die Ohren. Warum in aller Welt nannte Arno Weensen ausgerechnet die Besitzerin des Nagelstudios? Soweit sie die Buschtrommeln des Leineberglands verstanden hatte, hatte Petersen mit so gut wie jeder Frau in der Region eine Affäre gehabt oder zumindest versucht, eine zu haben. Ihre eigene Generation einmal ausgenommen. »Wie kommen Sie denn ausgerechnet auf Rosemarie Janda? Die geht doch gänzlich in ihrer Mutterrolle auf«, hakte die ehemalige Gutsfrau deshalb nach.

»Bähby Rohs?« Die Aussprache des Delikatesswarenhändlers wurde bereits unklarer. »Dddie hat er do' auch rummm'kriegt. D-dabei hae se doch nach mia nie wieda jemann an sich ranglassen.« Weensen wirkte plötzlich, als würden ihm jeden Moment die Tränen kommen.

Ob das wohl schon die Wirkung der im Alkohol gemischten Barbiturate war? Amalie beobachtete den Mann mit Argusaugen. Hoffentlich schlief er bald ein! Ihre Neugier war vorerst befriedigt. Sie wusste nun, dass Arno Weensen sehr wahrscheinlich auf Olaf Petersen eifersüchtig gewesen war. Das kompromittierende Foto von Rosemarie Janda in den Armen des Investors hatte sie ja selbst erst kürzlich mit eigenen Augen gesehen. Nun ging ihr langsam der Gesprächsstoff aus. Außerdem wollte sie so schnell wie möglich die Befreiung ihrer Freunde veranlassen, die sie noch immer in Sweet Jesus' Dunkelkammer vermutete.

Die ganze Bandbreite von Weensens Worten, dass der nämlich sehr wahrscheinlich der Vater von Konrad Janda war, wurde ihr erst allmählich klar, während sie darauf wartete, dass der Geschäftsmann einnickte.

36

Baby Rose schreckte aus dem Dämmerzustand auf, in den ihr Geist seit einer Weile immer wieder wegdriftete. Sie hatte vergeblich versucht, einen Ausweg aus ihrem Gefängnis zu finden und hatte schließlich einsehen müssen, dass es keinen gab. Als ihr diese Tatsache so richtig zu Bewusstsein gekommen war, hatte sie zunächst verzweifelt geschrien, bis sie heiser geworden war. Einmal hatte sie geglaubt, die Teppichrolle neben ihr bewege sich, hatte das aber schnell einer Sinnestäuschung zugeordnet. Sie hatte gehofft, von irgendjemand gehört zu werden. Aber Weensen musste sie irgendwo weitab von bewohnten Gebieten eingeschlossen haben. Denn niemand hatte auf ihre Schreie reagiert. Dann hatte sie geweint. Irgendwann waren ihre Tränen versiegt und sie musste eingeschlafen sein.

Doch nun war etwas passiert. Mit einem Mal fühlte Baby Rose sich hellwach. Irgendetwas war geschehen. Sie hatte etwas gehört. Da! Da war es wieder! Es klang wie ein Stöhnen, das durch ein Kissen oder einen ähnlichen Gegenstand gedämpft wurde. Furcht befiel sie. Was war das? Baby Rose richtete sich halb auf und versuchte etwas zu erkennen, konnte aber nichts sehen! Die Frau rieb sich die Augen. Es musste Nacht sein, denn so sehr sie auch rieb und blinzelte, sie konnte den Lichtschein einfach nicht mehr ausmachen, der zuvor durch einen schmalen Schacht in ihr Verließ gefallen war. Sie konnte gar nichts mehr sehen, so dunkel war es. Aufmerksam lauschte sie jetzt in die Dunkelheit. Da! Da war doch etwas! Baby Rose hörte ein Schaben oder Kratzen, so als bewege sich etwas auf dem festgetretenen Erdreich, auf dem auch sie saß. Es kam von links. Vorsichtig tastete sie mit ihrer Hand in die Richtung, aus der das Geräusch kam und fühlte etwas Weiches unter ihren Fingern. Die Teppichrolle fiel ihr jetzt wieder ein, die sie zuvor gesehen hatte. Plötzlich quiekte Baby Rose vor Schreck laut auf. Im gleichen Moment zog sie ihre Hand so schnell wie möglich von der Rolle weg. Das Ding bewegte sich tatsächlich!

Jetzt hörte Baby Rose wieder das Stöhnen, das sie geweckt hatte. Wenn sie doch nur etwas sehen könnte! Schon immer hatte sie Angst vor dunklen Kellern gehabt, und nun war ihr bösester Alptraum Wirklichkeit geworden: Sie war in einem stockdunklen Raum eingesperrt. »Ist da wer?«, hauchte sie halblaut in die Richtung der Teppichrolle. Irgendwie hatte sie auch ein bisschen Angst davor, eine Antwort zu bekommen.

»Mutter!«

»Sweet Jesus? Bist du das?« Baby Rose konnte es nicht fassen. Lag da tatsächlich ihr Sohn als Paket verschnürt an ihrer Seite?

»Ich habe solchen Durst!«, stöhnte ihr Junge und erinnerte sie an ihre eigene, ausgetrocknete Kehle. Es klang noch immer eigenartig gedämpft. So, als befände sich Sweet Jesus' Gesicht unter einem Kissen. Er musste von Kopf bis Fuß eingeschnürt sein. Schnell bewegte sie sich jetzt auf die Rolle zu und ertastete sie von oben bis unten. Tatsächlich! An einem Ende konnte sie einen Haarschopf erfühlen. Der ganze Teppich war mit einem Seil verschnürt. Jetzt stöhnte Sweet Jesus wieder.

Sie musste ihn da rausholen und zwar so schnell wie möglich! Vielleicht fanden sie ja gemeinsam einen Ausweg aus ihrer prekären Situation?

Fieberhaft machte Baby Rose sich nun an die Suche. Sie musste irgendetwas finden, mit dem sie zunächst die Schnüre auftrennen konnte, denn den dicken Knoten um das Teppichpaket konnte sie in der Dunkelheit nicht nur mit ihren Fingern lösen. Quadratzentimeter für Quadratzentimeter tasteten ihre Hände über den klammen Boden. Endlich spürte sie etwas Raues, Scharfes. Es musste ein Stein sein. Die Feuersteine kamen ihr in den Sinn, mit denen sie als Kind geübt hatte, unter ihrer Bettdecke Funken zu schlagen. Einmal hätte sie damit beinahe ihr Zimmer in Brand gesteckt. Nach Schwefel hatten die gerochen, wenn sie ihre Nase kurz nach dem Funkenschlag an die Oberfläche gehalten hatte. Ob dies auch solch ein Stein war? Vielleicht würde es ihr sogar gelingen, später ein kleines Feuer zu entzünden? Es war so kalt hier. Doch zunächst musste sie Sweet Jesus aus seiner Verschnürung retten. Der Junge erstickte ihr sonst noch! Dass ihr Sohn allem Anschein nach schon länger eingeschnürt als sie selbst gefangen war und immer noch atmete, kam ihr gar nicht in den Sinn. Es hätte sie aber auch nicht beruhigen können, denn mittlerweile vermutete sie, dass er sie vorhin nicht etwa erkannt hatte sondern im Fieberwahn nach seiner Mutter gerufen haben musste. Ihrem Sohn ging es sehr schlecht!

37

Gerade, als Arno Weensens Kopf endlich zur Seite fiel, und Amalie Pfingsten sich sicher sein konnte, dass er so schnell nicht wieder zu sich kommen würde, klopfte es an ihrer Wohnungstür. »Unschlagbares Timing«, murmelte sie etwas spöttisch zu sich selbst. »Immer, wenn man sich bereits selbst aus der Bredouille geholfen hat …« Sie war nicht wenig stolz darauf, den Mörder zunächst mit der Kognakflasche überwältigt und dann mit dem Gemisch aus Schlaftabletten und Alkohol überlistet zu haben. Während sie noch zufrieden grinste, hörte sie, wie jemand immer wieder vergeblich versuchte, die Türklinke zu ihrer Wohneinheit herunterzudrücken. »Amalie, bist du da?«, hörte die ehemalige Gutsfrau jetzt ihren Zimmernachbarn, Nikolaus Schrader rufen. Seine Stimme klang überaus besorgt.

»Ja, ja«, rief sie schnell zurück. »Ich komme ja gleich!« Sehr genau nahm Amalie Pfingsten nun zunächst einmal Weensens Gesicht unter die Lupe. Der Mund des Delikatesswarenhändlers war leicht geöffnet, ein dünner Faden Speichel lief ihm über das Kinn. »Der wacht so schnell nicht auf«, sprach Amalie sich selbst Mut zu und ließ ihre Hand dann sehr vorsichtig in Weensens Hosentasche gleiten. Kurz darauf zog sie sie mit triumphierendem Gesichtsausdruck wieder hervor. »Na, also!«, freute sie sich. Sie hatte ihren Schlüssel wieder. Weensen schien tatsächlich gar nichts von ihrem Tun bemerkt zu haben. Amalie Pfingsten beugte ihr Gesicht näher an das des Mannes. Die Worte ihres Arztes über eine durchaus tödliche Mischung fielen ihr wieder ein, als er ihr vor Jahren das Rezept für das Schlafmittel überreicht hatte. Musste sie sich etwa um den Einzelhändler sorgen? Sein Atem ging sehr flach.

»Amalie! Mach doch endlich auf! Bedroht er dich etwa?« Nikolaus Schrader pochte noch immer aufgeregt von außen gegen die Tür.

»Ja, ja, ich komme ja schon.« Amalie schlurfte zur Tür, steckte den Schlüssel zurück in das Schloss, drehte ihn zweimal herum und öffnete dann die Tür.

»Gott sei Dank!«, seufzte Nikolaus Schrader, als Amalie, von der oberflächlichen Schnittwunde am Hals einmal abgesehen, völlig unversehrt vor ihm stand. »Ich, äh, wir hatten solche Angst um dich!« Der ehemalige Polizist konnte wohl nicht anders, er riss die verdatterte alte Dame an seine Brust und drückte sie fest.

Nach einer Weile räusperte er sich, als müsse er einen dicken Kloß im Hals verschwinden machen und fragte: »Wie bist du Weensen nur entkommen?«

»Gar nicht«, antwortete Amalie wahrheitsgemäß und führte Nikolaus Schrader in ihr Wohnzimmer, wo der Geschäftsmann mittlerweile auch mit dem Oberkörper seitlich auf das Sofa gekippt war.

»Schläft der etwa?« Nachdenklich kratzte Schrader sich am Hinterkopf. »Was hast du ihm eingeflößt?«, wollte er dann wissen. Dass Arno Weensen einfach so eingeschlummert war, konnte er sich wohl nicht vorstellen. Es stimmte ja auch nicht. Also holte Amalie den angebrochenen Plastikstreifen mit Schlaftabletten aus ihrer Küche und zeigte sie ihrem Zimmernachbarn.

»Um Gottes willen!«, rief der ehemalige Polizist, kaum, dass er einen genaueren Blick auf die Tabletten geworfen hatte. »Die sind doch längst verboten! Wie viele hast du ihm davon verabreicht?«

»Nur zwei. Eine hatte ich mal selbst genommen. Guck, die anderen sind noch alle da«, sagte Amalie etwas unsicher. »Wieso?«, wollte sie wissen, obwohl sie bereits Böses ahnte.

»Doch nicht etwa mit Alkohol?« Schrader hatte mittlerweile den leeren Kognakschwenker, der vor Weensens Platz auf dem Tisch stand, an sich genommen und roch daran. Mit zu einer einzigen buschigen Linie zusammengezogenen Augenbrauen blickte er nun ernst auf Amalie Pfingsten. »Willst du dich etwa eines Tötungsdeliktes schuldig machen?« Er stiefelte zu dem kleinen Tischchen, auf dem Amalies Telefon stand.

»Es war doch Notwehr«, murmelte die ehemalige Gutsfrau mehr zu sich selbst. Sie fühlte sich gar nicht gut in ihrer Haut. Schrader wählte bereits die 112.

38

Nachdem man ihm in aller Eile im Gonauer Krankenhaus den Magen ausgepumpt hatte, war Weensen langsam wieder zu sich gekommen. Sein Erinnerungsvermögen war noch nicht wieder zurückgekehrt, und die Ärzte hatten der Polizei mitgeteilt, dass sie den Mann gern für ein paar Tage zur Beobachtung im Krankenhaus behalten würden. Weensen sei noch nicht vernehmungsfähig, und aus dem Krankenhaus würde er ja wohl kaum verschwinden. Das war gestern gewesen.

»Das ist doch alles sehr merkwürdig«, fand Amalie Pfingsten. »Irgendwie kann ich nicht glauben, dass er sich so rein an gar nichts erinnert.« Sie hatte am Vortag, als die Polizei endlich eingetroffen war, ausgesagt, der Mann sei in ihrem Zimmer plötzlich gestolpert und habe sich dabei einen Schneidezahn ausgeschlagen. Die Medizin habe sie ihm gegeben, weil sie die Packung mit Schmerztabletten verwechselt habe. Weder Schrader, der bei ihrer Aussage dabei gewesen war, noch Weensen hatten ihr widersprochen.

Kaum jemand zweifelte nun daran, dass Arno Weensen Olaf Petersen auf dem Gewissen hatte; das Foto, das die Polizei in Sweet Jesus' Dunkelkammer an sich genommen hatte, sprach eine zu eindeutige Sprache. Andrerseits hatte der Mann ein Alibi. Seine Frau hatte ausgesagt, dass er zur Tatzeit bereits zu Hause gewesen war. Es konnte also durchaus sein, dass es sich bei dem Bild um eine Montage handelte. Ganz genau würde man es wohl erst wissen, wenn man die Aufnahme genauerer Betrachtung unterzogen hätte, oder Sweet Jesus wieder auftauchte. So hatte der Kommissar es jedenfalls gestern zu Nikolaus Schrader gesagt. Schrader war es gewesen, der den Kommissar in die Dunkelkammer geführt und ihm die Nachtaufnahme gezeigt hatte, auf der Weensens Gesicht zu erkennen war. Amalie Pfingsten hatte, nachdem sie von Harald Linden vernommen worden war, gesagt, sie ziehe sich nach der ganzen Aufregung lieber in ihr Bett zurück.

Nun aber fühlte sich die ehemalige Gutsfrau erholt und voller Tatendrang. Sie hatte wieder einmal zu einer Zusammenkunft der drei Musketiere geblasen, und beide Männer waren ihrem Ruf sofort gefolgt. Amalie Pfingsten hatte davon abgesehen, auch Kornelia Lorenz zu ihrem Treffen zu bitten, denn die arme Konny sah sicherlich furchtbar aus. Zwar war ihre Nase sofort von dem Personal des Altenheims gerichtet und verbunden worden, sie würde keine bleibenden Schäden davontragen, aber mit Sicherheit war ihr Gesicht heute so geschwollen, dass sie kaum aus den Augen gucken konnte. Die ehemalige Gutsfrau hatte sich darauf beschränkt, am Morgen bei ihrer jungen Freundin anzurufen und ihr gute Besserung zu wünschen.

»Ich hätte nicht schlecht Lust, ihn im Krankenhaus zu besuchen«, meinte die alte Dame nun mit vor Unternehmungslust blitzenden Augen zu Schrader und Schuster. »Ich glaube nämlich, dass der nur so tut, als könne er sich an nichts erinnern. Sicher will er Zeit schinden, um später irgendwie Sweet Jesus mit der Tat zu belasten. Ich meine, die Möglichkeit besteht ja nach allem, was der Kommissar dir gestern gesagt hat, oder?« Sie blickte fragend auf Schrader.

Der ehemalige Polizist nickte bedächtig. »Durchaus, durchaus«, murmelte er. »Wenn das Bild nur eine Montage ist …«

»Sehr wahrscheinlich steckt der Weensen sogar hinter dem Verschwinden von Baby Rose und Sweet Jesus«, vermutete Amalie nun.

Schrader kratzte sich am Hinterkopf. »Das kann schon sein«, meinte er nachdenklich. »Aber wie willst du zu ihm kommen? So weit ich weiß, sitzt Bolli vor Weensens Tür und schiebt Wache.« Gerd Bollmann, genannt Bolli, war einer der beiden jungen Polizeiwachtmeister in der kleinen Gronauer Polizeistation.

»Weißt du das sicher?«

»Ich weiß das sicher«, antwortete Gottfried Schuster an Schraders Stelle. »Ich habe Bollmanns Kollegen Jens Kirchhoff zufällig auf dem Markt getroffen, als ich heute früh die Zeitung kaufen ging. Der hat mir das erzählt.« Der pensionierte Lehrer freute sich sichtlich, der Unterhaltung, der er bisher schweigend gelauscht hatte, etwas Wichtiges beisteuern zu können.

»Hm.« Amalie Pfingsten runzelte ihre Stirn. »Wir müssten Bolli irgendwie ablenken und dann schnell ins Zimmer huschen«, meinte sie. »Schwärmt der zufällig auch für Ina Reckstadt?«

»Alle Männer schwärmen für Ina«, ließ sich plötzlich eine etwas nasal klingende Stimme von der Tür her vernehmen. »Aber den Bolli kriegst du nur mit dem Röhren einer echten Harley vom Hocker.« Kornelia Lorenz gesellte sich zu den drei alten Herrschaften.

»Konny!« Amalie sprang auf, um ihre junge Freundin zu begrüßen. »Du siehst, äh, du siehst schrecklich aus«, sagte sie ehrlich. Schuster und Schrader guckten mit offenem Mund auf das geschwollene Gesicht der Fußpflegerin. Kornelia Lorenz' Augen waren kaum mehr als Schlitze, dicke Hämatome leuchteten dunkelviolett unter beiden hervor. Die Nase der Fußpflegerin war mit dicken Pflasterstreifen abgedeckt. Fast gleichzeitig verzogen die beiden alten Männer ihr Gesicht, als hätten sie Zahnschmerzen.

»Das sieht aber böse aus«, fand Gottfried Schuster die Sprache wieder.

Nikolaus Schrader nickte dazu. »Arme Konny«, sagte er mitfühlend.

»Ich weiß, ich weiß«, antwortete Kornelia Lorenz und versuchte eine Grimasse zu schneiden. »Aber glaubt mir: Es sieht schlimmer aus, als es ist.«

»Was machst du denn hier? Du solltest dich zu Hause pflegen!« Amalie Pfingsten sah aus, als sei sie ernsthaft verärgert. »So etwas Unvernünftiges!«, schimpfte sie.

»Und die Lösung des Falles euch allein überlassen?« Kornelia schüttelte sehr bestimmt den Kopf. »Ich habe doch gleich heute Morgen an Amalies Stimme gehört, dass ihr wieder etwas ausheckt. Also, was gibt es Neues?«

Nachdem Amalie Pfingsten der Fußpflegerin in knappen Sätzen ihre Theorie erklärt hatte, dass Arno Weensen seine Amnesie eventuell nur vortäusche, um Zeit zu schinden und den Mord später irgendwie Sweet Jesus anzuhängen, nickte Kornelia Lorenz. »Da könnte was dran sein«, urteilte sie. »Aber wo kriegen wir so schnell eine Harley Davidson her?«

»Wenn ich vielleicht etwas vorschlagen dürfte«, meldete sich Gottfried Schuster erneut zu Wort. »Wie wäre es, wenn wir versuchten, Weensens Frau mit einzubeziehen? Ihr kann man doch sicher nicht verbieten, nach ihrem Ehemann zu schauen. Wir könnten sie bitten, uns zu helfen. Außerdem könnten wir sie gleichzeitig nach dem Alibi Ihres Mannes befragen.«

Die anderen drei blieben zunächst stumm. »Warum sollte Wilhelmine uns helfen?« Amalie war skeptisch. »Warum sollte sie Ihren Ehemann ans Messer liefern?«

»Vielleicht, weil sie seine Frauengeschichten schon lange satt hat?« Gottfried Schuster sah bei diesen Worten etwas verlegen aus. »Sie, äh, sie war doch im Sommer bei Knut Hansens Tangokurs meine Partnerin, und da, nun ja, da hat sie mal so etwas angedeutet.« Das Gesicht des pensionierten Lehrers glühte.

Ach, daher weht der Wind, dachte Amalie und konnte sich ein wissendes Lächeln nicht verkneifen, das Gottfried Schuster noch stärker erröten ließ. Die alte Dame hatte sich schon seit längerem gewundert, warum Gottfried Schusters Bedarf an Leckereien seit dem Sommer so drastisch angestiegen war. Fast jeden Mittwoch Nachmittag kaufte er sich Delikatessen, wie die ehemalige Gutsfrau seit Wochen hatte beobachten können. Sie war stets überaus verblüfft gewesen, wenn sie den pensionierten Lehrer Mittwoch für Mittwoch, wenn sie selbst in der Eisdiele mit einer Freundin einen Kaffee zu trinken pflegte, mit einer kleine Tüte aus Weensens Geschäft hatte kommen sehen. Amalie Pfingsten hatte bereits angenommen, Schuster plane eine größere Party. Bislang war sie aber noch nie auf den Gedanken gekommen, dass der gestiegene Verbrauch des alten Mannes an exklusiven Lebensmitteln damit zu tun haben könnte, dass die Angestellte in Weensens Geschäft mittwochnachmittags frei hatte und Wilhelmine dann oft selbst an der Kasse stand.

»Also dann, nichts wie auf zu Wilhelmine«, meinte die ehemalige Gutsfrau. Die anderen nickten.

39

»Was wollt ihr denn hier?« Wilhelmine Weensen schien alles andere als begeistert, als sie ihren vier unangemeldeten Besuchern die Tür öffnete. Gleich darauf wirkte sie bestürzt: »Mein Gott, Frau Lorenz, was ist denn mit Ihnen passiert?« Sie deutete auf Konnys geschundenes Gesicht.

»Lange Geschichte«, antwortete Amalie an Kornelias Stelle. »Dürfen wir erst einmal reinkommen?«

Wilhelmine wirkte noch immer etwas unwillig, trat aber zur Seite, als sie den in zweiter Reihe stehenden Gottfried Schuster entdeckte. Ihr hübscher Mund verzog sich zu einem Lächeln. Obwohl Wilhelmine beinahe ein Jahrzehnt älter als ihr Mann war, sie hatte ihren siebzigsten Geburtstag schon vor ein paar Jahren gefeiert, konnte sie es an Attraktivität durchaus mit ihm aufnehmen. Glich Arno Weensen im Aussehen Paul Newman, war die Ähnlichkeit von Wilhelmine mit Jane Fonda immer wieder verblüffend. Sie hatte sich fast noch besser als die amerikanische Schauspielerin gehalten.

Kein Wunder, fand Amalie jetzt, als sie aufmerksam Wilhelmines Gesicht studierte und feststellen musste, dass Frau Weensen, die nur unerheblich jünger war als sie selbst, mindestens zwanzig Jahre jünger aussah. Ihr Bruder hat ja eine Drogerie, da sitzt sie sozusagen an der Quelle, was straffende und verjüngende Hautcremes betrifft, rief sich die ehemalige Gutsfrau zu ihrer Beruhigung ins Gedächtnis.

Amalie Pfingsten hatte für solchen Firlefanz wie Make-up nie Geld ausgeben wollen. Und das hatte keineswegs etwas damit zu tun, dass sie sich diese Ausgabe nicht hätte leisten können. Als sie noch jung war, hatte es eine Reklame für eine bekannte Seifenmarke gegeben, in der gutaussehende Schauspielerinnen beteuerten, an ihre Haut nur Wasser und besagte Seife zu lassen. Amalie Pfingsten hatte stets beifällig genickt, wenn sie diesen Werbeslogan gehört hatte.

Aber als sie nun Wilhelmines überaus anziehendes Gesicht noch genauer betrachtete, bereute sie es fast ein bisschen, nicht mehr für ihr Aussehen getan zu haben. Vielleicht verrät sie mir ja wenigstens, welche Nachtcreme sie benutzt?, schoss es Amalie durch den Kopf. Dabei wunderte sie sich selbst etwas darüber, dass sie jetzt überhaupt an so etwas denken konnte.

Kaum hatte Wilhelmine Weensen die vier Besucher in ihr Haus gebeten und ihnen in ihrem Wohnzimmer Platz angeboten, konnte sich Amalie Pfingsten die Frage einfach nicht mehr verkneifen: »Sag mal, Wilhelmine, welche Gesichtspflege benutzt du eigentlich?«

»Erzähl mir nicht, dass ihr deshalb hierher gekommen seid, noch dazu zu viert!« Frau Weensen wirkte erneut etwas verärgert.

»Nein, nein«, wehrte Amalie Pfingsten sogleich ab. »Aber du siehst so gut aus, dass ich einfach fragen musste.« Das stimmte zwar nicht ganz, denn Wilhelmine Weensen sah zwar gestrafft aber auch so aus, als habe sie in der vergangenen Nacht nur wenig geschlafen. Ihre Müdigkeit war nicht zu übersehen. Aber die ehemalige Gutsfrau war im Leinebergland keineswegs dafür bekannt, billige Komplimente zu machen. Im Gegenteil, normalerweise hatte jeder vor ihrem

Urteil etwas Angst. Deshalb huschte wohl nun ein geschmeicheltes Lächeln über Wilhelmine Weensens Gesicht.

»Wenn du mit in die Küche kommst, verrate ich es dir vielleicht. Das ist nichts für Männerohren, und Frau Lorenz hat für Faltenpflege ja noch etwas Zeit«, meinte sie und zwinkerte Kornelia zu. Dann lächelte Wilhelmine vor allem Gottfried Schuster herzlich an. Fast hätte man meinen können, die beiden hüteten ein Geheimnis. Der pensionierte Lehrer errötete bis an seinen weißen Haarkranz, so dass Amalie Pfingsten sich fragte, ob sie sich um seine Gesundheit sorgen sollte. Schließlich litt Schuster, wie die alte Dame wusste, unter zu hohem Blutdruck.

»Ihr nehmt doch einen Tee?« Ohne die Zustimmung des kleinen Besuchertrupps abzuwarten, machte sich Wilhelmine Weensen auf den Weg in ihre Küche. An der Tür des Wohnzimmers drehte sie sich noch einmal um: »Kommst du, Amalie?«

Amalie Pfingsten nickte eifrig und trippelte hinter Wilhelmine Weensen her.

*

»Hämorridencreme«, raunte Wilhelmine und zwinkerte Amalie Pfingsten vertraulich zu, während die beiden Frauen gemeinsam darauf warteten, dass das Teewasser kochte.

»Wie bitte?« Amalie glaubte nicht richtig verstanden zu haben.

»Das ist mein Geheimnis«, sagte Wilhelmine. »Statt einer Tagescreme benutze ich eine Salbe gegen Hämorriden. Du kannst mir glauben: Gegen Falten gibt es nichts Besseres!«

Skeptisch versuchte Amalie Pfingsten an Wilhelmine Weensens Gesichtsausdruck zu erkennen, ob die Frau sie vielleicht auf den Arm nehmen wollte. Aber nein, Wilhelmine sah so aus, als meine sie es ernst.

»Probier es doch einfach mal aus«, schlug sie nun vor. »Obwohl bei dir natürlich nicht mehr ganz so viel zu machen ist. Hast du denn nie etwas gegen deine Falten getan?«

Betroffen berührte die ehemalige Gutsfrau nun mit ihren Fingerspitzen ihre runzlige Gesichtshaut. »Naja«, meinte sie etwas verlegen. »Im Winter habe ich mir mein Gesicht immer mit Nivea eingecremt.«

Wilhelmine Weensens Miene sprach Bände darüber, was sie von Amalies rudimentärer Schönheitspflege hielt. Das Pfeifen des Wasserkessels befreite die ehemalige Gutsfrau aus ihrer Verlegenheit. Geschäftig machte sie sich daran, den Kessel vom Herd zu nehmen und das kochende Wasser in die zuvor von Wilhelmine mit losen Teeblättern bereit gestellte Porzellankanne zu geben, obwohl sie ja eigentlich der Gast war.

*

»So, jetzt will ich aber endlich wissen, weshalb ihr mich so früh am Tag besuchen kommt.« Wilhelmine Weensen blickte jedem ihrer vier Besucher nacheinander in die Augen. »Das hat doch sicher etwas mit Arno zu tun?« Noch ehe einer ihrer überraschenden Gäste den Mund öffnen konnte, fuhr sie schon fort: »Leugnen ist zwecklos. Schließlich ist jedem im Leinebergland eure Leidenschaft für Kriminalfälle bekannt, Gottfried einmal ausgenommen. Dass Sie, lieber Herr Schuster neuerdings auch zu den selbst ernannten Spürnasen zählen, ist mir neu.«

Der ehemalige Lehrer rührte verlegen in seinem Tee, als Amalie jetzt das Wort ergriff: »Wilhelmine, wir wollen ganz offen sein: Wir haben Grund zu der Annahme, dass Arno einen Mord begangen hat. Er selbst scheint sich im Moment zwar nicht daran erinnern zu können, aber ein Foto, das wir bei Jandas gefunden haben, spricht dafür.«

Wilhelmine Weensen nickte nachdenklich bei diesen Worten der ehemaligen Gutsfrau. »Ich weiß. Die Polizei verdächtigt Arno ja auch. Ein Kommissar war gestern Abend schon hier und wollte, dass ich ihm noch einmal erzähle, was mein Mann an dem Abend der Vereinsversammlung getan hat. Also, wann genau er nach dem Treffen nach Hause gekommen ist.«

»Und?« Amalie Pfingsten konnte sich die neugierige Nachfrage einfach nicht verkneifen.

»Ich habe ihm das Gleiche gesagt wie schon vor ein paar Tagen einem seiner Kollegen: Ich war vor dem Fernseher eingenickt. Als Arno nach Hause kam und mich weckte, liefen gerade die Tagesthemen im Fernsehen. Es muss so gegen elf Uhr gewesen sein. Danach sind wir dann gleich zu Bett gegangen.« Frau Weensen blickte erneut in die Runde. »Ihr könnt mir glauben. Ich würde bestimmt nicht für Arno lügen und schon gar nicht, wenn es um so etwas Schwerwiegendes wie Mord geht.«

»Merkwürdig«, Nikolaus Schrader kratzte sich am Hinterkopf, wie immer, wenn er angestrengt über etwas nachdenken musste. »Wir haben den Mord zu etwa dieser Zeit beobachtet, dann kann Arno es also doch nicht gewesen sein.« Der ehemalige Polizist sah dennoch alles andere als überzeugt aus.

»Vielleicht handelt es sich ja bei der Aufnahme um eine Montage, die Sweet Jesus absichtlich gemacht hat? Die Leiche hat er ja nachweisbar verschwinden lassen. Vielleicht ist er doch der Täter?«, überlegte Kornelia Lorenz, sah aber ebenso wenig überzeugt aus wie gerade noch Nikolaus Scharder.

»Glaubst du das?«, fragte Amalie Pfingsten und die Fußpflegerin schüttelte sofort ihren Kopf.

»Nein, nicht wirklich«, bekannte sie.

»Sonderbar, sehr sonderbar«, fand Gottfried Schuster.

»Ja, vor allem, weil er gestern ziemlich gewalttätig gegen uns vorgegangen ist«, meinte die Fußpflegerin nun. »Das passt irgendwie alles nicht.«

»Hat Arno das etwa getan?« Wilhelmine Weensen deutete auf Kornelias geschwollenes und blutunterlaufenes Gesicht.

Die Fußpflegerin nickte stumm. Sie betrachtete gerade sehr interessiert eine Menge alter Aufnahmen, zumeist Porträts, die gerahmt an Weensens Wohnzimmerwand hingen. Amalie folgte dem Blick der Fußpflegerin und wunderte sich, was Kornelia Lorenz an diesen vergilbten Fotografien so interessant finden mochte. »Entschuldigung, Frau Weensen, wo ist dieses Bild denn gemacht worden?« Kornelia Lorenz war aufgestanden und tippte auf die Fotografie eines Holzhauses.

»Das ist die alte Jagdhütte der Weensens. Die liegt irgendwo im Deister. Ich war schon manchmal dort, obwohl die Jagd mich nicht interessiert. Aber wieso fragen Sie danach?« Wilhelmine Weensen hatte sich nun auch erhoben und stellte sich neben Kornelia Lorenz.

»Weil dieses Geweih über dem Eingang der Hütte mich an etwas erinnert. Einen Moment.« Die Fußpflegerin ging zu ihrem Platz, über dessen Lehne sie ihre Jacke abgelegt hatte und zog etwas aus der Jackentasche. Sie verglich das Stück mit der alten Fotografie und sagte dann überrascht: »Es sieht wirklich ganz genau so aus.«

»Zeigen Sie bitte mal«, Wilhelmine Weensen streckte ihre Hand nach dem kleinen silbernen Anhänger aus. »Wo haben Sie den her?«, wollte sie wissen. »Das ist Arnos Glücksbringer, er hat ihn am Abend der Versammlung verloren.«

»Dann muss er doch im Wald gewesen sein, als Olaf Petersen erschossen wurde, und zwar an der Stelle, wo der Mord geschah, denn dort habe ich diesen Anhänger gefunden.«

»Aber …, wie?« Frau Weensen schien verwirrt. »Ich weiß doch genau, dass die Tagesthemen gerade liefen.«

Plötzlich meldete sich Gottfried Schuster zu Wort: »Hast du denn an dem Abend als ihr zu Bett gingt auch irgendeine Uhr gesehen?«, wollte er wissen.

Wilhelmine sah ihn an und schien nachzudenken. »Ich weiß nicht. Nein, ich glaube nicht«, meinte sie dann, ehe der ehemalige Lehrer fortfuhr: »Ich meine, Arno weiß doch sicher besser als jeder andere, dass du gern mit den Hühnern zu Bett gehst. Nur deshalb hattest du dich ja zu dem früheren Tanzkurs angemeldet. Vielleicht hat dein Mann genau darauf gesetzt, um sich ein Alibi zu beschaffen. Er könnte die Tagesthemen aufgenommen und sie, bevor er dich weckte, abgespielt haben. Dann musstest du glauben, es sei gegen elf.«

Wilhelmine Weensen nickte nachdenklich. »Ja, das wäre wohl durchaus möglich«, meinte sie dann.

»Gottfried, du wirst Kornelia und mir beim Ermitteln noch ernsthaft Konkurrenz machen. Ich bin stolz auf dich!«, rief Amalie Pfingsten begeistert über die Kombinationsgabe des alten Mannes und warf Gottfried Schuster eine Kusshand zu. »Da wäre ich jedenfalls nie so schnell drauf gekommen!«

Kornelia Lorenz nickte. »Ich auch nicht«, meinte sie mit anerkennendem Blick. »Bravo!« Die Fußpflegerin klatschte sogar einen kurzen Applaus.

Nikolaus Schrader registrierte das einem anderen gebührende Lob mit ärgerlichem Brummen. »Da kommt auch nur einer drauf, der selbst fast täglich die Nachrichten aufzeichnet«, knurrte er.

40

Sie hatte es tatsächlich geschafft. Baby Rose war stolz auf sich. Mit der scharfen Kante eines Steins hatte sie die Verschnürung endlich durchtrennen können. Rasch rollte sie ihren Sohn aus dem Teppich. Es war noch immer dunkel in ihrem Verließ. »Konrad!« Sie klatschte mit ihren klammen Fingern gegen die Wangen ihres Kindes. Zum ersten Mal seit langer Zeit nannte sie ihn nicht Sweet Jesus. Sie war sehr aufgewühlt, denn im Verlauf der Befreiungsaktion hatte ihr Junge irgendwann aufgehört zu stöhnen. Er schien eingeschlafen zu sein. Mit Sicherheit war er unterkühlt. Hieß es nicht, dass man beim Erfrieren langsam wegdämmerte? Andererseits glühten seine Stirn und Wangen. Er musste hohes Fieber haben.

Vor Sorge um ihr Kind klopfte Baby Roses Herz so heftig, dass sie wieder dieses unheimliche Stechen verspürte. Sollte sie heil hier herauskommen, würde sie endlich einen Arzt damit aufsuchen. Das hätte sie schon längst tun sollen! Viel zu oft schob sie Dinge vor sich her, von denen sie vermutete, dass sie sie mit einer unangenehmen Wahrheit konfrontieren würden. Sie achtete einfach nicht gut auf sich. Und auch nicht auf ihren Sohn. Wie hatte es nur soweit kommen können, dass er in einen Mordfall verstrickt war, und sie, seine Mutter, hatte gar nichts davon mitbekommen?

»Wach auf!«, schluchzte sie nun voller Verzweiflung. »Wach doch bitte endlich auf!« Sie gab seinen Wangen erneut unregelmäßige Klapse, aber ihr Junge rührte sich nicht. Dann versuchte Baby Rose, Sweet Jesus' Durchblutung anzuregen und rubbelte heftig an seinen Beinen und Armen. Zumindest ihr selbst wurde durch die Bewegung bereits wärmer.

»Mama?« Sweet Jesus hatte so leise gesprochen, dass Baby Rose ihn zunächst gar nicht gehört hatte. »Mama«, flüsterte er erneut. Baby Rose befühlte sein Gesicht. Tatsächlich! Seine Augenlider zuckten. »Ich habe Durst«, sagte er wieder. Diesmal sprach er offenbar nicht im Fieberwahn. Er schien tatsächlich zu sich gekommen zu sein.

»Ich auch, mein Junge, ich auch«, antwortete Baby Rose. »Wir müssen irgendwie versuchen hier rauszukommen. Meinst du, du kannst aufstehen?«

»Ich weiß nicht.« Sweet Jesus' Stimme klang gepresst, als habe er Schmerzen. Baby Rose befühlte seinen heißen Kopf und stellte fest, dass ihr Sohn eine dicke Beule am Hinterkopf hatte. Man musste ihn niedergestreckt haben.

»War das Weensen? Hat er dich bewusstlos geschlagen?« Sie fühlte, wie ihr Sohn zustimmend den Kopf bewegte. »Dieses Schwein!«, urteilte sie.

»Er hat behauptet, er sei mein Vater«, sagte Sweet Jesus. Es klang wie eine Frage. Doch anstatt eine Bestätigung abzuwarten, fuhr Konrad Janda fort zu sprechen: »Deshalb sollte ich ihm auch helfen. Er war sehr eifersüchtig auf Olaf Petersen, weißt du. Er hat gemeint, du wärst ihm immer treu geblieben bis dieser Petersen auftauchte.« Baby Rose spürte, wie ihre Wangen vor Scham brannten. Das war nun wirklich kein Thema, das sie mit ihrem Sohn besprechen wollte. Aber Sweet Jesus wirkte plötzlich wie besessen. Er sprach immer schneller. Wie einer, der auf dem Totenbett eine Beichte ablegen will, schoss es Baby Rose durch den Kopf. »Es ging so schnell, ich konnte gar nichts dagegen tun. Ich hatte doch geglaubt, wir würden ihm nur Angst einjagen wollen, damit er das Leinebergland so schnell wie möglich wieder verlässt. Das wäre doch auch für dich gut gewesen. Arno meinte, dass wir damit zwei Fliegen mit einer Klappe schlagen könnten, denn das Fachmarktzentrum bereitete ihm natürlich große Sorgen.« Sweet Jesus atmete schwer. Das Sprechen strengte ihn offenbar an.

»Du musst jetzt nichts erzählen«, versuchte Baby Rose ihn zu beruhigen. Sie setzte sich jetzt so, dass sein Kopf in ihrem Schoß zu liegen kam und streichelte ihm immer wieder über das feuchte Haar.

Ihr Junge sprach weiter. Er konnte wohl nicht mehr aufhören. Es schien so, als müsse er sich endlich alles von der Seele reden. »Der Petersen muss wohl gedacht haben, er sei zu einer Jagd eingeladen. Als es dann passiert war, hat Arno gemeint, ich müsse den Leichnam für ihn wegschaffen, dazu sei ich als sein Sohn und Erbe verpflichtet. Ich weigerte mich natürlich. Doch da drohte er damit, der Polizei einen Tipp zu geben, wer sein Einkommen durch kleine Erpressungen aufbessert. Naja, und da fiel mir der Hof von Bauer Dreyfuß ein, und eigentlich war es ja auch ganz einfach. Ich musste nur abwarten, bis die drei Alten weg waren. Von denen wusste Arno gar nichts, die habe nur ich durch meine Kamera gesehen. Er muss aber später gedacht haben, dass ich ihn beim Schießen fotografiert habe, deshalb wollte er mich aus dem Weg räumen. Er …«

Als Sweet Jesus seine Beichte beendet hatte, nickte er langsam wieder ein. Sein Atem ging jetzt ruhiger. Voller Erleichterung stellte Baby Rose fest, dass es endlich etwas heller in ihrem Gefängnis wurde. Wenigstens das, dachte sie. Ein neuer Tag musste angebrochen sein. Sicher würde man heute nach ihnen suchen und sie bald finden. Sie versuchte, sich selbst Mut zuzusprechen.

Wenn sie nicht bald etwas zu trinken bekäme, würde sie vor Durst noch verrückt werden, glaubte sie. Sie hatte wenig Hoffnung, dass Sweet Jesus und sie sich aus eigenen Kräften würden befreien können. So geschwächt wie ihr Sohn war, würde sie von Glück reden können, wenn er diese Gefangenschaft überhaupt überlebte. Und sie selbst ebenfalls. Langsam aber sicher war ihr nämlich klar geworden, dass Arno Weensen nicht vorhatte, nach ihnen zu sehen. Er plante sehr wahrscheinlich, sie beide hier ganz einfach ihrem Schicksal zu überlassen.

Mechanisch strich sie immer wieder über Sweet Jesus' Haar und Wangen. Was trug ihr Sohn überhaupt für komische Kleidung? Der Tarnanzug fiel ihr erst jetzt auf. Und wie dreckig Sweet Jesus war. Sogar im Gesicht!

Hoffentlich fand man sie bald!

41

Kornelia Lorenz fühlte, wie eine seltsame Unruhe immer mehr von ihr Besitz ergriff. Sie machte sich Sorgen um Baby Rose, die schon seit zwei Tagen nicht mehr gesehen worden war. Auch der Sohn der Nagelstylistin war seit dem Fund der Leiche nicht wieder aufgetaucht, aber das schien der Fußpflegerin eher normal, schließlich war Sweet Jesus aus gutem Grund flüchtig. Warum aber auch seine Mutter untergetaucht zu sein schien, konnte Kornelia sich einfach nicht erklären.

»Glaub mir, da ist etwas faul«, meinte sie gerade zu Amalie Pfingsten. Die beiden Frauen hatten sich in der Eisdiele am Gronauer Markt auf einen Kaffee verabredet. Erst hatte Kornelia sich nicht an einem öffentlichen Platz treffen wollen. Sie schämte sich für ihr Aussehen, denn ihr Gesicht wurde noch immer von Schwellungen, mittlerweile gelblich werdenden Blutergüssen und den Pflastern über ihrer Nase verunstaltet, aber dann hatte sie angesichts des überaus leckeren Kaffees, den es dort gab, doch zugestimmt.

Die beiden Freundinnen wollten noch einmal Bilanz ziehen, was den augenscheinlich geklärten Fall betraf. Dank Schusters Kombinationsgabe gab es an Arno Weensens Täterschaft nun wirklich keinen Zweifel mehr. Sie hatten sofort die Polizei verständigt, und die hatte sogar die aufgenommene Nachrichtensendung zwischen Weensens DVDs entdeckt. Es gab einfach zu viele Indizien, als dass Arno Weensen sich noch würde herausreden können. Deshalb verstand Kornelia Lorenz die Haltung des Delikatesswarenhändlers nicht. Er gab noch immer den Unwissenden mit Gedächtnislücke.

Auch seine Frau hatte gestern nichts Neues von ihm erfahren, als sie ihn schließlich im Krankenhaus besucht hatte. Es fiel ihr zwar schwer, zu glauben, dass ihr Gatte ein Mörder sei. Trotzdem hatte sie mithelfen wollen, denn auch sie machte sich offenbar Sorgen um die Jandas. Die Fußpflegerin hatte angedeutet, Arno Weensen könne die beiden versteckt halten.

Mit der gefundenen DVD hatte Frau Weensen ihren Mann noch nicht konfrontieren dürfen. Die Ärzte hatten einem Besuch nur zugestimmt, wenn sie versprach, jegliche Aufregung des Patienten zu vermeiden. Und so war Wilhelmine schließlich unverrichteter Dinge wieder gegangen.

Je länger die Fußpflegerin über Weensens Rolle nachdachte, umso sicherer war sie sich, dass der Mann die Jandas tatsächlich irgendwie in seine Gewalt gebracht hatte und an einem geheimen Ort versteckt hielt. Kornelia Lorenz vermutete, dass der Delikatesswarenhändler auf das Verstreichen der Zeit baute, um später jegliche Schuld Sweet Jesus zuzuweisen. Durch die DVD mit der aufgenommenen Nachrichtensendung war ja nur herausgekommen, dass sein Alibi keines mehr war. Dass Weensen derjenige gewesen war, der geschossen hatte, war noch immer nicht zweifelsfrei geklärt. Wie Arno Weensen Sweet Jesus belasten wollte, das konnte Kornelia sich zwar nicht genau vorstellen, doch wenn sie Recht hätte, dann liefen Baby Rose und ihr Sohn gerade Gefahr, irgendwo kläglich zu verhungern. Oder zu verdursten, schoss es ihr jetzt durch den Kopf, als sie an ihrem Kaffee nippte. »Drei Minuten ohne

Luft, drei Tage ohne Wasser und drei Wochen ohne Essen«, murmelte sie nachdenklich.

Den Kommissar hatte sie von ihrer Theorie trotz mehrerer Telefonate leider noch nicht überzeugen können, und auch Amalie Pfingsten schien ausnahmsweise einmal nicht einer Meinung mit Kornelia Lorenz zu sein. »Ich tippe eher darauf, dass die beiden Jandas irgendwo noch einmal von vorn beginnen. Richtig glücklich war Baby Rose hier doch nie«, sagte die ehemalige Gutsfrau und nahm dann auch einen Schluck von dem extra großen Latte, den sie sich hatte kommen lassen. »Der gleichen Meinung sind übrigens auch Nikolaus und Gottfried. Sonst wären sie mitgekommen. Aber sie haben gemeint, es wäre jetzt viel wichtiger, endlich wieder für die Hirschrufmeisterschaft im Harz zu üben, schließlich haben sie ihre neuen Instrumente dafür noch gar nicht richtig ausprobiert«, fügte Amalie Pfingsten hinzu, nachdem sie das hohe Kaffeeglas wieder abgesetzt hatte.

»Aber Amalie, denk doch mal nach«, entfuhr es Kornelia Lorenz schärfer als gewollt. »Wenn Baby Rose tatsächlich aus freien Stücken weggegangen wäre, dann hätte sie doch etwas mitgenommen. Einen Koffer mit Kleidung zum Beispiel. Du weißt doch selbst, wie wichtig ihr ihr Aussehen ist und wie viel Aufhebens sie immer darum gemacht hat, dass Kleidungsstücke in ihrem ausgefallenen Stil nicht leicht zu finden sind.« Eindringlich sah die Fußpflegerin in das Gesicht ihrer älteren Freundin. »Als wir vorgestern in der Wohnung waren, wirkte es aber nicht so, als fehlte etwas.«

»Du hast Recht!«, rief Amalie Pfingsten plötzlich. »Ich habe doch selbst in ihrem Zimmer nachgeschaut, und wenn ich mich richtig erinnere, lag da sogar ihr Koffer oben auf dem

Schrank.« Die ehemalige Gutsfrau runzelte ihre Stirn. Sie schien angestrengt nachzudenken »Ja, genau!«, sagte sie dann. »Der große knallrote, mit dem sie damals zur Kur gefahren ist. Wir waren doch im Frühjahr zufällig in der gleichen Woche in Bad Münder und haben uns auf der Rückfahrt ein Taxi geteilt.« Mit großen Augen blickte sie nun Kornelia an. »Wir müssen die beiden so schnell wie möglich finden! Weiß Gott, in welch einem Zustand sie sich befinden! Elke, die Rechnung bitte!«, rief sie sofort der an der Theke gelehnten Kellnerin zu. »Wir haben keine Sekunde zu verlieren!«

42

Auf Kornelias Vorschlag hin, überquerten die beiden Frauen nun so schnell wie möglich die Hauptstraße und stürzten in Weensens Geschäft. »Gerlinde, wir müssen dringend mit Frau Weensen sprechen, ist sie hier?«, rief Amalie Pfingsten der Angestellten zu, die im hinteren Bereich der Verkaufsräume an einem der Regale stand und aus einem Karton Waren einsortierte.

»Ja, die ist im Hinterzimmer«, bestätigte die verblüffte Frau. Ohne sich zu bedanken, eilten die Fußpflegerin und die ehemalige Gutsfrau weiter.

»Wilhelmine, wo würde Arno jemanden verstecken?«, platzte es aus Amalie Pfingstens Mund, kaum, dass sie und Kornelia das Hinterzimmer betreten hatten. »Schnell, denk nach! Es geht um Leben und Tod«, schob sie so laut hinterher, dass Kornelia Lorenz sich bereits vorstellte, wie Weensens Angestellte im Geschäft ihre Ohren spitzte und womöglich gleich nach Ordnungskräften rufen würde.

»Nun, ich, äh, ich denke …, ja! Mit Sicherheit! In der Jagdhütte!«, stotterte Wilhelmine Weensen überrascht. Sie sah an dem alten Schreibtisch ihres Mannes einen Stapel Papiere durch. »Ihr denkt doch nicht, dass Arno …«

»Doch, genau das denken wir!«, sagte Amalie Pfingsten sehr bestimmt. »Er hat schon einen Menschen auf dem Gewissen. Was schert es ihn da, wenn noch zwei mehr sterben?«

»Wissen Sie vielleicht, wie wir zu der Hütte gelangen können?«, erkundigte sich Kornelia.

»Und ob ich das weiß«, antwortete Wilhelmine Weensen. »Bin ihm ja oft genug nachgefahren, wenn er sich dort mit seinen Liebchen getroffen hat.« Ein bitterer Zug war kurz in ihrem Gesicht auszumachen, verflüchtigte sich jedoch sofort wieder. »Aber mit einem normalen PKW kommt man da nicht hin«, sprach sie gleich weiter. »Kommt, wir nehmen einen unserer Geländewagen.« Sie erhob sich und griff nach einem Fahrzeugschlüssel und einem kleinen Schlüsselbund, die zusammen mit weiteren in einer Holzschale auf dem Schreibtisch lagen und lief den beiden anderen Frauen voraus. Kornelia Lorenz und Amalie Pfingsten eilten mit ernsten Gesichtern hinter ihr her.

*

Kaum hatten die drei Frauen nach einer etwas über einer Stunde dauernden Fahrt die Jagdhütte im Deister erreicht und hatten den Geländewagen verlassen, hörten sie auch schon das Geräusch sich nähernder Sirenen. Weensens Angestellte musste wohl tatsächlich die Polizei verständigt haben. Zum Glück, wie Kornelia schon bald darauf dachte, denn ohne die Spezialwerkzeuge der Polizei hätten sie drei die verschlossene Stahltür zum Keller der Jagdhütte nie öffnen können. Keiner der Schlüssel, die Wilhelmine Weensen aus dem Hinterzimmer des Delikatessengeschäfts mitgenommen hatte, passte. An dem Schlüsselbund hingen nur Schlüssel für die bewohnbaren Räume der Hütte. Zum Keller aber gelangte man über eine Stahltür an einer der Breitseiten der Jagdhütte, die verschlossen gewesen war.

Hinter dem Polizeiwagen war auch bald eine Ambulanz eingetroffen, Weensens Angestellte Gerlinde schien Amalies Worte von Leben und Tod wortwörtlich genommen zu haben. Auch das war ein Glück, denn die beiden Menschen, die sie schließlich in dem dunklen Kellerraum fanden, waren völlig unterkühlt und dehydriert. Sie mussten dringend an den Tropf. Zu lange hatten sie weder etwas getrunken noch gegessen.

Sweet Jesus war noch viel geschwächter als seine Mutter. Er musste sofort in ein Krankenhaus gebracht werden. Baby Rose hatte darum gebeten, dass man ihn nach Möglichkeit bis Gronau transportierte, damit sie ihn besuchen könnte, und so lag ihr Sohn nun nur eine Tür weiter als sein Erzeuger im Johanniter-Krankenhaus der kleinen Hansestadt.

Anders als Arno Weensen hatte Konrad Janda aber mit keiner wirklich hohen Strafe zu rechnen. Er konnte glaubhaft versichern, nichts von den Mordabsichten des Feinkosthändlers gewusst zu haben, und zu dem Verschwindenlassen der Leiche war er erpresst worden. Auch das glaubte ihm die Polizei. Vermutlich würde er noch nicht einmal ins Gefängnis müssen, sondern käme mit einer Bewährungsstrafe davon. Denn was die Erpressungen mit kompromittierenden Aufnahmen betraf, hatte sich keine der betroffenen Frauen bereit gefunden, eine Anzeige zu machen. Auch Inge Lampe nicht. Die Polizei wusste noch nicht einmal, wie viele Frauen es tatsächlich gewesen waren.

Inge Lampe hatte Sweet Jesus nicht nur verziehen, sie hatte ihn, als es ihm wieder besser ging, sogar im Krankenhaus besucht und ihm einen Job als Aushilfskellner in ihrer Kneipe angeboten, den Sweet Jesus aber aller Voraussicht nach nicht annehmen würde. »Für so was bin ich einfach nicht gemacht«, hatte er sofort gesagt, sich aber dennoch sichtlich über das Angebot gefreut. »Seien Sie mir nicht böse, Frau Lampe. Ich brauche einfach frische Luft zum Atmen.«

Auch das Angebot von Wilhelmine Weensen, jetzt schon in das Geschäft, das er als einziger Nachkomme Arno Weensens einmal erben würde, einzusteigen, hatte Sweet Jesus mit der gleichen Begründung abgelehnt. Dafür hatte sich seine Mutter sogleich bereit erklärt, den Feinkostladen der Weensens etwas »aufzupeppen« – wie sie es ausdrückte. »Obwohl das geplante Fachmarktzentrum vorerst Schnee von gestern ist, brauchst du dann nie wieder neue Konkurrenz zu fürchten«, hatte Baby Rose Wilhelmine Weensen sehr zuversichtlich versprochen. Den Brunftruf eines Rothirsches als Türglocke hatte sie bereits im Internet bestellt. Sweet Jesus würde ihn installieren, sobald er nach Hause käme. Die Verkaufsräume des Delikatesswarengeschäftes wollte sie nach Möglichkeit wie einen Herbstwald gestalten, hatte sie gemeint. Und die Dekoration würde sie viermal im Jahr den verschiedenen Jahreszeiten anpassen. »Gratis natürlich«, hatte sie versichert. »Schließlich hat Wilhelmine uns das Leben gerettet.«

Trotz aller Geschehnisse waren die beiden Frauen auf dem besten Weg, gute Freundinnen zu werden.

43

»Dass wir aber auch die Befreiungsaktion verpasst haben. Nee, also das verzeihe ich dem Sesselpupser nie«, jammerte Nikolaus Schrader einige Tage später leise vor sich hin. Der ehemalige Polizist saß in einer Gruppe von Menschen an einem langen Holztisch im großen Saal des Kurhauses von Sankt Andreasberg. Der Raum war wie ein Festzelt geschmückt und bis auf den letzten Holzbankplatz besetzt. Keine Maus hätte mehr zwischen die vielen Einheimischen und angereisten Gäste gepasst. Die Hirschrufmeisterschaften erfreuten sich seit Jahren einer wachsenden Beliebtheit. Aus Gronau war man sogar in einem eigens gecharterten Autobus angereist, so groß war die Nachfrage unter der Bevölkerung der kleinen Hansestadt gewesen.

»Wieso bin ich jetzt wieder Schuld?«, wollte der ehemalige Lehrer sofort aufgebracht wissen. Er hatte seinen nicht gerade schmeichelhaft zu nennenden Spitznamen längst mitbekommen und auch gehört, was der ihm gegenüber sitzende Schrader mehr zu sich selbst gebrummt hatte. »Dir waren die Proben für die Meisterschaft doch ebenfalls wichtiger. Ich erinnere mich noch genau, wie du etwas von Spökenkiekerei …«

»Ja, ja, ja, ist ja schon gut«, unterbrach Schrader ihn rasch. »Ich weiß selbst, was ich gesagt habe.« Auf keinen Fall wollte er, dass Kornelia Lorenz hörte, wie er sich damals über ihren

Verdacht Weensen und die Jandas betreffend lustig gemacht hatte.

Vorsichtig blickte er zu der direkt neben ihm sitzenden Fußpflegerin, aber die schien nur Augen für das Geschehen auf der Bühne zu haben. An ihrer anderen Seite saß ihr Sohn Mika, der sich die Meisterschaft ebenfalls nicht hatte entgehen lassen wollen.

»Nur gebracht hat uns das viele Üben rein gar nichts«, brummelte Nikolaus Schrader nun missmutig und guckte in sein leeres Bierglas. »Trotz unserer Spezialinstrumente aus der Luftröhre eines Hirsches. Nicht einmal auftreten dürfen wir.«

»Weil du unsere Anmeldungen verbaselt hast. Eigentlich müsstest du mir zur Entschädigung einen ausgeben, ich habe schließlich, was diese Meisterschaft betrifft, Unkosten gehabt. Und keine geringen. Diese Luftröhren waren teuer, das kann ich dir sagen!« Gottfried Schuster sah nicht minder griesgrämig aus als der ehemalige Polizist. »Möchte nur wissen, in was für einen Kasten du die Anmeldungen gesteckt hast«, sprach er weiter. »Ein Briefkasten war das jedenfalls nicht, wie wir heute leider feststellen mussten.«

»Kann ich vielleicht etwas dafür, dass dieser blöde Beschwerdekasten vor dem Baumarkt knallgelb gestrichen ist? So etwas durfte früher nur die Post!« So schnell wollte Nikolaus Schrader seine Schuld nicht eingestehen.

»Psst!«, machte da Kornelia und wandte sich von der Bühne weg und den beiden Streithähnen zu. »Jetzt seid doch endlich still! Amalie ist gleich dran«, sagte sie.

Als die ehemalige Gutsfrau ganz in Jägergrün gekleidet – Baby Rose zeichnete für das Outfit verantwortlich – die Bühne betrat, erntete sie bereits großen Applaus. »Altfrauenbonus«, kommentierte Schrader dazu leise. »Die macht sich doch nur lächerlich. Da kann man ja gar nicht hingucken.«

Kornelia stieß ihn leicht in die Seite. »Jetzt gib endlich Ruhe!«, zischte sie.

»Ist doch wahr«, grummelte der ehemalige Polizist weiter. »Sich hinter unserem Rücken zur Teilnahme anmelden lassen und dann noch mein Rohr benutzen wollen.« Mika Lorenz hatte Amalies Start durch eine Anmeldung im letzten Augenblick über das Internet klar gemacht.

»Das brauchte sie dann ja nicht, weil ich ihr großzügig meines überlassen habe«, meinte Gottfried Schuster und erntete einen bösen Blick von Baby Rose, die zwischen ihm und Wilhelmine Weensen auf der langen Holzbank saß.

»Sch!!«, machte die Nagelstylistin und legte ihren Zeigefinger vor ihren Mund.

In genau diesem Augenblick setzte Amalie auch schon zu ihrem ersten Hirschruf an.

In den Ohren des ehemaligen Polizisten klang es furchtbar, aber dem geschulteren Publikum schien es zu gefallen. Als Amalie Pfingsten endete, erntete sie großen Beifall.

Die ehemalige Gutsfrau musste den Stimmaustausch eines Platzhirsches und seines Kontrahenten sogar so gut imitiert haben, dass sie doch tatsächlich die 500 Euro Preisgeld gewann, was Nikolaus Schrader einfach nicht glauben mochte, und Gottfried Schuster allein dem Einsatz seines Wunderrohres zuschreiben wollte.

»Ach was«, erklärte Amalie Pfingsten, als sie sich nach der Preisverleihung zu ihren Freunden gesellte. »Das Rohr war doch völlig nebensächlich. Ganz wichtig war die Tatsache, dass ich mich von Nikolaus und Gottfried inspirieren ließ«, sagte sie und zwinkerte den beiden Männern gutgelaunt zu. »Ihr benehmt euch nämlich öfter, als ihr denkt, wie zwei Hirsche zur Brunftzeit.«

Mein Dank gilt allen, die zum guten Gelingen dieses Buches beigetragen haben:

Martha Hassan, die mir von den Plänen für ein Fachmarktzentrum in Gronau berichtete;

Sabine Büssel, die mit mir zur Hirschrufmeisterschaft nach Sankt Andreasberg reiste;

dem Gronauer Verein für Handel und Gewerbe.

Die Autorin

Angelika Stucke, Jahrgang 1960, wuchs in dem wildromantischen Dorf Eddinghausen am Fuß der Sieben Berge im Leinebergland auf. Sie studierte Sozialarbeit und Sozialpädagogik in Kassel. Trotz ihrer zwei Diplome gab sie die Sozialarbeit nach kurzer Zeit zugunsten des Schreibens auf. Zunächst berichtete sie als Stipendiatin der Carl Duisberg Gesellschaft in Los Angeles für eine deutsche Fernsehzeitschrift über die Stars aus Hollywood. Seit 1987 lebt Angelika Stucke als freie Autorin in Spanien. Sie arbeitet für das Fernsehen und schreibt Bücher.

Weitere Kriminalromane

herausgegeben von Susanne Mischke

Susanne Mischke, Bodo Dringenberg (Hg.)
Ein Bier, ein Wein, ein Mord
7 hannoversche Kneipenkrimis
Paperback, 10 x 15 cm, 140 Seiten · ISBN 978-3-86674-178-2
Mörderische Geschichten aus sieben hannoverschen Lokalen

Susanne Mischke
Mordsweiber · Kleine böse Geschichten
220 Seiten, Hardcover · ISBN 978-3-86674-177-5
Erstmalig werden Susanne Mischkes Kurzkrimis in einem Buch versammelt. Sie sind böse, abgründig und witzig.

Ulrike Gerold / Wolfram Hänel
Kein Erbarmen · Kriminalroman
313 Seiten, Hardcover · ISBN 978-3-86674-163-8
Seine Ermittlungen führen Exkommissar Tabori von Hannover nach Nord-Jütland in Dänemark.

Cornelia Kuhnert
Tödliche Offenbarung · Kriminalroman
420 Seiten, Hardcover · ISBN 978-3-86674-154-6
Ein Polit-Krimi über das Massaker von Celle.

Ilka Sokolowski
Böse Affen · Kriminalroman
299 Seiten · ISBN 978-3-86674-142-3
Ein Aushilfsjob hat Leo Heller auf die CeBIT verschlagen, wo sie zu ihrer Verblüffung auf drei Affen stößt. ›Nichts sehen, nichts hören, nichts sagen‹ scheint auf einmal das Motto aller Leute zu sein, mit denen Leo es zu tun bekommt …

Hans-Jörg Hennecke
LindenTod · Kriminalroman
192 Seiten, Hardcover · ISBN 978-3-86674-068-6
Der Fund einer Leiche durchbricht die Schrebergarten-Idylle in Hannover-Linden. Doch kaum sind die Ermittlungen aufgenommen, ist der Tote auch schon wieder verschwunden.

Hans-Jörg Hennecke
Totenruhe · Kriminalroman
192 Seiten, Hardcover · ISBN 978-3-86674-151-5
Unheimliche Ereignisse tauchen den Lindener Bergfriedhof in fahles Zwielicht.

Cornelia Kuhnert
Tanz in den Tod · Kriminalroman
237 Seiten, Hardcover · ISBN 978-3-86674-052-5
In einer Vorstadt Hannovers wird beim Tanz in den Mai eine Journalistin ermordet. War es einer der prominenten Gäste oder hat der Mord etwas mit den Tierversuchsgegnern zu tun?

Heinrich Thies
Das Mädchen im Moor · Kriminalroman
368 Seiten, Hardcover · ISBN 978-3-86674-088-4
In der Lüneburger Heide wird ein Mädchen umgebracht. Ihr Lehrer muss dafür ins Gefängnis. Als er freikommt, versucht er, seine Unschuld zu beweisen.

Rainer Woydt
Der Profiler · Kriminalroman
300 Seiten, Hardcover · ISBN 978-3-86674-086-0
In und um Hannover werden zwei Frauen bestialisch ermordet. Muss Kriminalkommissarin Denkow den Mörder gar in den eigenen Reihen suchen?

Wolfgang Teltscher

Über den Deister · Kriminalroman

251 Seiten, Hardcover · ISBN 978-3-86674-067-9

Vera Matuschek ist verschwunden. Erneut ermittelt Kommissar Marder in Barsinghausen.

Bodo Dringenberg

Die Gruft im Wilhelmstein · Historischer Kriminalroman

256 Seiten, Hardcover · ISBN 978-3-86674-099-0

Liebe, Intrige und Mord beim Bau der Festung Wilhelmstein im Steinhuder Meer.

Norbert Klugmann

Die hölzerne Hedwig · Kriminalroman

292 Seiten, Hardcover · ISBN 978-3-86674-100-3

Ein lauschiges Heidedorf wird Schauplatz eines mysteriösen Kriminalfalls.

Wolfgang Teltscher

Blutholz

Kriminalroman

249 Seiten, Hardcover · ISBN 978-3-86674-143-0

Nach »DeisterKreisel« und »Über den Deister« sucht Kommissar Marder zum dritten und letzen Mal einen Mörder im beschaulichen Barsinghausen am Deister.

Ilka Sokolowski

Die heimliche Geliebte

Ein Wilhelm-Busch-Krimi

416 Seiten, Hardcover · ISBN 978-3-86674-051-8

Wilhelm Busch hatte eine Geliebte! Niemand wusste davon, bis ein geheimnisvolles Tagebuch es offenbart. Plötzlich häufen sich in Hannover die mysteriösen Todesfälle.

Michael Reinbold

Bachs Todeskantate · Kriminalroman

368 Seiten, Hardcover · ISBN 978-3-86674-056-3

Lüneburg, kurz nach Kriegsende: Jeder versucht auf mehr oder weniger legale Weise durchzukommen. Viele Flüchtlinge finden ein neues Zuhause. Da kommt es auch zu manch unliebsamer Wiederbegegnung. Einer der Zugezogenen wird ermordet aufgefunden. Führt die Spur in die Vergangenheit?

Heinrich Thies

Schweinetango · Kriminalroman

224 Seiten, Hardcover · ISBN 978-3-86674-044-0

Der Maskentanz in der Dorfkneipe ist derb. Und doch lassen sich beim »Schweinetango« zarte Bande knüpfen. Cord Krögers neue Geliebte aber hat nicht mehr lange zu leben …

Bodo Dringenberg

Kleiner Tod im Großen Garten · Kurzkrimis

191 Seiten, Hardcover · ISBN 978-3-86674-045-7

Grün ist die Farbe des Lebens. Im Hannover der kurzen Krimis von Bodo Dringenberg wird das üppige Grün der Parks und Gärten zur Farbe des Todes.

Bodo Dringenberg

Mord auf dem Wilhelmstein · Ein historischer Kriminalroman

175 Seiten, Hardcover · ISBN 978-3-86674-041-9

Major Rottmann hat den Wilhelmstein, die genial konstruierte Festung im Steinhuder Meer, erfolgreich verteidigt – und stirbt doch von fremder Hand. Wer macht das Leben auf der Festung nach dem Krieg gefährlicher als im Krieg?

Egbert Osterwald

Schwarz Rot Blond · Kriminalroman

304 Seiten, Hardcover · ISBN 978-3-86674-049-5

Kommissarin Wilke fahndet nach einem Serienmörder, dem drei Frauen zum Opfer gefallen sind. Wird sie die Ermittlungen überleben?

Wolfgang Teltscher

DeisterKreisel · Kriminalroman

251 Seiten, Hardcover · ISBN 978-3-86674-048-8

Kommissar i. R. Matuschek wird tot in einem kleinen See am Rande des Deisters aufgefunden. War es Mord, Selbstmord oder ein Unfall? Kommissar Marder ermittelt, dass nichts im Leben von Matuschek so war, wie es zunächst aussah.

Günther von Lonski

BlattSchuss – Die ungewöhnlichen Fälle des Ludger Lage

Kurzkrimis

127 Seiten, Hardcover · ISBN 978-3-933156-95-2

Ludger Lage lebt in einem alten Campingwagen am Arnumer See. Eine unvorteilhafte Scheidung hat ihn aus der Bahn und seiner Wohnung geworfen. Sein Hobby: Als selbst ernannter Detektiv hinzuhören, wo andere wegsehen.